在一个时代里行走

读者丛书编辑组 / 编

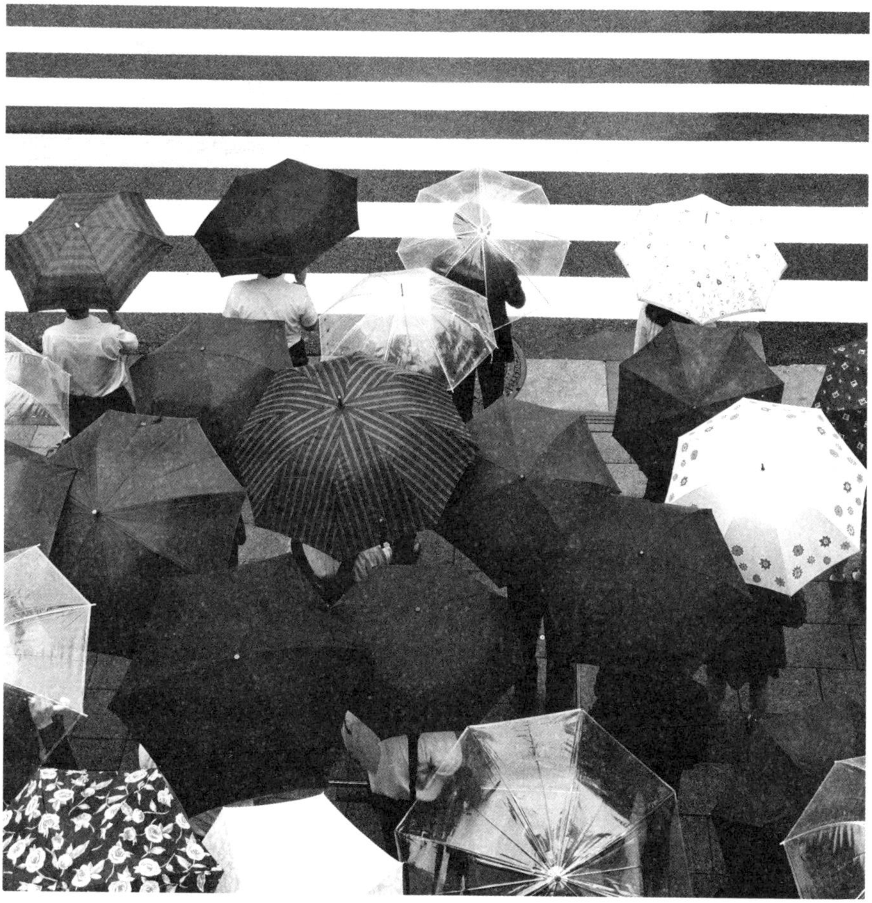

读者出版传媒股份有限公司
甘肃人民出版社

图书在版编目（CIP）数据

在一个时代里行走 / 读者丛书编辑组编. -- 兰州：甘肃人民出版社，2019.3（2020.7重印）
（读者丛书. 国家记忆读本）
ISBN 978-7-226-05423-9

Ⅰ. ①在… Ⅱ. ①读… Ⅲ. ①散文集－中国－当代 Ⅳ. ①I267

中国版本图书馆CIP数据核字(2019)第038784号

总 策 划：马永强　李树军
项目统筹：李树军　党晨飞
策划编辑：党晨飞
责任编辑：王建华
封面设计：久品轩

在一个时代里行走

读者丛书编辑组　编

甘肃人民出版社出版发行
（730030　兰州市读者大道568号）
永清县晔盛亚胶印有限公司印刷

开本 710毫米×1000毫米　1/16　印张 15.25　插页 2　字数 226 千
2019年3月第1版　2020年7月第3次印刷
印数：12 016~21 075

ISBN 978-7-226-05423-9　　　定价：32.80元

目 录
CONTENTS

001　在一个时代里缓慢行走 / 朱德庸
004　对土地和农民的牵挂 / 关仁山
009　爱在川南 / 孙立极
013　一个都没有少 / 王　恺
017　守望藏羚羊的日子 / 裘　丽
025　中国人，你健康吗 / 杨　潇　冯韶文
030　雪山脚下的都市女教师 / 蔡　宇
035　我们无处安放的哀伤 / 王开岭
044　"翔旋风"：0.03秒的背后 / 孔　宁
047　做自己人生的信天翁 / 谭里和
054　我有103个孩子 / 陈　敏　兰飞燕
062　生死抉择 / 姜　皓
065　中国农村的"留守"孩子 / 阮　梅
073　"爱心大使"丛飞的赤子情怀
　　　/ 中央电视台《艺术人生》栏目
084　后工作时代 / 毛译敏
092　他让我们闻到太阳的味道
　　　/ 李湘荃
099　城市"负"人 / 罗雪挥　张跃辉

104 一股液体流经西海固 / 徐敏霞
112 你会成为"负产阶级"吗 / 尚　言
119 生命绝唱 / 斯　琴
124 你的工资涨了吗 / 李　琳
129 汉语，我想对你哭 / 北国骑士
133 "我要做像你一样的好人" / 王英春
140 心在碧空，爱在尘世 / 宿　淇
145 成全自己 / 柳　芳
148 中国粮食安全：一个天大的话题
　　 / 王志振
152 房价究竟要涨到哪里去 / 蒋元明
156 坚强和随遇而安 / 朱德礼　黄淑芳
158 忽然受宠 / 陈　彤
161 断翅亦高飞 / 阿　琼
167 窄自信 / 阿　累
170 从"中国制造"到"中国设计"
　　 / 一　盈
178 荒漠中的胡杨 / 艾　行　天　地
185 19岁的女村官 / 从玉华
190 甘巴拉的十二个拥抱 / 胡晓宇
193 "闪婚""闪离"的婚姻困局
　　 / 张立洁　戴长澜
198 25年等待着一种声音 / 郑贱德
205 2006年上课记 / 王小妮

214 大山深处的爱心接力 / 郭建光
222 给父母洗脚 / 南香红　董　静
230 吞世代来了 / 博　芳

236 致谢

在一个时代里缓慢行走
朱德庸

我们周围所有的东西都在增值，只有我们的人生在悄悄贬值。世界一直往前奔跑，而我们大家紧追其后。可不可以停下来喘口气，选择"自己"，而不是选择"大家"？

我喜欢走路。

我的工作室在十二楼，刚好面对台北很漂亮的那条敦化南路，笔直宽阔的林荫道绵延了几公里。人车寂静的平常夜晚或周六周日，我常常和妻子沿着林荫道慢慢散步到路的尽头，再坐下来喝杯咖啡，谈谈世界上又发生了哪些特别的事。

这样的散步习惯有十几年了，陪伴我们一年四季不断走着的是一直在长大的儿子，还有那些树。

一开始是整段路的台湾栾树，春夏树顶开着苔绿小花，初秋树梢转成赭红，等冬末就会突然落叶满地，只剩无数黑色枝丫指向天空；接下来是高大美丽的樟树群，整年浓绿；再经过几排叶片棕黄、像挂满一串串闪烁的心的菩提树，后面就是紧挨着几幢玻璃幕墙大楼的垂须榕树了。

这么多年了，亚热带的阳光总是透过我们熟悉的这些树的叶片轻轻洒在我们身上，我也总是诧异地看到，这几个不同的树种在同样一种气候下，会展现出截然相反的季节面貌：有些树反复开花、结子、抽芽、凋萎，有些树春夏秋冬常绿不改。不同的植物生长在同一种气候里，都会顺着天性有这么多自然发展，那么，不同的人生长在同一个时代里，不是更应该顺着个性有更多自我面貌吗？

我看到的这个世界却不是如此。

我们这个时代的人，情绪变得很多，感觉变得很少；心思很复杂，行为却变得很单一；脑的容量变得越来越大，使用区域变得越来越小。更严重的是，我们这个世界所有的城市面貌变得越来越相似，所有人的生活方式也变得越来越雷同了。

就像不同的植物为了适应同一种气候，强迫自己长成同一个样子那么荒谬，我们为了适应同一种时代氛围，强迫自己失去了自己。

如果大家都有问题，问题出在哪里呢？

我想从我自己说起。

小时候我觉得，每个人都没问题，只有我有问题。长大后我发现，其实每个人都有问题。当然，我的问题依然存在，只是随着年龄增加又有了新的问题。小时候的自闭给了我不愉快的童年，在团体中我总是那个被排挤孤立的人；长大后，自闭反而让我和别人保持距离，成为一个漫画家和人性的旁观者，能更清楚地看到别人的问题和自己的问题。"问题"那么多，似乎有点儿令人沮丧。但我必须承认，我就是在小时候和长大后的问题中度过目前为止的人生。而且世界就是如此，每个人都会在各种问题中度过他的一生，直到离开这个世界，才真正没问题。

小时候的问题，往往随着你的天赋而来。然而，上天对你关了一扇门，一定会为你开一扇窗，我认为这正是自然界长久以来的生存法则。就像《侏罗纪公园》里的一句经典台词："生命会找到他自己的出路。"童年的自闭让我只能待在图像世界里，用画笔和外界单向沟通，却也让我能坚持走出一条自己的路。

长大后的问题，才真正严重，因为那是后天造成的，它原本就不是你的一部分，上天不会为你开启任何一扇窗或一扇门。而我觉得，现代人最需要学会处理的，就是长大后的各种心理和情绪问题。

我们碰上的，刚好是一个物质最丰硕而精神最贫瘠的时代。每个人长大以后，肩膀上都背负着庞大的未来，都在为一种不可预见的"幸福"拼搏着。但所谓的幸福，却早已被商业稀释而单一化了。市场的不断扩张、商品的不停生产，其实都是违反人性的原有节奏和简单需求的，它激发的不是我们更美好的未来，而是更贪婪的欲望。长期违反人性，大家就会生病。当我们"进步"太快的时候，只是让少数人得到财富，让多数人得到心理疾病罢了。

是的，这是一个只有人教导我们如何成功，却没有人教导我们如何保有自我的世界。我们这个时代，跟我们大家开了一个巨大的心灵玩笑：我们周围所有的东西都在增值，只有我们的人生在悄悄贬值。世界一直往前奔跑，而我们大家紧追其后。可不可以停下来喘口气，选择"自己"，而不是选择"大家"？也许这样才能不再为了追求速度，而丧失了我们的生活，还有生长的本质。

2009年年底，我得了一个"新世纪10年阅读最受读者关注十大作家"的奖项，请友人代领时念了一段得奖感言："这是一个每个人都在跑的时代，但是我坚持用自己的步调慢慢走，因为我觉得大家其实都太快了——就是因为我还在慢慢走，所以今天来不及到这里领奖。"这本《大家都有病》从2000年开始慢慢构思，到2005年开始慢慢动笔，前后经过了10年。我把这本书献给我的读者，并且邀请你和我一起，用你自己的方式，在这个时代里慢慢向前走。

(摘自《读者》2011年第13期)

对土地和农民的牵挂
关仁山

加入WTO，对土地和农民是怎样的影响呢？早春季节，土地解冻，我到冀东平原的农家走了走，看了看。

我看不到梦境里美丽的田园童话。看到满脸沧桑的父老乡亲，看到平原上刚刚萌绿的冬小麦，还看到对诚实和坚韧的无声挑战。土地和农民，这是两个不同寻常的词汇。多少年来，我们看见土地和农民就想用很浪漫的诗句赞美一番。"啊，土地！我的母亲！"如果让我们真正留在土地上当个农民，恐怕就不那么轻松了，对母亲也有点不孝了。最近在农村调查，家长和子女愿意当农民的是百里挑一。有的农民把一生全部的汗水，都浇灌在自己的土地上，唯一的希望就是把自己的儿子送到城里。为什么？土地的沉重，农民的艰辛。摆脱穷困的命运吗？还不仅仅是这样。在一户农家，我同他们说起了这样的话题。有个农民回答得很机智：孩子离开农村，那叫有出息！他有了出息，才能说明土地的价值。土地不仅仅是产粮食的，还能生长有血有肉的好秀才，不是吗？另外的一种说法，就与上面不同了，他干脆说，是上辈子作了孽，上帝才惩罚他这辈子做农民。我问他为什么这样说？他说世界上活得最苦的总是我们农民。

我原以为，北方农民对加入WTO不会有强烈反应的，谁知是我低估了他们。一个承包稻田的农民说，听说就要"入关"了，我们真不知道怎样种地了！换句话说，我们种什么才不会破产！我对他的话感到震惊，感到茫然。他们对入关的恐慌是不是望风捕影呢？后来他们说的一些常识，使我明白，他们已经不是传统农民了，有的家里甚至有电脑，还上了因特网。他们说知道加入WTO后，对于粮食、油料生产会带来不利影响。因为粮食和油料这些生活资料本身生产就难，农民收入增长缓慢，甚至是负增长。一个年轻农民，还对我说，入关后，我们吃的馒头，很可能会是美国白面做的。

说这样的话有什么根据？回来后我查阅出一些可靠数字：今年我国的小麦减少了2%的播种面积。又经历了去冬今春的干旱，预计北方冬小麦的产量只能维持在上一年的水平上。在WTO的谈判中，撤销了对美国7个州的粮食进口禁令，给国内小麦价格带来了压力。长期以来，国家对小麦收购实行保护价政策，使小麦价格一直坚挺，掩盖了小麦市场供大于求的真实情况。那么，入关后的粮价会不会暴跌？我们可以做些分析，比如，我国国内粮食产量为五亿吨，而世界的粮食贸易总量才为两亿吨。把全世界的两亿吨都拿到中国来，也养活不了我们，中国人还是要自己养活自己。我们这样自给自足的大局面不会受到太大的冲击。

当我回到老家，见到乡政府经联社的一个同学，他对入关后的农民的生活备感忧虑。他说，入关对农民的打击是不会小的。几千年来，我们沿用的是"精耕细作"的传统生产方式，生产成本过高。我们还将逐步失掉农产品的非关税手段，而国外是低成本的规模农业，我们光吃苦耐劳是不顶用的！现在农民们还不知道，那时会是什么样的局面！骑驴看唱本——走着瞧吧！他还给我看了一些乡里农业产量的真实数字。我很惊讶，他们有两本账，一本是虚报的，一本是留给自己决策用的。

那么，入关后给我们的农民究竟带来什么样的机会？专家说，入关将逼迫我们加快农业市场化和产业化，它将是一个猛烈的催化剂！农业流通领域，也感到市场机会多了。农产品交易扩大了。我们的农民知道吗？我在一家菜农的地头，得到了答案。他们不仅知道，还抢先去做了。据菜农讲，他近年多亏没种小麦，全部种菜。我们的水果蔬菜是有市场的。他一年就获利三万元。他还对我说，他到过山东寿光的一个种菜县，蔬菜出口以亿元计。市场农业里比如水果、水产品，包括肉类，都是劳动密集型产品，在这些地方我们有不同程度的竞争优势。在农村深化市场化改革，使农民的行为建立在长期稳定的政策预期基础上，使我们尽快进行结构性调节。政府要给农民提供信息服务。我们的农民的素质能够跟上这个残酷竞争的车轮吗？我们的土地还能一如既往地奉献母爱吗？站在世纪之交的大平原上，常常使我们忧心忡忡。我们的农业有一些先天不足，比如规模小，农民文化水平低，信息收集困难。他们有人还依赖着旧体制，向上伸手要钱要政策，而面对大市场束手无策。这就需要我们的政府做服务了。

在长期的农业文明中，农民聚族而居，相依相帮，温暖而闲适。古老和谐的农家亲情，一直是我们这些走出乡村的游子的精神慰藉。市场经济对这些融乐氛围的破坏，是有目共睹的。农民之间越来越隔膜，道德水准在下降。当然，这里有些东西是陈腐的，应该抛弃的。可是农民命运的沉浮和他们心理的变迁，在这一时期表现得大为真实生动。在新的躁动、分化和聚合中，会孕育成熟一批植根农村、富有远见、掌握科学、敢于冒险的新农民。

农村呼唤科技。但科技也挤压着农民的生产空间。我们的农民还知道了转基因技术，他们虽然不愿意吃到转基因食物，可是愿意看见粮食的替代品。目前的转基因还带有一定的不确定性的风险。可与大量使用带毒性的化学农药比，这种取之自然物种的方法注定是先进的，更加贴近自然。

土地也要作出回答。耕地的大量沙漠化的严重威胁，为我们敲响警钟。

每个时代都要对土地做个包装。旧时代的农村，村村都有土地庙，农户里供奉着土地神。农历二月二就是土地爷的生日。我小时候，看见爷爷亲手做的一个土地爷像。土地爷头戴乌纱帽，身穿红袍，俨然一个小判官。爷爷说他这官小得不能再小了，可是他的权限又大得不能再大了。人类懂得栽培谷类及其他植物的时候，土地就获得了神圣的地位。对土地的任何不恭，都会受到捉弄甚至惩罚的。

我在一个村子听到这样一个故事：这个小村的农民是勤劳的，自1992年大开发后村里来了一些温州打工的农民。有一对温州夫妇带着一个漂亮的女儿给村民割稻子、收小麦。这时，村里的橡胶厂红火了，一些农民都感到自己的村庄要城市化了，被眼前金钱所诱惑，纷纷抛弃土地奔向工厂，求温州夫妇承包自己的土地。于是，温州夫妇如愿以偿廉价获得了土地，承包合同是十五年。温州人的勤劳和精明，使土地活跃了，而且他们的女儿也已长大，成为一个网上农民。大量的信息从网上获得，使土地有了产业化的富足。此时，戏剧化的情形出现了，两年后橡胶厂破产了，农民想回到土地上的时候，已经没有耕种的空间。于是，北方农民就痛苦万分地给温州人打工，而且是在自家的土地上。他们眼睛红了，很想夺回自家的土地，给人打工七年，也抢了七年土地，因为土地还造成了温州姑娘和本村青年农民的爱情悲剧。他们在政府的协调下，终于在新世纪的春天夺回土地，又听到即将"入关"的消息，有些农家竟然不敢接受属于自己的土地，陷入无边无际的痛苦之中。就是在这痛苦中，全新的农民从青纱帐里走向大市场。这些发生在土地上的反复，使我陷入深深的思索中。谁是土地的主人？农民和土地是怎样的关系呢？我把这个故事，写成了一个中篇小说《平原上的舞蹈》在《十月》杂志第3期上发表出来。

狼来了？没那么可怕，暴风雨来了？也不贴切。反正，农民和土地正在经历一场艰难的蜕变和考验，说明从传统的农业文明向现代的工业科技文明过渡开始了，震荡必然是强烈的。这要几代农民的劳作和奋争，诞生新的产业农民。正是这样的风雨,牵动我们每个人的乡愁情绪,对土地和农民的情感,常常使我们的创作陷入泥土。我们的创作是不是也要从泥土中跋涉出来呢?中国传统农民的最后消亡将是很悲壮的一幕,我们有责任记录这个悲壮的瞬间,在我们的文字里,给他们立一块纪念碑吧!

(摘自《读者》2001年第4期)

爱在川南

孙立极

在成都双流机场进出不下百次，张平宜却没去过都江堰、九寨沟。十余年来，她的目的地只有一个——四川凉山彝族自治州越西县大营盘。在这个外界曾经闻之色变的麻风村，台湾女子张平宜默默耕耘，帮助众多孩子接受教育、走入社会。

曾被怀疑是台湾特务

凉山州有十几个乡村早年被作为麻风病患的隔离聚居地，大营盘是其中之一。由于外界的误解，多年来，村民们出村购买油盐都会遭到辱骂，很多孩子更没机会读书或早早辍学。1999年，台湾女记者张平宜随国际组织到云南、四川等地的麻风村调查。作为两个孩子的母亲，张平宜的心被麻风村目不识丁的孩子深深刺痛了。她决心帮助他们上学读书，走出封闭的环境，回归社会。

圣诞前夜，在台北一个教堂门口，站在冷风中的张平宜拿着朋友送给她的漂亮蜡烛筹款，站了一晚都没开张；第二天再去，也只卖了一份蜡烛。她的执著感动了同事和朋友。在他们的帮助下，明星前来助阵，一个晚上义卖了60万元新台币。还有一些朋友送来库存的商品，"电蚊拍、洗发水……捐什么我就卖什么。"张平宜说，"头一两年，我躬背哈腰，到处募款，发疯似的卖蜡烛、卖书，度过了一段食不知味、夜不成眠的疲累岁月。"

更让张平宜难过的是，夹在特殊的两岸关系中，她曾遭到很多莫名其妙的误解。十余年前，极少有台湾人到大凉山，越西县台办一度只为她一个人服务。张平宜的频繁出入，曾被怀疑有特殊目的，为此她自嘲是"麻风特务一号"。

2002年，张平宜募集到30万元人民币的善款，将大营盘小学原有的两间破旧平房改建成6间教室及生活用房。新学校为大营盘的孩子掀开了新生活的一页：15岁的拉且卖掉了16只羊，"我不要放羊，我要读书"；14岁的药布兴奋得一夜没睡，吵着要去上学；已经是孩子爸爸的布都辍学8年后重返校园……

这之后，她辞了职，在台湾成立了中华希望之翼服务协会。

"凶悍"的抢孩子大战

新学校开办免费营养午餐，最初看到小孩子一顿可以吃下4碗米饭时，张平宜潸然泪下。

在大营盘，张平宜以"凶悍"闻名。

大营盘很多家长没读过书，他们觉得孩子会写自己的名字就可以了，村里十七八岁结婚的青年十分常见。一名四年级的女生，父母想让她退学结婚，张平宜严肃地告诉他们，如果不让孩子读完小学，就要把4年来学校给的生活补助都退回来。对另一名要退学结婚的六年级学生,张平宜"威胁"他父母,如果不让他参加毕业考试,他们不但要赔 6 年的生活费,她甚至要向公安局举报他们"信奉邪教"。稀奇古怪的"狠招"每每见效,两个孩子都留在了学校。

2005 年,大营盘小学终于迎来了建校 19 年来的第一届毕业生。当孩子们欢欢喜喜拍摄毕业照时,张平宜又为这些 20 岁左右的小学毕业生的前途担忧。2008 年,张平宜借弟弟在青岛投资的公司,开办了"希望之翼学苑",为初中毕业的麻风村孩子提供为期两年的培训机会。

近年来,张平宜更多的是在和辍学打工风潮"抢"孩子。2008 年寒假,初二的沙马一时兴起,随老乡去湖北打工。张平宜听说后,千方百计找到他的电话,把他骂了一通,又寄去 700 元路费让他回来上学。正读初二的阿沙说,初一时他还没来得及行动,"便被张阿姨发现,狠狠说了一通,打消了退学打工的念头"。对孩子们,张平宜最常用的"威胁"是:如果不坚持读书,就"再也不要见张阿姨"。这句听起来无力的"狠话"却很是有效,"得到我的祝福对他们很重要。"张平宜开心地说。

让孩子们洗个热水澡

63 岁的马海阿果曾是麻风病人,他坦承自己"有点怕"张平宜,但又很赞赏:"没这态度不行,都是好人做不成事。"

2005 年,张平宜参加了一项圆梦计划,赢得 170 万元新台币,加上其他善款,她要将学校扩大。扩建工程困难重重,她与相关部门交涉、与村民吵架——她的"凶悍"再次派上用场。在她的努力下,学校最终扩建成一栋教学楼、一栋宿舍楼,成为拥有篮球场、乒乓球场地的美丽校园。

张平宜有时简直异想天开。水一直是大营盘小学最大的困扰之一,从十几公里外引水,经常会因为水管被踩断而断水,要靠高年级学生走一两公里路提水，食堂才能不断炊。2005年就建好的宿舍楼，直到2009年12月自来水管才流出水来。张平宜投资十几万元人民币，建了一个太阳能浴室，让孩子们能洗上痛快的热水澡。此举就连大营盘小学最早的老师王文福也不能理解。但是，现在的大营盘，有牙刷的家庭一定有小学生，学生宿舍里叠成豆腐块的被子，摆得整整齐齐的牙具、脸盆，体现着张平宜给这所学校带来的无声变革。

张平宜不爱应酬。走在大营盘，她常会遇到一些老妇人用生硬的汉语说："你好，张阿姨。"虽然张平宜对此有点恼火，"我有这么老吗？"但村里人对她的确是发自内心地恭敬和感激。

2006年张平宜过生日，不知怎么搞的，消息传了出去。当天她共收到130多个鸡蛋、鸭蛋和5只鸡，还收到了汽水、饼干、啤酒和鞭炮。村民家有喜事杀了牛，会把最好的肉送给她。他们用自己的方式表达心中的感激。

23岁的铁石最遗憾自己没能上学读书，但是他的两个弟弟都从大营盘小学毕业，现在分别在读职高和初中。"是张阿姨改变了我们的命运，这感谢一辈子都说不完。"

(摘自《读者》2011年第12期)

一个都没有少

王 恺

那所今后可能不会再存在的学校——北川刘汉希望小学,在半山坡上,距北川县城 10 多公里,也就是这个位置,加上学校建筑物的相对坚固,使它在那天免遭灭顶之灾。

2008 年 5 月 12 日 14 时 28 分,患有心脏病的罗明艳老师带着学前班的孩子正准备开始唱歌,"天突然像塌了一样,漫天弥漫着烟尘,黑漆漆的,呼吸不过来"。1999 年建成的教学楼在摇晃了 3 分钟后终于停了下来,学生和老师开始疯狂地跑下楼。罗明艳带着孩子们往山脚下的养猪场跑,她告诉我,那里有大片的平地,"一下子冲过去,什么都没有想"。

可是,养猪场已经成了一片平地,只看见几头逃出来的猪,在疯狂地乱窜。她用衣服堵住口鼻,并且让孩子们也像她这么做。这时候,她很清楚地意识到,地震了。

可是,很多孩子还不知道发生了什么。刘汉希望小学有学生 483 人,最大的孩子13岁，最小的4岁，很多低年纪的孩子没上过常识课，也没有听说过地震这回事。

6岁的寇天杰回忆当时乱跑的场景时，觉得自己很了不起，没有和大孩子一起哭。"那时候，我就觉得房子上下跳了几下，就像是车子轮胎爆炸了一样，上下晃。"那是他印象中唯一和地震相类似的体验。

罗明艳带领着学生开始转身往山上的坡地跑，四周全是山体滑坡时的轰隆声，心中只有恐惧，她觉得自己快要呼吸不过来了。开始时，跑上去跑下来的人都有，后来在校长和教导主任的指挥下，学生们开始一起向学校后面的小山顶上转移。那小山顶周围都是树木，万一周围山头的巨石滚落，也可以稍微挡一挡。

爬的时候，周围的高山上黄色的泥石流向下倾泻，罗明艳告诉我，"像翻下来一样"。

学校最小的孩子是个女孩，有轻微脑疾，她此时被罗明艳拖着往山上走，"乖得很，一声不哭"。数小时后，483个孩子到达山顶，一个都没少。可是这不能让他们安心，县城那边灰蒙蒙的天空，更让人紧张。罗明艳说，当时还不知道县城是否受损伤。

大一点的孩子在老师的带领下开始砍竹子做帐篷。有的老师去搜集粮食，遇见了学校旁边小店的店主。店主把从废墟里刨出来的塑料袋装的完整的食品全部拿到山上来给学生吃，而周围乡镇一些前来寻找孩子的家长也带来一点东西，400多个孩子开始默默地吃晚餐。食物不够，有些人只吃到半块糖，可是没有人哭闹。

因为小山顶空间狭小，所以学生不能躺下睡觉，他们"两个两个地背靠背坐在一起，过了一夜"。暴雨把竹子帐篷冲垮了几顶。校长沈长树告诉我，他最害怕的是，不知道发生了什么事情，只知道是地震，但是范围多大、县城是否平安，他全然不知。他的家里人全部在县城，但是当时电话没有信号，没有一丝外界的消息，只听见雨声和四周山体滑坡的声音。他不断地背诵自己的座右铭:"少年智则中国智,少年强则中国强。"这么多孩子的安危冷暖,全部寄托在他们几个老师身上。

第二天,雨还在下,泥泞中的孩子脸色发青。沈长树让几个有家属在县城的老师回家去看看,这些老师心存侥幸地走了。

他自己没走,决定和剩下的老师带孩子们翻山越岭走出去。周围的房子已经坍塌,道路也不通了。使他下决心的原因,是伙食问题。中午已经没有粮食了,三四个孩子只能分吃周围农民送来的一个冷饭团,一人只有一口。不能在这里等下去!除去那些被家长领走的孩子和回县城的老师,还剩下71名学生和9名老师,包括心脏病和支气管炎都很严重的罗明艳。这次灾难中,沈校长有7名亲戚死亡,包括他的母亲。罗明艳的丈夫也在县城罹难。

13日14时,队伍浩浩荡荡地出发了。雨很大,他们既担心原来通往县城的道路被堵塞,又害怕还会有余震,于是他们选择往外走到邓家坪。9名教师中有5名女教师。高大结实的罗中慧老师生长在农村,可是她告诉我:"即使是小时候成天爬山,也没有见过那样难爬的山,全部是泥泞小路,稍不留意,就来个倒栽。"刚开始老师让小孩子走在前面,大孩子走在后面,这样可以避免孩子走失,可是走了一段后发现这样不行。小孩子让大孩子带领着会走得好一点,于是老师又找了些大孩子走在前面。

沈长树不断地说,走出去才有希望。大点的孩子也都明白了自己的艰难处境,不声不响地带着小孩子疾走。罗明艳说她喘得很厉害,工会的陈老师牵着她,她只是机械地跟着挪动,"有很长一段时间不知道自己在干什么,人在哪里"。

反倒是孩子们走得快,有几个孩子虽然年纪小,可是爬坡爬得飞快,"在上面爬着,到最后也停不下来"。13岁的李磊身体胖,又走在后面,"山坡上的草被前面的人走过,后面的人根本站不住",他时不时"倒栽葱"滚下去,被走在最后的老师扶起来再走。他告诉我,"一共倒栽了6次"。他记得很清楚,最严重的一次,8个孩子一起倒栽下去,可是,没有一个人掉队,"大家都在比谁爬得快"。

走到半路,他们遇见了野生特产加工厂的职工,还有几个从附近山里出来的武警,一下子感觉有救了。可是他们随即发现,武警战士们也处于紧张状态。大家都不明情况,所以很沉默。罗明艳被武警们拖着走,而那个4岁的小女孩则被几个职工和老师轮流背着走。5岁的王义钦一只鞋跑丢了,又不敢说,脚跑得又红又肿。

罗中慧告诉我,最后面的一段路最危险。快到外面的时候,原本熟悉的道路不见了,山上滚下来的大石头旁只有一条缝隙,"最窄的地方只能容一只脚"。从小在山里长大的她也没见过这样的道路。

于是,几名老师在前面,几名老师断后,71个孩子依次过去。不断有大石头继续从山顶滚下来,但大家互相鼓舞着,最终走到了邓家坪,那时已经是22时了。

李磊说他的脚像掉了一样,感觉完全不是自己的了,可还是忍不住往前走,"停不下来了"。他上过常识课,"知道地震的厉害"。而且天下着大雨,人人都湿透了,停下来会觉得更寒冷。

赶来救灾的重庆武警在公路上碰见了这群筋疲力尽的老师和孩子,见他们还要往绵阳走,劝住了他们,说明天天亮时用车送他们走;又把有空调的车让给老师和孩子,自己下来在雨中待着。有武警上车给孩子们讲抓小偷的故事,李磊说:"我们乐得哈哈笑。"孩子永远那么容易就快乐起来。

到了这时候,71个孩子总算脱离了险境。他们先被送到体育中心,由于那里人满为患,又来到了绵阳中学英才学校。不少孩子其实已经成了孤儿,只是他们暂时还不知道。他们在新的地方,穿着捐献来的新衣服,愉快地做着游戏。

(摘自《读者》2008年第13期)

守望藏羚羊的日子

裘丽

7月底,在经过数百公里的跋涉后,藏羚羊出现在楚玛尔河西岸的山坡上。这是生活在可可西里东侧的藏羚羊。在接下来的一个多月里它们成群结队陆续不断地渡过楚玛尔河这道迁徙途中的最大天然屏障,聚集在青藏公路西侧,寻找着跨越公路的机会。但由于青藏公路的大修、青藏铁路的建设以及青藏旅游的升温,车辆增加了数倍。往来的车辆使青藏公路几乎没有了间隙,这成为藏羚羊迁徙途中最大的人工屏障。8月初,渡过楚玛尔河的藏羚羊数量越来越多,活动的范围离公路越来越近,在本能的驱使下,终于一群藏羚羊在一只勇敢的头羊带领下冒险冲上公路的路基,但公路的宁静短之又短,往往刚踩上公路或才过去几只,就有车辆从远处驶来,把列队通过公路的羊群冲散。大多数藏羚羊刚踏上公路路基,还没来得及喘息和镇定就被惊吓得迅速撤离,跑到山坡的高处,惊恐万分地望着公路,然后再用足够的时间积聚下一次向公路冲刺的勇气,可往往只有少数的胆大者才能成功地通过,剩下的绝望地远离了公路,又重新走向了可可西里的荒原深处。

我终于看到了迁徙的藏羚羊

得益于我所学的生态专业,有幸被入选为索南达杰自然保护站2002年度七、八、九三个月的特别志愿者,担负藏羚羊迁徙期间的调查和记录。

与藏羚羊厮守了40余天,目睹了藏羚羊迁徙过程中跨越天然屏障和人为屏障的全部过程。7月份的志愿者彭辉和曾敏坚看到有700多只藏羚羊始终没能跨越公路,就地产羔了。

这将对藏羚羊产生什么样的影响,是否会干扰它们长期以来的迁徙习性,还不得而知。

7月21日,保护站的北京吉普车把我从格尔木带到了可可西里,远远就看到了索南达杰自然保护站红色的房子、旋转的风车和高高的瞭望塔。这是我第二次来保护站做志愿者了。四年前作为大学生志愿者我曾参加了保护站的第二期工程建设,四年后的保护站已和记忆中的有所不同了,虽然云还是那样的白,天还是那样的蓝,可门前青藏铁路和公路及输油管道施工中扬起的滚滚灰尘使保护站置身于一个沸腾的大工地中,过去的宁静和清新已经找不到了。

到保护站的第三天,我就与7月份的志愿者一起开始了野生动物的调查工作。沿青藏公路从昆仑山口到五道梁的野生动物种群调查已经是第二年,每星期进行一次,开着吉普车沿途数动物,然后记录下来。开始的两天中,公路两侧的藏羚羊连影子都没有,但第三天,也就是7月25日给了我初次的狂喜,在望远镜里我们发现在青藏公路的楚玛尔河大桥上游的河对岸出现了约有260只的羊群。不知是凭感觉还是运气,在肉眼基本分辨不清对岸山坡上影影绰绰的小点的情况下,竟然用望远镜慢慢地辨认出了那是母羊带着小羊从繁殖地迁徙到了楚玛尔河畔。我一边细细观察远处藏羚羊或悠然吃草或蜷缩着身子静卧或奔跑的姿态，一边兴奋地大喊大叫，同时也不禁疑问：莫非产完羔羊后的母羊真领着小羊开始回迁了？旁边的杨欣老师感到有些难以置信，他说由于青藏铁路的影响，最后一批将要生产的母羊7月初才从这里迁徙过去，前往可可西里的太阳湖、卓乃湖和豹子峡等地集中产羔的，怎么这么快就回来了呢？如果真是如此的话，接下去我们要加紧调查了。

根据上两期志愿者的记录，在6月初，藏羚羊就开始迁徙。由于铁路施工，在楚玛尔河畔有数千只受阻，直到7月初还在铁路路基处徘徊。铁路各部门虽十分重视环保，在迁徙羊群最多的几天里曾停工和拔掉工地上密集的各色旗子，为藏羚羊迁徙提供了便利，但最后还是使它们迁徙的时间滞后。

穿越天险的藏羚羊

楚玛尔河是藏羚羊迁徙途中最大的天然屏障，河道呈辫状分布，有多条水流，水流之间有沙洲相隔，宽达数百米，8月是河水水量最大的季节。到达楚玛尔河畔的藏羚羊会在岸边吃上几天草，可能是补充迁徙中的体能消耗，为过河做准备。

8月初的一天中午，我和两名志愿者终于看到藏羚羊过河了，这是50多只的羊群。

它们慢慢靠近河边，在经过短暂的犹豫后，有32只羊跳进水中，在浑浊的急流里越过一道又一道的沙堤，几分钟后，有12只成功地游到了对岸，其中包括4只小羊，尾随其后的其他羊游了一半，到河心的沙洲上再也没有勇气游过余下的半条河，只好在沙洲上不断地来回踯躅，徘徊不前。而没敢下水的二十几只羊更是犹豫不决，其中有一只母羊带着小羊不停地在岸边来回跑，似乎是在做下水前的热身，也似乎是母羊在给小羊鼓劲儿。过河的羊中有8只在甩掉身上的水后立即往前跑去，另有4只却站着没动，转身看着对岸的羊群，仅过了几秒钟，它们又重新下水向对岸游去，下水的样子比先前过河时更从容。到了河中间的沙洲后，那 4 只羊来回在羊群中跑了好几圈，接着又率先下水回游，榜样的力量是巨大的，沙洲上的那二十几只也陆续下水。原来那 4 只羊是返回来领它们过河的！就这样，第一批下水的藏羚羊在相互的鼓励下都成功渡过了楚玛尔河。看完它们过河的全过程，我望远镜中的景象已开始模糊了。楚玛尔河是它们的最大天然屏障，它们从那遥远的产羔地来到这里，又从这里迁徙到另一个遥远的地方，仅仅见到了它们过河的场景就可想象它们路途中的艰难，是什么力量促使它们这样长距离迁徙呢？至今还是一个谜。

没有间隙的青藏公路

青藏公路的通车率平均每小时达一百多辆。

青藏铁路施工的期限很紧，受气候的影响，每年只有 6 个月能够施工，但为了藏羚羊的保护，采纳了一个民间环保组织的建议，这让我们感到欣慰。

藏羚羊传统迁徙的过河"渡口"距离青藏公路只有几百米，渡过楚玛尔河的藏羚羊立刻就要面对最大的人工屏障——青藏公路。4 年前我记忆中的青藏公路并不十分繁忙，虽然西藏的百分之八十多的物资通过这条路来运输，每天也就几百辆车，青藏公路常常会有长时间的宁静，给藏羚羊提供了许多过公路的机会。现在往西藏的货车和客车增加了不少，同时新增了大量修铁路、修公路的工程车辆，这些车辆都是 24 小时不停地运行，青藏公路成了一条没有间隙的公路。面对最大的人工屏障，藏羚羊如何才能见缝插针地穿越呢？

接下来的几天里我们带着疑问，仔细地搜寻在公路旁和在以去年调查的经验所初步推断的可能是藏羚羊主要通道的楚玛尔河大桥处的羊群，调查涵洞下面和周围的藏羚羊脚印，看有没有通过的迹象。我沿公路走了 10 公里，仔细地调查了大大小小的涵洞，没发现有藏羚羊过洞的新老迹象，即使有些涵洞的高和宽都达 3 米多。7 月初藏羚羊产羔迁徙的时候，志愿者也从未看到它们穿过涵洞的现象，哪怕涵洞就在它们身边。

在调查藏羚羊迁徙状况的同时，我们对青藏公路上行驶车辆的状况进行了准确的统计，这项工作是由来自重庆交通学院的大学生志愿者完成的。经过 24 小时不间断的不同车辆统计和样点抽时间段统计，结果令我们震惊：24 小时青藏公路的通车率平均每小时达一百多辆，除了普通的货车和客车外，铁路的工程车约占了大半，今年藏羚羊的迁徙赶上了青藏公路有史以来最繁忙的时期。8 月 6 日那天终于目睹了藏羚羊过公路时被汽车冲散的过程。

那天有 25 只藏羚羊在我们认定的通道处过公路，藏羚羊过公路的情形几乎和去年杨欣老师看到并写在《藏羚羊心中永远的裂痕》中的一样，那样的小心翼翼，如履薄冰，但即使是这样小心，仍未逃脱被飞驰而来的汽车冲散的命运。当天我与其他志愿者立刻拟出了《关于为保证藏羚羊顺利迁徙急需采取措施的建议书》，送达青藏铁路的第十二工程局，并附上详细的野生动物调查报告和车辆调查报告。我们建议在藏羚羊迁徙季节期间的 8 月 8 日到 18 日的 10 天中，每天早上 6 点半到 7 点半，下午的 7 点半到 8 点半，在青藏公路 2884 到 3000 公里之间，工程车辆停止行驶，为藏羚羊提供一段暂时的宁静，帮助藏羚羊顺利跨越公路。

青藏铁路总指挥部的反应既在我们的意料之中也在我们的意料之外，他们在今年年初部分采纳了我们基于去年调查给出的关于分段施工的建议后，再次采纳我们这同样重要和紧迫的建议。但意想不到的是，在递交了建议书后仅 3 小时，在我们建议区域施工的青铁十二局的张总指挥便带着青藏铁路总指挥部的 3 名环境监理亲自到了保护站，将拟定好的《关于采取紧急措施确保藏羚羊顺利迁徙的通知》拿出来征求我们最后的意见，次日正式出红头文件，下发到各工地执行。青藏铁路施工的期限很紧，但为了藏羚羊的保护，采纳了一个民间环境保护组织的建议，这让我们感到欣慰，同时也让我们看到了藏羚羊的希望。

最长时间的挥手和最持久的微笑

从8月8日到8月18日，大多数铁路的施工车辆按要求的时间段停止运行了，但青藏公路的其他车辆还在继续。作为民间的保护站我们没有执法权，不能像警察一样强行让车停下，但又不能眼看着藏羚羊的迁徙受阻。拦车！为了藏羚羊，愿意用我们的精神去感动司机，同时这不光是给藏羚羊让道的问题，也是一个对待动物的态度问题，这是一个很好的很直接的协调动物和人的关系的机会，也是一个环境教育的好机会。

凌晨4点，还是满天繁星时，我们的志愿者队伍便顶着寒风出发了，要在日出前赶到离保护站三四十公里外的楚玛尔河畔，在藏羚羊迁徙通道两端拦一个小时的车。我们打着"绿色江河"的旗子和广州大学生志愿者的队旗在晨曦中向着来车挥手，车停后马上跑上去微笑着对每一位司机说："我们是索南达杰自然保护站的志愿者，前面的藏羚羊要过公路，你能把车停下等一小时吗？藏羚羊将祝你一路平安。"随即送给司机一个带有中国结的藏羚羊平安符，一张动物的不干胶贴画，这是用国际爱护动物基金会捐助我们的钱做的。或许是我们的诚恳和热情，或许是我们别致的平安符和动物贴画，也或许两者皆是，几乎所有的司机都接受了我们的请求和宣传品，有的司机还关切地问我们要不要到车上避避早晨的寒风，也有的竟然请求立即加入志愿者的行列……司机的反应使我们最初的担心和内疚跑到了九霄云外，只是带着被理解的激动，不断地在寒风中招手，跑向一辆又一辆汽车。

7点半，要求停车的时间过了，我们站在前面，向缓缓开动的车辆微笑着挥手，心中默念着："谢谢你们，藏羚羊祝你们一路平安！"同样的，司机们也微笑着向我们挥手告别，车很多，挥手的时间很长，这是我最长时间的挥手和最持久的微笑。当送走最后一辆车时，我的眼里早已含满了泪水。

拦车我们只坚持了7天,大学生志愿者走了,汽车罢工了,人也累垮了。

无奈的日子

7天,在藏羚羊一个多月的迁徙时间里或许太短了,或许它们才开始适应我们为它们设置的短时间的"绿色通道",不得不又自谋出路。纵然是在拦车的日子里,我还是常常遇上羊群在过公路时被一些汽车冲散的场面,更不用说在其余的日子里了。每天观察藏羚羊的时间是我最揪心的时刻,留下许多久久挥之不去的场景:向路基冲刺了38次还未敢踏上路基的羊群最后发疯似的在路基旁来回跑动,然后不甘地移向别处,或许去寻找胆大的羊群,或许是去寻找另一个地点的另一个机会;爬上路基站在公路边的母羚羊急切地等着路基下的孩子积聚勇气爬上来,远处有车疾驶来了,此时,羊妈妈恨不得长出一只手将孩子一把拉上来;那些跨过了公路的藏羚羊久久在路边徘徊不走,等待着公路另一侧的兄弟姐妹,不断地翘首向对面看着,不知是在对同伴进行鼓励还是……在所观察到的过公路的藏羚羊群中,没有一群是完整跨过公路的。看着那些对跨越公路绝望的藏羚羊慢慢在我已模糊的视线中远去时,留下对公路的忧伤回望,使我近乎心碎。

坚持了5年的民间保护站

索南达杰保护站电力设施已经老化,取暖也成了问题;还有资金问题、政策问题制约了工作的正常开展。风雨中保护站走了5年,目前保护站仅靠卖书还能坚持多久呢?况且今年书就卖完了,明年保护站又靠什么维持?"绿色江河"的担子太沉重,民间环境保护组织走得很难。

位于青藏公路旁的索南达杰自然保护站从2001年1月1日起开始实施志愿者机制,每年有30名志愿者分12批到保护站志愿工作一个月。志愿者以保护站为基地，对当地牧民、居民和公路、铁路建设者开展环境宣传和教育，利用保护站的展览厅对进入西藏的游客开展环境教育和宣传，同时定期沿青藏公路对昆仑山口到五道梁之间的野生动物进行种群数量调查。七八月份组织和接待大学生的社会实践和考察，这是保护站组织活动和对外开展环境宣传教育最多的时候，同时也恰好是藏羚羊迁徙的季节。这是从去年 1 月份起开展的工作，其目的是通过志愿者对保护站两侧 100 公里青藏公路沿线的动物调查，了解该区域的动物分布、活动规律以及和公路、铁路建设的某些相关性。这需要经过长期的观察和科学的记录才会得出可靠的结果。经过去年一年的探索性调查，保护站已对该段沿线的野生动物情况有了初步的了解，掌握了一些确切的数据，通过去年年底的《昆仑山口到五道梁的野生动物调查报告》向青藏铁路建设单位提出了营地布置和分段施工的建议，已经部分被青铁指挥部采纳，并且在藏羚羊的迁徙过程中收到实效。

  守望藏羚羊的最后几天，月亮又圆了，站在瞭望塔上我默默看着它缓缓从遥远的地平线上升起，很大、很亮、很温柔，这是高原特有的明月。上升的月亮慢慢映在静谧草原中的一湾湖水上，看上去好似一只眼睛，一只忧伤的眼睛。我看它的同时它也看着我，似乎对我说："你知道的，藏羚羊为何那么忧伤。"是的，我是知道的，我愿更多的人都知道。

（摘自《读者》2003 年第 11 期）

中国人，你健康吗

杨　潇　冯韶文

2000年的国民体质监测有两个"最"，即新中国成立以来规模最大、覆盖人群最广。监测结果出来后，媒体形容这是"中国国民体质大透底"。到2005年，有了第二次国民体质监测，5年间发生了什么？如果以2000年的统计结果作为基数100，那么到2005年，国民身体形态综合指数为99.14，国民身体机能综合指数为90.35，国民身体素质综合指数为103.43。换句话说，我们的身体素质正在爬升——男性可以做更多的俯卧撑了；我们的身材有点走样——衣带渐紧，小腹渐凸；我们的身体机能有所下降——肺活量、血压等数据不容乐观。

而根据2008年年初中国卫生部公布的消息，中国居民期望寿命（它的计算方法是：对同时出生的一批人进行追踪调查，分别记下他们在各年龄段的死亡人数，直至最后一个的生命结束。用这批人的平均寿命来假设一代人的平均寿命，这就是平均预期寿命）由2000年的71.4岁提高到了2005年的73岁。

好消息　更会做俯卧撑了

身体素质是一个全国"普涨"的指标。

体育总局群体司综合处处长杨光宇介绍，人的体质从国际上公认的标准看有5个方面，分别是形态、机能、素质、心理和应激能力，"但是后两项监测的可操作性还不够，因此报告并未纳入"。

浙江省国民体质监测中心副主任安平则给了一个直观的标准：对普通人来说，一个判断体质的简单办法，就是看你能做多少个俯卧撑。

国民体质监测报告说，俯卧撑反映的是肌肉耐力情况，从2000年到2005年，国人身体素质水平明显提高，20~39岁年龄段的成年人提高幅度最大，这从各地中青年男性做俯卧撑的能力的提高中可见一斑。不过在"普涨"之中亦可看出"地区差异"，一个20~24岁的"北京人"，一分钟可做俯卧撑26.2个，同年龄的"上海人"则可做27.9个，但是"贵州人"就只能做24.6个。

坏消息　腰粗了

2005年成年男性肥胖率为9.3%，超重率则达到了33.2%——而2000年时，这两个数字分别为7.6%和31.9%。体育总局中国国民体质监测与鉴定研究专家周琴璐说："超重（而不肥胖）的人数比肥胖的人数多，这意味着有更多的人'预备'着胖起来。"

和2000年以前相比，中国成年男性的体重、胸围、腰围明显增加，臀围则无变化，"这意味着都胖在肚子上了，这就比较危险。"参与了这次监测的北京体育大学教授张一民说。

彭博新闻社曾援引美国《保健事务》的一份报告称，随着财富的增加，中国人的腰围比世界上其他任何一个地方的人增长都快。这份报告还提供了更早的数据：2000年与1989年相比，中国女性肥胖者人数翻了一番，男性肥胖者人数则是当时的3倍。"目前中国肥胖人口达3.25亿，这个数字在未来20年还可能增加一倍，这种变化可能对中国的劳动力和经济增长产生影响。"报告如此预测。

至于腰围多少为宜，中山大学公共卫生学院副教授朱惠莲给出了一个数字：根据我国的情况，男性腰围最好不要大于90厘米，女性不大于80厘米，换算成国人熟悉的单位，男同胞买裤子腰围超过二尺七，女同胞买裤子腰围超过二尺四，就得自己掂量掂量了。

"70后""80后""90后"

1985年，原国家教委、国家体委等部门在28个省区联合开展了"中国学生体质与健康调研"，此后，于1995年、2000年、2005年又进行了相同规模和内容的调研。

根据以往4次调研，可以大致描绘出一个典型的"70后""80后"和部分"90后"在中小学时期的身体变化："80后"男生要比"70后"男生高3厘米，重3.8公斤，"90后"男生则又比"80后"男生高1.9厘米，重3.6公斤；"80后"女生比"70后"女生胸围增长1.6厘米，而"90后"女生比"80后"女生胸围又增长1.3厘米。

这其中，身高增长"前快后慢"，到"90后"一代速度已经明显放慢；体重增长则"前慢后快"，到"90后"一代，重量和围度增长的高峰仍将继续。

在机能、素质方面，同样是学生时代，"80后"比"70后"的爆发力和速度明显提高，而耐力则有所下降；"90后"则在机能和素质方面呈现全面下降，耐力下降尤甚，部分年龄段甚至退回到了"70后"当年的水准。

某种程度上,"70后""80后"受益于营养不良时代的结束,迅速地高大、健壮起来,也迅速参与制造了"身材走样,机能下降"这个新闻点,而他们之后的"90后",则在洋快餐和"魔兽"类网络游戏的轰炸中或者艰难突围,或者发胖。

吃得多了,动得少了

受访专家常常用8个字概括国人体质变化的原因,即"吃得多了,动得少了"。

2002年,城市居民每人每日油脂消耗量由1992年的37克增加到44克,脂肪供能比达到35%,超过世界卫生组织推荐的30%的上限。"油水多了,意味着谷物吃得少了,这你从日常经验中也可以感觉到,咱们平时在外面下馆子,很多时候不就是到最后不吃米饭了。"中国疾控中心营养与食品安全所研究员何宇纳说。

油过量,盐也超标。传统中国菜讲究盐味,到2002年,国人人均每日摄盐量为12克,两倍于世界卫生组织的推荐量。

过量的油和盐在体内运行,增加了肥胖、糖尿病、血脂异常的发生率,也增加了高血压的患病风险。2002年,18.8%的成年中国人患高血压,总人数估计超过1.6亿,比1991年增加了7000多万人,并且"城乡差距已不明显"。血脂异常率则达到了18.6%,此外,还有3.9%的人血胆固醇边缘升高。

周琴璐用"静坐为主"来描述很多中国人的生活状态。在《第二次国民体质检测报告》庞杂的表格中,她提醒我们重点关注25~39岁年龄段的体质状况,"尤其是25~29岁年龄组的,他们大学刚毕业,从学校到办公室,身体机能下滑得最厉害"。

群众体育现状的最新数据还没出来,但在2000年,我国16岁以上的城乡居民中,有65%的人在这一年没有参加过任何体育活动。

以年龄段划分，体育人口（每周参加体育活动不低于3次，每次活动时间30分钟以上）呈现出"两端高中间低"的特点，36~45岁和26~35岁成为国人中最为"静态"的两个群体。2000年的统计表明，体育人口各种慢性病的发病率低于非体育人口7.1个百分点，呼吸系统疾病的发病率只有非体育人口的12%，职业病的发病率只有非体育人口的17%，肥胖的发生率低于非体育人口1.5个百分点。而有身体疲劳、体力衰退感觉的人，体育人口比非体育人口要少一半。

2000年，中国人最喜欢的体育锻炼项目依次是健身操、武术、秧歌、交谊舞、广播体操、羽毛球、气功、门球。2005年北京市的调查显示，排名前几位的项目已经变成了跑步、游泳、步行、打球、登山、健美力量练习，气功与武术相加，也只能陪在末座，甚至不敌"其他"。"更多人可能是需要看得见的减肥或者其他效果，转向了强度更大的有氧运动。"北京市体科所所长吴向军分析。

（摘自《读者》2009年第2期）

雪山脚下的都市女教师
蔡宇

2003年，34岁的成都女教师谢晓君带着3岁的女儿，到四川省甘孜藏族自治州康定县塔公乡的西康福利学校支教。2006年8月，一座位置更偏远、条件更艰苦、康定县第一所寄宿制学校——木雅祖庆学校创办了。谢晓君主动前往当起了藏族娃娃们的老师、家长甚至保姆。2007年2月，她把工作关系转到康定县，并表示"一辈子待在这儿"。

到雪山脚下去

"是这里的纯净吸引了我。天永远这么蓝，孩子是那么尊敬老师，对知识的渴望是那么强烈……我爱上了这个地方，爱上了这里的孩子。"

康定县塔公乡多饶干目村，距成都约500公里，海拔4100米。在终年积雪的雅姆雪山的怀抱中，在一个山势平坦的山坡上，四排活动房屋和一顶白色帐篷依山而建，这就是木雅祖庆学校简单的校舍。

时针指向清晨6点，牧民家的牦牛都还在睡觉，最下边一排房子窄窄的窗户里已经透出了灯光。女教师寝室的门刚一开，夹着雪花的寒风就一股脑儿地钻了进去。

草原冬季的风吹得皮肤生疼。屋子里的5位女教师本想刷牙，可凉水在昨晚又被冻成了冰疙瘩，只得作罢。她们逐一走出门来，谢晓君不得不缩紧了脖子，下意识地用手扯住红色羽绒服的衣领，这让身高不过1.60米的她显得更瘦小。

吃过馒头和稀饭，谢晓君径直朝最上排的活动房走去。零下十七八摄氏度的低温，冰霜早就将浅草地裹得坚硬滑溜，每一次下脚都得很小心。

六点半，早自习的课铃刚响过，谢晓君就站在了教室里。三年级一班和特殊班的70多个孩子是她的学生。"格拉！格拉！（藏语：老师好）"娃娃们走过她身边，都轻声地问候。当山坡下早起的牧民打开牦牛圈的栅栏时，木雅祖庆教室里的朗朗读书声，已被大风带出好远了。

2006年8月1日，作为康定县第一所寄宿制学校，为贫困失学娃娃而创办的木雅祖庆学校诞生在这山坳里。一年多过去，它已经成为康定县最大的寄宿制学校，600个7岁到20岁的牧民子女在这里学习小学课程。塔公草原地广人稀，像城里孩子那样每天上下学是根本不可能的，与其说是学校，不如说木雅祖庆是一个家，娃娃们的吃喝拉撒睡，老师们都得照料。谢晓君和62位教职员工是老师，是家长，更是保姆。

学校的老师里，谢晓君是最特殊的。1991年她从家乡大竹考入四川音乐学院，1995年毕业后分到成都石室联中任音乐老师。2003年，她带着年仅3岁的女儿来到塔公的西康福利学校支教，当起了孤儿们的老师。2006年，谢晓君又主动来到了条件更为艰苦的木雅祖庆学校。

三年级一班和特殊班的好多孩子都还不知道，与自己朝夕相处的谢老师其实是学音乐出身。从联中到西康福利学校，再到木雅祖庆学校，谢晓君前后担任过生物老师、数学老师、图书管理员和生活老师。每一次变动，谢晓君都得从头学起。

从成都到塔公，谢晓君不知多少次被人问起，为什么放弃成都的一切到雪山来。"是这里的纯净吸引了我。天永远这么蓝，孩子是那么尊敬老师，对知识的渴望是那么强烈……我爱上了这个地方，爱上了这里的孩子。"

最初让她来到塔公的不是别人，正是自己的丈夫——西康福利学校的负责人胡忠。

福利学校修建在清澈的塔公河边，学校占地50多亩，包括一个操场、一个篮球场和一个钢架阳光棚。这里是甘孜州13个县的汉、藏、彝、羌四个民族143名孤儿的校园，也是他们完全意义上的家。一日三餐，老师和孤儿都是在一起吃的，饭菜没有任何差别。吃完饭，孩子们会自觉地将碗筷清洗干净。

西康福利学校是甘孜州第一所全免费、寄宿制的民办福利学校。早在1997年学校创办之前，胡忠就了解到塔公教育资源极其匮乏的情况，"当时就有了想到塔公当一名志愿者的念头"。

辞去化学教师一职，胡忠以志愿者身份到西康福利学校当了名数学老师，300多元生活补助是他每月的报酬。临别那天，谢晓君一路流着泪把丈夫送到康定折多山口。

胡忠离开后，谢晓君常常在晚上十一二点长途话费便宜的时候，跑到附近的公用电话亭给丈夫打电话。所有的假期，谢晓君都会去塔公。跟福利学校的孤儿们接触越来越多，谢晓君产生了无比强烈的愿望：到塔公去！

从头再来——音乐老师教汉语

"城市里的物质、人事，很多复杂的事情就像蚕茧一样束缚着我，而塔公完全不同，在这里心灵可以被释放。"

谢晓君弹得一手好钢琴，可学校最需要的不是音乐老师。生物老师、数学老师、图书管理员和生活老师，3年时间里，谢晓君尝试了四种角色，顶替离开了的支教老师。她说："这里没有孩子来适应你，只有老师适应孩子，只要对孩子有用，我就去学。"

2006年8月1日，木雅祖庆学校在比塔公乡海拔还高200米的多饶干目村成立，没有一丁点儿犹豫，谢晓君报了名。学校实行藏语为主汉语为辅的双语教学。"学校很缺汉语老师，我又不是一个专业的语文老师，必须重新学。"谢晓君托母亲从成都买来很多语文教案自学，把小学语文课程学了好几遍。

牧民的孩子们大多听不懂汉语，年龄差异也很大。37个超龄的孩子被编成"特殊班"，和三年级一班的40多个娃娃一起成了谢晓君的学生。学生们听不懂她的话，谢晓君就用手比画，好不容易教会了拼音，汉字、词语又成了障碍。谢晓君想尽一切办法用孩子们熟悉的事物组词造句，草原、雪山、牦牛、帐篷、酥油……接着是反复诵读、记忆。课堂上，谢晓君必须不停地说话来制造"语境"，一堂课下来她能喝下整整一暖壶水。

4个月的时间里，这些特殊的学生学完了两本教材，谢晓君一周的课时也达到了36节。令她欣慰的是，特殊班的孩子现在也能背诵唐诗了。

"这样的快乐不是钱能够带来的"

"课程很多，上课是我现在全部的生活，但我很快乐，这样的快乐不是钱能够带来的……我会在这里待一辈子。"

木雅祖庆学校没有围墙，从活动房教室的任何一个窗口，都可以看到不远处巍峨的雅姆雪山。不少教室的窗户关不上，寒风一个劲儿地朝教室里灌，尽管身上穿着学校统一发放的羽绒服，在最冷的清晨和傍晚，有孩子还是冻得瑟瑟发抖。

"一年级的新生以为只要睡醒了就要上课，经常有七八岁的娃娃凌晨三四点醒了，就直接跑到教室等老师。"好多娃娃因此而被冻感冒。谢晓君很是感慨："他们有着太多的优秀品质，尽管条件这么艰苦，但他们真的拥有一笔很宝贵的财富——纯净。"

　　这里的娃娃们身上没有一分钱的零花钱，也没有零食吃，学校发给的衣服和老师亲手修剪的发型都是一样的，没有任何东西可攀比。他们之间不会吵架更不会打架，年长的孩子很自然地照顾着比自己小的同学，同学之间的关系更像兄弟姐妹。

　　每年6月、7月、8月是当地天气最好的时节，太阳和月亮时常同时悬挂于天际，多饶干目到处是绿得就快要顺着山坡流下来的草地，雪山积雪融化而成的溪水朝下游的藏寨欢快地流淌而去。这般如画景致就在眼前，没有人能坐得住，老师们会带着娃娃把课堂移到草地上，娃娃们或坐或趴，围成一圈儿，拿着课本大声朗诵着课文。当然，他们都得很小心，要是不小心一屁股坐上湿牛粪堆儿，就够让生活老师忙活好一阵子了，孩子自己也就没裤子穿没衣裳换了。

　　孩子们习惯用最简单的方式表达对老师的崇敬：听老师的话。"布置的作业，交代的事情，孩子们都会不折不扣地完成，包括改变好多生活习惯。"不少孩子初入学时没有上厕所的习惯，谢晓君和同事们一个个地教，现在即便是在零下20摄氏度的寒冬深夜，这些娃娃们也会穿上拖鞋和秋裤，朝60米外的厕所跑。

　　自然条件虽严酷，但对孩子们威胁最大的是塔公大草原的狼，它们就生活在雅姆雪山的雪线附近，从那里步行到木雅祖庆学校不过两个多小时。

　　尽管环境如此恶劣，谢晓君却觉得与天真无邪的娃娃们待在一起很快乐，她说："课程很多，上课是我现在全部的生活，但我很快乐，这样的快乐不是钱能够带来的。"

　　"明年，学校还将招收600名新生，教学楼工程也将动工，未来会越来越好，更多的草原孩子可以上学了……我会在这里待一辈子。"说这话时，谢晓君就像身后巍峨的雅姆雪山，高大雄伟，庄严圣洁。

（摘自《读者》2008年第5期）

我们无处安放的哀伤

王开岭

1

它是怎么来的？2008 年 5 月 12 日，央视南院。

那个阳光还算灿烂的下午，我正在楼下餐厅淘影碟，有人突然闯进来，表情怪异：地在动？动？

回到楼上，各部门已嘈成一团，所有人都站着，手机、座机被不停地拨叫，汶川、理县、茂县、绵竹、黑水、北川……一遍又一遍，听筒里传来的全是空荡、可怕的忙音。这是生死未卜的忙音，这是与世隔绝的忙音……至今，这忙音仍幻听般回荡在我的耳朵里。

那是双目突然失明的感觉，它让你怀疑时空的真实性……远方，远方怎么了？难以置信的集体失踪！那种空白和哑默，是科幻片里才有的恐怖……

你甚至觉得并非对方有问题,而是自己遭遇了不测。是的,我们被远方抛弃了,开除了,遗忘了。

没有任何预兆,在最意想不到的时候,大半个中国被袭击。

我们目瞪口呆。一时间,忘了火炬往哪儿传,传到了哪儿。

几天后,有人这样描述那一瞬的降临:"家门口,常有载重大货车过往,12日午后,又一阵轰隆隆,隔壁老曾没遇到过这么大的动静,正准备出来骂街,没到门口地就晃了……事后才知,是北川那边的山塌了。"

所有活着的人,都只剩下一个身份:幸存者。生死存亡,仅仅因为距离,因为你脚踩的位置,因为你恰好走到了某处。

我突然看清了一个事实:人生,很大程度上不过是"余生"。

我不会忘记那幅照片:残垣断壁,一只石英钟睡在瓦砾间,指针对准14时28分。

这是它扔下的第一个夜晚。

守着电视待到天亮,我觉得入睡是可耻的。我知道,这个大雨滂沱的夜里,很多人会死去,很多灵魂会孤独远行。这样的夜,和一亿年前的夜毫无区别,冰冷无声,没有光亮,没有站着的东西……这样的夜,他们应有人陪。

13日下午,给已飞赴灾区的同事发了条短信:人最容易在夜里死去,给废墟一点声音,一点光亮,哪怕用手机,让生命挺到天亮……

汶川、北川、青川……中国版图上,没有谁像你那样镶嵌如此多的"川"字。然而现在,正是这一个个川,刺痛着泪腺和肋骨。知道吗?就在不久前,我还在《中国国家地理》"新天府评选"的对话中,大肆赞美你天堂般的诗意,滔滔不绝,以你为例鼓吹"'天府'就是沃土和乐土,就是全世界乞丐和懒汉都向往的地方……"想想忍不住脸红,你就这样羞辱了我。

是的,正因为那一个个川,才有了你的曲线和妖娆,才有了你深寺的桃花、竹林的茶香、马帮的铃声、雪山上的炊烟……知道吗?你的美曾让我神魂颠倒，感动得我泪流满面。然而今天，这美竟成了天堑，成了饕餮之口，成了生离死别、咫尺千里的险阻，成了让人诅咒的墓穴……当然，这不是你的错。其实，我只是不敢正视你的罪。是的，大地，我不恨你，即使你犯了天大的错。我只能不可救药地爱你，别无选择。

2

窗外，一排白杨，密匝匝的枝头几乎贴到了玻璃。这些天，每见这些无动于衷的叶子，我总会想，在川西，在那 10 万平方公里的废墟上，最高者莫过于这些树了吧。想着想着，就会发呆，眼前掠过一些景象。

这个 5 月，一个人要想掩饰泪水实在太难。

我为那些来自前方的哭诉而流泪：消失的山峦，消失的村寨，消失的炊烟，消失的繁华……无数个家叠在了一起，叠成薄薄的一层瓦砾，肉眼望去，城墟一览无余。一条条川路被拧成了麻花，裂口深得能埋下轮胎，几千公里的盘旋路上会行驶多少车辆？而那一天，几乎没有车辆能到达目的地，它们的里程被突然定格了。

我为那些随处可见的情景而流泪：瓦砾上，一群无精打采的鸽子，一只不知所措的小狗，主人被埋在下面，它们像忧郁的孤儿；天在哭，一位母亲站在废墟上，撑着伞，儿子被整栋楼最重的十字梁压住了，只露出头，母亲不分昼夜地守护着，任何劝说都无效；一位丈夫用绳子将妻子的遗体绑在背上，跨上破旧的摩托车，他要把她带走，去一个干净的地方，给生命以最后的尊严。他们贴得那么实，抱得那么紧，像是去蜜月旅行。

我为那些声音而流泪：一个 10 岁女孩在废墟下坚持了 60 个小时，被挖出 10 分钟后去世，"凋谢"之前，她说："我饿得想吃泥"；教学楼废墟上，由于有塌方险情，救援被命令暂停，一位战士跪下来大哭，对死死拖住他的同伴喊："让我再去救一个！求求你们让我再救一个！我还能再救一个！"

　　我为那些永远的姿势而流泪：一块巨石下，男子的身体呈弓形死死罩着底下的女子，女子紧抱男子，两具遗体无法拆散，只好一起下葬；一位中学老师，双臂撑开护在课桌上，这个动作让四名学生活了下来……

　　我为一排牙印而流泪：当一具具遗体入土时，一个小姑娘哭喊着冲出人群，想阻拦掩埋。士兵上前劝慰，突然，小姑娘抓起了他的胳膊，猛咬下去。胳膊一动没动，小姑娘又拔出衣服上的胸针，对着它狠狠扎下……事后，士兵平静地说："如果我的痛能减轻她的痛，就让她咬吧。"

　　我为最后的哺乳而流泪：一处坍塌的民宅，救援人员奋力挖掘，猛然，令人震惊的一幕出现了，一个年轻的妈妈怀抱婴儿蜷缩在下面，她低着头，上衣向上掀起，已停止呼吸，而怀里的女婴依然含乳沉睡。当她被轻轻抱起，与乳头分开时，立即哇哇大哭……

　　我为那些伟大的诀别而流泪：废墟下，李佳萍鼓励身边的学生，一定要坚持，活下去，人生很美好……当预感自己快不行的时候，她用尚能活动的手，把另一只手上的戒指摘下来，塞给离她最近的邹红，说："如果你能活着出去，把它交给我老公，告诉他和女儿，我爱他们，想他们。"杨云芬，一位被几十人轮流救援几十个小时的婆婆，在自感无望时，哀求大家不要再徒劳，快去救别人。被一次次拒绝后，她用玻璃割破手腕，吞下身上的金饰……在我看来，这分放弃和决不放弃，同样伟大。

　　我为那些天真而流泪：一个只有几岁的漂亮男孩，在被抬上担架后，竟举起脏脏的小手，朝解放军叔叔敬了个礼。一个叫薛枭的少年，被送上救护车时，竟对周围的人说："叔叔，我想喝可乐，要冰镇的。"面对这些未褪色的稚气，我总想起某首老歌："亲爱的小孩，今天有没有哭，是否朋友都已经离去，留下了带不走的孤独……是否遗失了心爱的礼物，在风中寻找，从清晨到日暮……"其实，我最想说的是，孩子，你们不需要太坚强，不坚强也是好孩子。

我还为一名乞丐流泪：某地大街上，捐赠箱前来了个残疾人，他只有半个身子，撑一块木板滑行，大家都以为他只是路过，可他竟然停住了，举起盛满硬币的缸子……看这幅图片时，我心头猛然揪紧，"5·12"之后，这世上又要增添多少拐杖和轮椅啊，可敬的兄弟，你是在帮自己的同路人吗？

我还为那些最后的遗憾而流泪：陈坚，这个被压了70多个小时的汉子，这个在电视直播中脱口"各位观众各位朋友，晚上好"的人，这个戏称"世上第一个被三块预制板压得不能动弹"的人，这个在电话连线中告诉孕妻"我没啥远大目标，只想和你平淡过一辈子"的人，这个不忘为救援队喊"一、二、三"助威的人就在被挖出、被抬上担架不久，竟再也不理睬他的观众了。

一位军医撕心裂肺地喊："陈坚，你这个混蛋，为什么不挺住，不挺住啊?！"

是的，这是肉体对精神的背叛，本来我们以为它们是一回事，可实际上不是，两者一点也不成正比。肉体甚至像一个奸细，在我们最以为胜券在握之际发动偷袭。

是的，我们哭得那么伤心，像一群被抛弃的孩子，像失去了最熟悉的亲人。是的，如果你活下来，你将创造一个完美的奇迹，你将以一场神话般的胜利拯救这些天来人类的自卑和虚弱，你将感动全世界，不，你已经感动了全世界。

想起了一句话：即使死了，也要活下去。

放心吧陈坚，今后的日子里，我们替你活着。

人可以被毁灭，但不能被打败。

3

我为一座县城的湮灭而流泪：北川。

这个像火腿面包一样被两座山紧紧夹住的城池，这个曾地动山摇、草木失色的地方，由于受损严重、山体松弛和堰塞湖之危，其废墟已无重建可能。从 5 月 21 日起，这座有着 1400 多年县史的人类栖息地，将全面封闭，所有灾民和救援队将撤出。等待它的，很可能是爆破或淹没。

画面上，那幅"欢迎您来到北川"的牌子，刺痛了我。

别了，北川。没有仪式，来不及留恋，来不及告别。

撤离前，他们在曾经是自家房屋所在的瓦砾堆上，匆匆焚一堆纸，烧几炷香，挖一点可带走或自觉重要的东西：一只箱子、一块腊肉、一兜衣物、一缕从亲人头上剪下的青丝……一个年轻人抱着一幅婚纱照，捂在胸前，表情呆滞地出城而去。我知道，这是他生命中唯一的行李了。

同事告诉我，撤离途中，常会有人突然掉头跑向高处，只为最后看一眼祖地、老宅和那些刚刚拱起的新坟……

我彻底懂得了什么叫"背井离乡"。

前年，制作唐山大地震 30 周年纪念节目，曾看到一位母亲给儿子动情地描述："地震前，唐山非常美，老矿务局辖区有花园、洋房，最漂亮的是铁菩萨山下的交际处……工人文化宫里面可真美啊，有座露天舞台，还有古典欧式的花墙，爬满了青藤……开滦矿务局有自己的体育馆，带跳台的游泳池，还有一个有落地窗的漂亮的大舞厅……"

大地震的冷酷就在于此，它将生活连根拔起，摧毁着我们的视觉和记忆的全部基础。做那组纪念节目时，竟连一幅旧唐山的图片都难以寻觅。

震后，新一代的唐山人几乎完全失忆了，直至一位美国人把他 1972 年途经此地时拍的旧照送来展览时，全唐山沸腾了。睹物思情，许多老人泣不成声。

故乡，不仅仅是一个地点和概念，它是有容颜的，它需要物像对称，需要视觉旁证，需要细节还原，哪怕蛛丝马迹，哪怕一井一石一树……否则，一个游子何以能与眼前的故乡相认？

有人说过，百万唐山人虽同有一个祭日，却没有一个共同的祭奠之地。30年来，对亡灵的召唤，一直是街头巷口一堆堆纷乱的纸灰。莫非北川也要面临类似的命运，一代后人将要在妈妈的讲述中虚拟故乡的模样？还有那些不知亲人葬于何处的幸存者，无数个清明和祭日，他们将因拿不准方向而在空旷中哭泣，甚至不知该朝向哪一个山冈……还有那些连一张亲人照片都没来得及挖出的人，未来的某个时分，他们将因记不清亲人的脸庞而自责，而失声痛哭……

　　"遥知兄弟登高处，遍插茱萸少一人。"

　　一代人的乡愁，一代人的祭日，一代人的哀伤……

　　我知道它何时开始，却不知道它何时结束。

4

　　我还难忘一位同事的号啕大哭。

　　5月21日，在绵阳通往北川的山道上，一个老人挑着担子，踽踽独行。余震不断，北川已临封城，记者李小萌在回撤途中，迎面看见了这位逆行者。他很醒目，因为已没人"使用"他那个方向了……老人瘦矮，叫朱元云，68岁，家被震塌了，在绵阳救助点避了10天后，惦念地里的庄稼，想回去看看。

　　李小萌劝老人别往前走了，很危险，可老人执意要回去："我要回去看看，看看麦子熟了没有，好把它收了，也给国家减轻点负担……"（川话大意）此时，又从北川那边过来两个人，也挑着担，装着从家里刨出的一点吃的东西，两人和老人竟然认识，是邻村老乡，他们也劝老人别回去，"那边危险得很"。

　　李小萌："这些东西，是您全部的家当吗？"

　　男子："是，就这些了。"

李小萌："您家人呢？有孩子吗？"

男子："死了，娃儿都死了。"

李小萌："那您妻子呢？"

男子："老婆，我老婆也死了。"

李小萌："还有其他家人吗？"

男子："我妈，她也死了。"

李小萌："一家四口，就剩您一人了？"

男子："就剩我一个了。"

另一男子："他们死的死了，我们活下的要好好活。"

两人与老人道了别，走了。

自始至终，他们的语调、神情，都和老人一样，平静、轻淡，没一点多余的东西。

无奈，李小萌嘱咐老人把口罩戴好，路上小心，并帮他扶好扁担……走出了几十米，那背影似乎想起了什么，转身道："谢谢，让你们操心了。"

孤独的扁担一点点远去，朝着空无一人的方向。几秒钟后，李小萌突然扭头号啕大哭，那哭声很大、很剧烈，也很可怜……

当在电视上看到这几秒的大哭时，我再次感觉到肩头发颤。虽然我已被它震撼过一回了，那是在素材带里。事实上，小萌哭得比电视上更久更厉害，为了播出，被剪短了。按惯例，那哭是要整个被剪掉的，可那天竟意外被留住了。这是央视的幸运。

庄稼在那儿，庄稼人不能不回去……这是本分，是骨子里的基因，是祖祖辈辈的规矩。老人遵守的，就是这规矩。这就是事情的全部真相。

老乡们的平淡让我感动，李小萌的失态也让我感动。那哭是职业之外、纯属个人的，但它让我对所从事的职业充满敬意和幻想。我还羡慕李小萌，她终于不再隐瞒、不再克制、不再掩埋内心的秘密。

我还感激李小萌，这些天来，我终于听到了自由的大哭，那层薄薄的纸终于被捅破了。

哭和泪不一样。放声大哭,是灵魂能量的一次迸溅,一次肆意的吐放。它安放了我们无处安放的哀伤。

在李小萌所有的表情中,这是最美的一次。

5

一个在震区待了半个月的通讯社朋友说,回北京的第一个清晨,从沉睡中醒来,当隐约听到鸟叫,当看见从窗帘缝中照进的第一束阳光时,他掩面长泣……

他说难以相信这是真的,昨天还是废墟,还是阴雨连绵,还是和衣而卧……他说受不了这种异样,这是完全不同的两种空气,没有粉尘,没有螺旋桨、急救车、消防车、起重机的尖锐声,大地没有颤巍巍的印象……他说受不了这静,这太腐败了,有犯罪感,对不住昨天仍与之一起的那些人,他说想再回去。

是的,我理解他说的。

是的,我们真的变了。从惊天动地的那一刹那,生活改变了很多。泪水让我们变得洁净,感动让我们变得柔软,震撼让我们变得亲密,哀容让我们变得谦卑,大恸让我们变得慷慨,剧痛让我们彻底醒悟……72小时的黑白世界,让我们前所未有地体会到了那个"生命共同体"的存在。

祝福这个"共同体"吧,它不能荒废那么大的牺牲,不能虚掷那么高的成本和代价。

即使不能飞翔,即使还要匍匐,也要一厘米一厘米地前行。

(摘自《读者》2008年第13期)

"翔旋风"：0.03秒的背后

孔 宁

刘翔的一次次跨越已经被称作"翔旋风艺术流"，他那风一般的跨越，已成为中国体育的一个象征。"没关系，看我的！"刘翔最爱说的一句话，感染着所有中国人。他为何能如此自信？他有什么样的秘密武器？而金牌背后，又有一个怎样的团队……

吃

刘翔在北京集训时的"御用"食堂，20多道菜的自助餐可谓极为丰盛。说是"御用"，其实也是和其他运动员一起享用。不过，专门负责刘翔用餐的厨师长会给刘翔提供他最爱吃的鱼和海鲜，这是别人没有的一道加菜。

食堂东北角的位子属于刘翔。每次他一来就会自觉地坐到那个角落里，落座前会先去拿两杯酸奶，然后一个微笑，厨师们就开始忙碌、为他加餐。

刘翔耐心地等待着虾和鱼的到来，有时候刘翔会主动邀请大家与他一起分享。

刘翔的配餐遵循三大原则：一是食物不相克，二是防止加入含兴奋剂成分的食物，三是每天的饭菜避免重复。

喝

一次，朋友给刘翔零食，他笑着说："对不起，我不能吃，不是怕你害我，而是怕被误导。况且，我得听那个人的……"刘翔指向小B，小B是专门负责刘翔训练时吃饭喝水的"特工"。刘翔难为情地直摆手："对不起，我不能吃，吃啥喝啥得由小B说了算。"小B来头不小，拥有体育运动系高学历，薪水不低，但就干一件事，专门负责刘翔训练时的吃喝。小B说："哪个瓶子里是白水，哪个里面放了维生素，放了多少剂量，我都会做上标记。凡是开了盖的矿泉水，过了一段时间就不能再喝，因为不保险。"

穿

由于刘翔是耐克的形象代言人，因此全身都是耐克的运动服。耐克公司专门从用料和款式上进行研究。运动服透气性很好，款式也是以流线型为主流设计。鞋更是有名，专门给刘翔设计的"翔旋风"跑鞋，轻得像羽毛，而且减少了鞋与跑道的摩擦力。据悉，该公司将会运用卫星定位系统测量刘翔的脉搏，即时提供他的相关检测数据。

训　练

对于刘翔的训练，是一改过去凭感觉、经验主义的传统训练模式，采用科技含量极高的、崭新的训练模式的成果。整个训练过程如同拍摄一部数字化电影，片名就叫《竞速帝国》，主角是刘翔，他就是《黑客帝国》里的基努·里维斯，执行一套取胜程序。

2003年田径世锦赛，刘翔取得了铜牌。从那个时候起，刘翔科研课题组正式成立，这个小组被人们亲切地称为"翔之队"。

"翔之队"通常都是在刘翔睡觉的时候开始工作。刘翔上午训练结束后，科研小组就马不停蹄地开始用电脑分析。当最终的结果被刻制成光盘的时候，刘翔正在自己的房间午睡。下午训练时，孙海平就能拿到刘翔最新的资料。如果是下午训练，科研小组就晚上加班，第二天一大早，光盘就能送到孙海平手里。

0.03秒很短暂，"翔之队"科研小组把数据细化到了刘翔跨出的每一步中，将他从起跑直至终点划分为3个复合段落时间，分别代表了他的加速能力、保持高速的能力和速度耐力，刘翔每一次加速的节奏都精确到0.01秒后再反映到图表上。当然，刘翔本人并不知道这些，他要做的只是执行。

（摘自《读者》2008年第1期）

做自己人生的信天翁

谭里和

肖喆，2002年湖南高考理科状元，清华新生。

每年各省都有状元，可是这个状元曾是逃兵，一年前，他还在北京大学信息工程学院读二年级。

卷起行李，离开美丽的燕园，不是每个人都有这种勇气。

年仅21岁的肖喆，看上去不是那种血气方刚、容易冲动的青年。尽管他的特立独行招来不少非议，可他淡淡的微笑，让你明白：他放弃，他选择，只为了做最真最棒的自己。人生该怎样走，青春该涂抹怎样的色彩，他自有最冷静的规划。

不拿金牌，我也能上北大

肖喆出生于普通的双职工家庭，父亲肖石云是湖南省华容县针织厂的工人,母亲丁小玲是县人民医院的护士。不过,肖喆不普通,学习上很有天分,几乎每次都高居榜首。他的老师曾自豪地说:"学校考试他全校第一,县里考试他全县第一,市里考试他照样全市第一。"

肖喆却不爱听大家说他是天才,才12岁,已经开始懂得拒绝虚名。他以第一名考入省重点华容县一中,又以绝对优势一直遥遥领先,却肯定地宣布:"我的好成绩是勤奋得来的!"的确,肖喆从不缺课,从不迟到早退,笔记做得比谁都仔细、都详尽,默默地扑在书本里。课上老师提出的棘手问题,课下同学百思不得其解的难题,问到肖喆,他似乎不假思索就能提出解决方法,但游刃有余的背后,是无数个奋战到深夜的刻苦,和心无旁骛的热爱。

1996年,享有盛誉的湖南师大附中到全省各地选拔人才,学校推荐了肖喆赴考。强手如云,肖喆硬是杀出血路,考进最优异的实验班。

1997年3月,全省高二年级竞赛开始,学校里气氛剑拔弩张。当时校方也选派了优秀的高一学生参考,包括肖喆,仅仅作为练兵,对他们得奖并不抱希望。那次肖喆初露锋芒,拿了湖南省的生物竞赛二等奖。

他在学校再次成为"名人",是缘于他16岁那年的惊人之举。

肖喆只用一年,就学完了高中的全部课程,学校也安排老师专门给他辅导,目标是第二年的国际生物竞赛。肖喆却不愿意,决定离开师大附中,退学,回华容一中!

老师百劝不得结果,得知消息的肖石云也连夜从华容赶到长沙。当晚,学校领导、班主任、生物辅导老师以及肖喆爸爸聚在一起,将瘦弱而性情倔强的肖喆围在中间,苦口婆心好言相劝。大家说累了,肖喆硬邦邦地来一句:"我不喜欢这样的教学和学习方式,为了得竞赛金牌而牺牲一切。"

老师急了。肖喆反问:"得金牌有什么用?"

"可以保送北大啊。"

"上北大就是得金牌的最终目的?那就没必要浪费时间了,我不拿金牌也可以上北大。"

大家面面相觑。第二天,肖喆坐上开往华容的公共车,在全校一片哗然中,走得干净利落。就在那年,他在华容一中拿了全省高一生物竞赛的一等奖。

不走,我不是孬种

1999年8月,肖喆如愿收到了北京大学的录取通知书。拆开来,一贯坚强的肖喆却懵了,哭了。肖妈妈有些难受,手足无措地安慰着儿子。是她瞒着肖喆去教育局改了他的志愿,事先并没有和他商量。肖喆那年考了659分,可以任意选择大学和专业。肖妈妈听说电子计算机是最有前途的专业,于是把儿子填报的北大生命科学院改成了北大无线电电子学系。

知道原委的肖喆丢了通知书,一脸郑重地说要复读,临近北大开学的前几天,他仍然不改初衷。家里的人都慌了,姑姑、舅舅,所有能够发动的亲戚都来做他的工作,肖妈妈甚至哭着央求他。肖喆终于被软化了,准备北上。

那年的北大依然美丽,柳枝轻曳,水波潋滟,未名湖边都是年轻而兴奋的面孔,只有肖喆无心欣赏,只想着一件事情:要转系到生命科学院。

肖喆的低调引起了系里老师的注意,老师得知他的心愿,笑着安慰他,北大的电子系全国闻名,你学的专业除了清华大学之外没有学校可比!

可我要读最好的!在北大我就要读最出色最有名的生命科学系!

肖喆初中毕业时,曾参加全国青少年生命科学夏令营,还见过北大著名生物学教授潘文石老师,当时潘老师送给他一本自己的书——《秦岭:大熊猫的自然庇护所》,扉页还写有一段意味深长的话:

如果哪一个物种的最后一个个体停止了呼吸,就意味着地球又有一段灿烂而不可再现的历史将悄然逝去。我们的子孙也就失去了这份宝贵的自然遗产。让我们用共同的智慧和努力来阻止这种情况的发生。

几行字，如同火苗，激发了肖喆对生命科学的兴趣，至今未灭。开学没多久，他就去了生命科学院教务处的办公室，向老师询问转系的程序。对方说，如果你当年的高考分数达到了我院的录取线，就可以参加我院举行的转系考试。这样就可以找回丢失的梦想，心事重重的肖喆第一次轻松地笑了。回到宿舍，他立刻挎上大书包，去书店买所需的生物学教材，准备来年的转系考试。

接下来的日子，肖喆得了空闲就去生命科学院旁听。虽然生性腼腆，他还是主动与生物学专业的朋友结交，借来他们的课堂笔记，回来后争分夺秒去消化、巩固。他得同时应付两门完全不同的专业课程，何况生物学课程又有大段的空缺，时间非常珍贵，难免顾此失彼。正在他努力赶上生物学的进度时，专业成绩不可避免地后退，大一的第一学期考试，专业课居然有两门不及格。前所未有的耻辱感，使拿着成绩单的肖喆呆若木鸡。

现在唯一支撑他的就是转系的希望。他迅速调整心情，全力以赴投入生命科学院的转系考试。这时，更大的打击接踵而至，他被告知：北大对转系的学生有最基本的要求，就是每年的期考成绩必须及格。肖喆离开办公室，跌跌撞撞地回到寝室，倒在床上躺了两天，一直拷问着自己：就这样离开？带着失败的耻辱？

两天后，他头发蓬乱地坐起来，平静地面对人生第一个挫折：不走，我得用成绩证明我不是学习的孬种！

燕园装不下我的梦

2000年北京的初春，天空湛蓝，燕园的湖水也湛蓝如纯净的眼眸。肖喆过完寒假，在别人花前月下或者游荡于未名湖畔时，精神抖擞地投入自己的专业学习。生物学的梦已经破了，他也不想再走那条伤心路。

通过大一下学期和大二全年的学习，肖喆的成绩迎头赶上，均到优良，从没低过 80 分。

但是，这时的肖喆已经有些疲于应付，每天需要付出的精力越来越多，压力越来越重，即使通宵达旦地学习，换来的也只是考试成绩表面上的"还行"……这一切，几乎都让这个从没有为学习皱眉的男孩承受不住了。

痛定思痛的肖喆，情绪消沉。老师安慰他说："你毕业后，绝对能找一份好工作！"

可是，他满足的并不仅仅是一份好工作。经过慎重的考虑，在 2001 年 6 月 10 日，他终于决定了：退学。

肖喆决心已定，但是该怎么向父母开口？他们又怎么能够答应呢？

肖喆顾虑重重，但是退学的想法已在心里生根，每天折磨得他不能入睡。接连几天的失眠后，肖喆终于拿起了电话："我想退学。"

四个字说出口，那边拿着话筒的爸爸慌了，半天没有说话。接着他听到了妈妈哽咽的声音："孩子，这是何苦呢，你可是在北大啊。"

肖喆心软了，改口说，我是在说着玩儿呢。放下电话后他左思右想，还是拿笔给家里写了一封长信，信中详尽地述说了自己在北大度日如年的近况，也说了对未来的打算，请求父母让他自由选择这一次。收到他的来信，经过慎重的考虑，肖石云对妻子说，咱们的儿子自己最清楚，从小到大做事从来就没有让我们担过心，还是让他回来吧。肖妈妈流着眼泪答应了。

父母答应他退学了，肖喆放下电话，从箱子里拿出早已写好的退学申请书，跑到院系领导办公室。负责的老师难以置信，当即给肖喆的家里打电话，希望肖喆的父母为孩子的将来考虑，劝其放弃退学。当然，这一切都不能阻止肖喆，老师只能惋惜地替他办了离校手续。

就这样，肖喆完成了别人眼中匪夷所思的转变，从骄傲的北大学子到复读生，他走出校门时，留恋地回望着依旧美丽的燕园。不是对燕园没有牵挂，而是燕园装不下他的梦。

从顶端到底层再次拼搏，他知道有更多符合自己梦想的可能。

没有命运没有造物主，他要无所畏惧地做自己。

肖喆的意外退学在整个华容小县引起了种种猜测，有人说肖喆在大学里成绩不合格，有人说肖喆是违反了校规被开除的，最离谱的，有人议论说肖喆可能有精神障碍。那段时间，家里气氛有些压抑。肖妈妈背着人常掉眼泪，冷静的肖爸爸有时也难免长吁短叹，但他们绝对相信自己的儿子，肖喆会证明自己的！

肖喆从北大退学时，特意请求相关的负责老师写了张证明："根据我们了解，肖喆同学退学主要是个人选择……该生在学校期间没有任何违纪行为，特此说明。"

不可能每天拿着证明去解释去澄清。面对流言蜚语，最有力的是沉默，让铁一般的事实为自己说话。父母为自己的事情够操心了，肖喆不能让他们蒙羞。

肖喆一直珍藏着一本书，《漂泊的太阳》，是优秀的北大人的自白。他已经看过四五遍了，虽然仍怀念着北大那个未圆的梦，但明天会更精彩。

打开清华的大门

华容一中对肖喆的归来表示宽容和理解，但是肖喆从不要求学校的特殊对待。他和其他的补习生一样，一起上学听课，又像从前一样占据了第一的宝座。

尽管学校和家相隔不远，高考的前两个月肖喆没有回家一次，全心学习。

7月7日是肖喆的生日，有人开玩笑说肖喆是为高考而生的。7月6日中午，肖喆提前吃了生日蛋糕，不过不是在家里，而是在学校的宿舍。父母也在，笑着看切蛋糕的儿子。其他同学鼓掌相庆。所有的不安都藏在心里，遮蔽得严严实实，没有人显得焦灼不安。

明天的考试非比寻常，对每一个考生都很重要，尤其是对肖喆。父母其实担忧得睡不好。

肖喆却表现得很平静。进考场前，肖喆检查考试用具，一边给钢笔灌墨水，一边和同学开玩笑，我们不是去考试，我们是去狩猎，子弹充足了才能够打到更多的猎物。

肖喆考得很成功，所有题目似乎都中了肖喆的圈套，几乎一个不剩被一网打尽。就连今年的高考作文也像是为他度身定做——《心灵的选择》。

750分的满分，他考了703分，这是高考大省湖南高考史上的最高分。

查到分数后，肖喆依然相当平静，倒是爸爸、妈妈、姑姑们哭成了一团。孩子终于证明了自己，他们终于可以松口气挺直腰板了。

老师说，肖喆，中国所有的大学第二次向你敞开了大门。

肖喆笑着说，我眼中只看到唯一，清华就是我的唯一。

肖喆终于圆了自己的梦想，不过这个梦圆得似乎有些迟，而且付出了不小的代价。是否后悔自己浪费了几年的时光？

肖喆还是保持着那种淡淡的笑容，说："不管北大也好，清华也罢，我还是很普通的一个人，我还是那个为了兴趣而懂得放弃，但是又不断努力的自己……高考状元的桂冠已经成为过去，到了清华后摆在我眼前的又是一张白纸。我要用数倍于别人的努力去补偿自己最美好的岁月，力争三年完成大学学业，然后拿到留学的全额奖学金，去美国麻省理工学院继续读书！"

传说中，信天翁是最有主见的鸟，它在自己选择的天空和高度上任意翱翔。21岁的肖喆，就是一只年轻的信天翁，自己决定自己的人生。

（摘自《读者》2003年第1期）

我有103个孩子

陈 敏 兰飞燕

崭新的白衬衫，刚理的头发，黝黑的脸上神情局促，李兹喜就像一个来城里相亲的山里男人。

他扯扯衣服，说："这是县教育局的同志给买的衬衫、裤子。他们一看我就说，要上北京，哪能穿成这样哦，要穿得漂亮点！这也是我第一次来北京，第一次坐飞机。"

作为贵州省罗甸县班仁乡金祥村油落小学的代课教师，能够获得2008年五四青年奖章，李兹喜有些惭愧，觉得自己"不够杰出"，做的都是小事，有很多人都在大山里教书。

"没有一分钱的工资能够坚守岗位12年，哪里是小事？有报道说你这么做是出自一个教师的责任和良心。这句话真的是你说的？"

他憨厚地摇摇头，笑了："是记者替我想的。我就是舍不得那些娃娃。有的娃儿年纪小，常常忘了我是老师，围在我身边就喊爹，你说哪个爹能离开自己的娃娃？就这样，身边的老师来来走走，我只是想着上课下课，一天一天就走到今天了。"

对于记者的每次提问，李兹喜都要沉吟许久，除了谈到孩子，基本只回答寥寥数字，偶尔还会老实承认："你刚才问我有没有'粉丝'，我不明白指什么。"

扎根偏僻山乡，为贫寒家庭的孩子点亮知识的第一簇火苗。这位风华正茂的青年，对新兴的网络语言一概不知，更不敢奢望游戏、娱乐和享受。然而，他常常露出幸福的笑脸，仿佛103个学生娃娃的淳朴和爱，时刻都在他的内心如浪奔腾。

一个错误的决定？

2005年的阳春三月，贵州的油桐花开遍野，像一片片白色浮云，温柔地落进金祥村的莽莽群山。李兹喜却无心欣赏这云海花山，在芭蕉弯的山脚，他用白色塑料桶打好50斤泉水，用背篼背在肩上，顺着崎岖的山道往油落小学赶。

说是小学，其实是只有三间窝在半山腰的简陋房子：其中两间教室，里面有20张课桌，一间小办公室。这所小学是2000年由县中医院和两位个体老板捐资修建的，如今共有二三十名学生，从一年级到四年级，从语文课到美术课，唯一的老师就是李兹喜，他还兼任校长和后勤处长。

贵州山区极度干旱。每天早晨，李兹喜都要背水上山，倒进学校的大水缸里。孩子们正长身体，又贪玩，口渴着呢。曾有年轻人想要接班，一看李兹喜天天背水上山，就喊苦，不来了。

李兹喜又想起妻子昨晚问他的话："你的衣服怎么老是烂肩头？补了三次了，再烂就没办法补了！"可他没钱置办新衣服，只能不时用手调整背篼的位置，希望减少点磨损。

怎么喂饱破衣衫裹着的这副皮囊，对李兹喜而言，也是十多年来一直困扰他的问题。

1995年，李兹喜19岁，初中刚毕业，便被金祥村的村长找到。金祥村坐落在双江口北岸的半坡上，是全县最边远最贫穷的村寨。居住在崇山峻岭里的山民，只能吃上粗糙的苞谷饭，村里孩子每天走几十里的山路去乡小学，因为小娃娃上学辛苦，村里就自寻场地办了一所"小学"。

那天，村长跟李兹喜诉苦道："老师嫌苦，又跑掉了，二十几个娃娃没人教，村里找不到有学问的人，你帮个忙吧。"李兹喜难为情地问："那工资多少？"

村长更难为情："哪有工资哦。每个娃娃每个学期就交30元书杂费，只够买课本和教学用品的，老师一年能收365斤苞谷籽，由学生家长平摊。"

反正是帮忙，那就去吧，谁知流年似水，一帮就是十几年。

最初娃娃们连教室都没有，暂时在油落组组长吴兴国家的茅草房里借读，村民们自己做了小板凳，孩子们三四个挤在一块儿，瞪大眼睛看着新来的老师。那些清亮的眼神，忽然就灼痛了李兹喜的心——为什么他们就该输在起跑线上？

李兹喜没有教具，只好到山上找来各种形状的石块，一样样地举起来教："这是长方形，这是正方形。"第二堂课，他把新折的一捆小树枝摆来弄去，讲解加减乘除。孩子们以为在玩游戏，嘻嘻哈哈地高兴着。

生活艰苦也无妨，李兹喜犯愁的是吃不饱。有些村民家里穷困，每学期几斤苞谷籽都拿不出来。他从不上门讨要，这倒让淳朴的村民很是歉疚。为了留住他，村民们给他介绍了村里的姑娘陆小招。两人结婚后，李兹喜住在岳父母家，后来因为丢不下学生，依旧回到学校宿舍，周日才回家。他将苞谷"年薪"磨成苞谷面，一部分拿回家里，一部分自己吃。

相继添了两个孩子后，光靠妻子在田里劳作，根本不能解决全家人的温饱。农忙时节，妻子常常找到学校，催他回去干活，他只有一个回答，指着教室里的孩子反问："那我的学生怎么办？"

"你自己的孩子饿得哇哇哭，你就不管？我一个人种两个人的田，太累了！"

妻子劝过，吵过，哭过，骂过，李兹喜一概"不理"。到了周末，他走40里山路回家，一路打猪草，全天忙农活，尽量分担家务。他好脾气地跟妻子解释："我什么都可以让步，但教书的事情非得坚持，你不理解我，我也无法……"

妻子面带怒色地说："你就是变着法子偷懒！成天赖在学校！"

李兹喜有些被激怒了："孩子们喊我老师，我就得对他们负责，不能让他们辍学！"

为此，两人曾经闹到要离婚的地步。自己的生活举步维艰，自己的孩子瘦骨伶仃，身为家庭的顶梁柱，这个男人觉得颜面尽失——难道这真是一个错误的决定？

你们所不懂得的幸福

2005年暑假结束了，城里的学校欢天喜地地开学了，油落小学却是愁云惨淡。

已经过了十天，学生的课本费大部分没交。那年收成不好，村民们也无可奈何。李兹喜辗转反侧，无法入眠，等到19日晚上，他索性趁着月光，磕磕碰碰地摸着山路回了家。

面对纳闷的妻子，李兹喜歉疚地说："孩子们没有课本，没有办法开学。要不然，把家里留着过年的那头猪杀了卖吧？"妻子严词拒绝："你不拿一分钱补贴家用，反倒找我要钱？"

一番争执后，最终李兹喜还是把猪卖了。第三天下午，他背着新课本回到了学校。

生活并不因崇高的情怀而减少磨难，困难接踵而至——妻子生了场大病，他身无分文，急得焦头烂额，是父亲拿出了大半辈子的积蓄；孩子生病了，他无暇照看，是母亲昼夜不息、精心照顾；雨季到了，是老人承担起他的责任，帮着抢水打田；米缸空了，是岳父岳母常常周济……

坚持教书，究竟要付出多大的代价，连累几个家庭？

此时，在外地打工的弟弟又来信了，劝李兹喜出去打工："出来一年至少挣好几千元。你窝在山里这样辛苦，到底图哪样啊？"

那个周末，李兹喜把自己关在学校，窝在两平方米的宿舍里。所谓的"床"在墙角，几块木板垫着一层谷草，再铺上土布床单，平时父子三人就挤在那里。桌子斑驳破旧，上面整齐地摆放着作业本和备课本。

抚摸着作业本上稚嫩的笔迹，李兹喜含泪下了决心：出山打工。

收拾了行李，离开了学校。满山油桐花，一个伤心人。他正失魂落魄地走着，一个个村民家长却从岔路赶了过来，面色焦虑地劝道："李老师，听说你要走？可走不得呀，孩子们都在教室里等你……"有的家长更是连连保证，"今后我们一定把苞谷交齐，再苦也不能饿着您！"

那一张张朴实热忱的脸，让李兹喜出去打工的决心土崩瓦解。他一路小跑着回到学校，孩子们马上齐刷刷地起立，开心地大喊："李老师好！"好多孩子脸上还有泪痕，其中一个小声说："李老师，我们还以为你真的也不要我们了呢！"李兹喜头一次当着学生的面，扑簌簌地掉下了眼泪。

哪怕要做"村里最穷的人"，李兹喜也不能离开孩子。苞谷籽不够，那就挖野菜吃；妻子不满，就继续竖起耳朵听着……

李兹喜留在了学校，村民们常常送来一点宝贵的蔬菜，或者一篮野果。孩子们则在作文里写道："我最大的理想就是给李老师每月发工资，让李老师成为最富有的人！"

乡村教师的困窘生活里，藏着外人所不懂得的幸福。正如李兹喜的父亲所说："儿子，你为山里的穷人做善事，即使穷，也受人尊敬！"

每个学生都像我自己的孩子

大山里的孩子，只有逢年过节去赶场的时候，才能够看到四个轮子飞转的汽车。李兹喜常常对厌学的孩子说："你想不想天天都能看见车子和高楼大厦？"

孩子无限盼望地点头。

李兹喜严肃地说："那就一定要好好学习！"

晚上，李兹喜常常去差生家做家访辅导。他会吃点玉米粥再去，不忍心让村民为难。有的家长提出笼里唯一的鸡，非要宰了下锅，他就变脸丢了课本说："那我马上走掉，再不来了。"

班上有个9岁的男孩，患有怪病，隔两三天就发作一次，常常在课堂上口吐白沫晕倒过去。每次都是李兹喜背着孩子把他送回家。几十里的山路啊，一路上，他的衣衫湿透了好多回。家长想让孩子辍学，李兹喜不同意，下次照样背着犯病的孩子在山路上飞奔。私底下，李兹喜找来两本药书，对照着上山寻采草药。草药大多长在山势险峻之地，他冒险采回一小篮，煮好后自己先喝一大碗，确定没有危险，才敢拿给孩子喝。

李兹喜对每一个孩子，无论成绩优劣或者身体强弱，都一般疼爱。孩子们都说："李老师就像我的爸爸！"

与此同时，李兹喜还承担着金祥村的扫盲教育任务。有段时间，李兹喜走家串户，动员扫盲对象到学校来"识字"。村民们夜里赶往学校上课时，一盏盏煤油灯亮在漆黑的山路上，仿佛知识的光芒，刺破了陈年的黑暗。

2005年10月，罗甸县的"两基"终于通过验收。

喜事频传。2005年12月23日，国务院总理温家宝主持召开国务院常务会议，会议提出了深化农村义务教育保障机制改革的主要内容，决定从2006年开始，全部免除西部地区农村义务教育阶段学生学杂费，2007年扩大到中部和东部地区；对贫困家庭学生免费提供教科书并补助寄宿生生活费……

果然，从2006年春季开学起，贵州省农村义务教育阶段，中小学生全部免除学杂费。油落小学新校舍也已建成，通村公路于2006年年底全线贯通。

也就在那一年，坚守岗位11年分文不取的李兹喜，获得了"贵州十大杰出青年"荣誉称号，并且引来了第一位记者。当时，李兹喜居然没有听说过"记者"这种职业，认为从县里下来的，都是"领导"。"这个领导问的好多问题我都听不懂。"

那位记者在大山里采访完，很是感慨，拍着胸脯保证："你放心，这篇文章一见报，上面知道了你的情况，会给你解决工资问题的！"

李兹喜兴奋得一晚上没睡好。

秋天开学时，李兹喜对学生说："老师很快就有工资了，所以今年的苞谷就不用交了！你们每天也可以吃得更饱些！"

但因种种原因，他从年中盼到年尾，工资的事影儿都没有。他只好空着肚子教书，隔三岔五地从家里拿粮食吃，自嘲那是"讨粮食的一年"。

2007年9月，县里终于开始给李兹喜这位代课教师发工资，每月600元，他笑得合不拢嘴。两个孩子也高兴地蹦蹦跳跳，说："爸爸终于有钱给我们买新作业本啦！"

记者问："如今回想，最难的是什么时候？"

李兹喜说："就是家里常常无米下锅，要去借的时候。一般夫妇两人种田，我爱人只能种一亩多点的稻谷，哪里够四口人吃呢？生活中我是个失败者，有时也羡慕别人有钱，但是没有办法。再难，也放不下那些孩子。每个学生，都像我自己的孩子。"

青春13年，三尺讲台。李兹喜将一个个学生送走，升学成绩在同级同类学校中靠前，在学校服务半径内没有一个学生辍学，巩固率100%。全村3个组144户中，青壮年非文盲率达96%。

"走到今天，你最感激的人是谁呢？"

"第一感激我的岳父岳母和妻子。有了他们的无私支持,我才能继续执教。第二感谢自己的学生,他们喜欢我、依赖我,支撑我走过了最孤独的岁月。希望孩子们能走出大山,成为好公民,将来改变山村落后的面貌。"

在付出中得到,在奉献中感恩,这位淳朴的乡村教师自有幸福天地。

(摘自《读者》2008年第21期)

生死抉择

姜 皓

2007年冬天的一个早上,天还没有完全亮透,冰城哈尔滨203路公交司机滨子已经踟蹰在上班的路上了。今天他是第二班的车,所以时间还来得及。雪花漫天飞舞着洒下来,滨子有一些抱怨。虽然冬天的雪景很美,但作为司机,他最讨厌这样的天气。

距离单位还差两个街口,滨子却突然停下来。在他左侧路口,一辆203路公交车摇摇晃晃,似乎正准备停下来。要知道,那可是一个十字路口,稍有一些驾驶常识的人都知道这样做意味着什么,何况这样的天气,这样一个正值上班高峰期的时候。这是哪个司机?吃了豹子胆!

滨子的心陡然紧张起来。几辆小轿车疾驰而过,似乎为了躲避,公交车速度缓慢,看来并非为了抢道。滨子稍稍放松了紧绷的神经。还好,那辆公交车在拐过路口之后,稳稳地停在了路边。随即,应急灯闪亮起来。乘客们神色慌张、跟跟跄跄地吵嚷着下车。

出问题了！肯定出问题了！

容不得多想，滨子调转方向，加快脚步。

走到近前，看清楚车牌号，滨子知道那个吃豹子胆的人是谁了。按理说，小兄弟何国强自打进车队算起来也有五年了，可从来没出过任何事故。至于车，更不可能出现故障，那是车队刚刚买进的最好的一辆车。队长就是因为最信得过他何国强，才让他驾驶来着。可今天这是怎么了？

滨子有些着急……

乘客们已经全部下车。滨子迅速登车查看，"小何，出了什么问题？车子怎么停下来了？"

何国强端坐在驾驶座位上，一动不动，一声不吭。这让滨子有些恼火："怎么回事儿？说话呀！有啥困难有哥们儿呢！"

滨子边说，边走到何国强身旁，拍拍他的肩膀还准备多说几句。却见何国强双眼紧闭、表情痛苦、身体极其僵硬地靠在椅背上。

"小何！小何！小何！"滨子方觉不对，连声呼喊，却不见何国强有任何反应……

救护车第一时间赶到。不是一辆，而是好多辆。因为，在打"110"的时候，滨子说有位公交司机在车上突发急病……所以，负责任的医护人员觉得事情紧急，伤亡情况可能会很严重，便及时调来了多辆救护车。不仅如此，医院方面也紧急加派人手，增加救援力度，做好了重大交通事故的抢救准备。

但是，离去的，的确只有公交司机——何国强。

经过诊断，何国强是因为突发脑干出血……医生说，脑干出血发病速度很快，甚至一两分钟之内病人就会昏迷，病人感觉非常痛苦。同时，病人在发病时，极有可能出现头晕、视物模糊、一侧肢体瘫痪等症状……

滨子，一个刚强的东北汉子，面对着众多医生护士哭得不能自已！

他说，他登上车的时候，熄火的公交车已经拉上了手刹。也就是说，何国强在临终的时候，不仅将车安全地停在路边、打开警示灯，还拉起手刹、开了车门。这几个对平常司机来说非常简单的动作，对于当时的何国强来说是何等艰难，那是他克服了身体上多大的痛苦才完成的啊！

用生命来捍卫职责，避免了一场重大事故的发生，挽救了一车人的生命，这不是传说！

何国强，一个平凡的公交司机，用生死之时非凡的抉择向人们诠释了什么是恪尽职守！

(摘自《读者》2008年第11期)

中国农村的"留守"孩子

阮 梅

"留守儿童"被定义为父母双方或一方流动到其他地区,孩子留在户籍所在地,并因此不能和父母共同生活在一起的 14 周岁及以下的儿童。中国留守儿童的实际数字已远远超过 2000 万。在调查中我们看到,大量的留守孩子处在这种天各一方的极不人道的亲子关系模式里。由于缺乏来自父母的亲情呵护与完整的家庭教育和监管,许多儿童过早地承受着成人社会的各种压力,在思想道德、心理健康等方面出现严重问题。不少儿童表现出害羞、不善于表达的自闭倾向,一半以上的孩子呈现出不同程度的心理问题。

家庭监管的严重缺位、学校教育的疏忽、社会环境的不良影响,还导致诸多留守孩子出现行为失范。

"世上只有妈妈好,没妈的孩子像根草。"在调查中我们看到,大多数留守儿童正像这首歌里所唱的情景一样,离开了爸爸妈妈的亲情怀抱,这些本还处于需要父母倍加呵护与特殊关爱时期的幼小生命,在孤独无助的留守生涯里，像一丛蓬生而起又自生自灭的野草，呈现出枯荣由天的悲凉景象。

花样的孩子，草样的年华

留守儿童面临的最大问题，是情感孤寂。有时候，我只是一个会吃饭、会运动的机器——爸爸，你外出打工已有几年了，我非常挂念你。又是年关了，想起那一年，我们一家人在家过年，一起度过的那段快乐日子，我就又悲伤起来了。为什么我现在的日子总是充满忧愁？有时候，我还安慰自己：妈妈不在了，好爸爸待会儿就会回来。多少次的思念，只化作了多少次的泪流满面；多少次的伤心，都因"爸爸"这两个字而起。我多么希望您今年能回来和我一起过年。您不在家的时候，我被孤独、忧愁占据，那个时候的我，不再是我，只是一个会吃饭、会运动的机器而已。

家里安静得连一根针掉到地上都听得见，我好害怕——为了供我读书，你们出去打工，我很感激你们。可是我没有实现你们的愿望，我让你们失望了。我现在的成绩很差，无法再赶上去了。我只希望你们能回来照顾我。每周星期天的时候，一个人在家里，屋里像没有人一样安静，晚上总是从噩梦中惊醒。你们原来在家的时候，屋里有说有笑的，现在是静得连一根针掉到地上也听得见。

伤心时，我最想要您的安慰——亲爱的爸爸，当我提起笔，我的内心在颤抖，因为对您的那份爱永远深埋在儿子心底，无法用语言来表达。每到周末，我无时无刻不在等待着您的声音，希望在我伤心时您能给我安慰。好不容易盼星星盼月亮，盼来一次在电话中与您交谈，本来有一肚子话要向您诉说，可我每次都应付地回答您。而我心里想说的话，那么多，却一句都没有说。爸爸，我从何说起呀！您总是问我要什么，我什么都不要，只要您能够回来。您一走就是三年，我都已经想不起您的模样了……

爸爸妈妈，你们是我最恨的亲人——妈妈回来看我的时候，是我最最高兴的日子；妈妈每次出门的时候，是我最最难过的时刻，我从早到晚不停地哭，妈妈走了我还在哭，嗓子哑得没声音了我还在哭，似乎我的哭声能把妈妈哭回来。记得有一回，爸爸妈妈一起回家过年，同学告诉我，说我爸妈来了，就在家门口，我朝门口一看，真的是爸妈回来了。但我对同学说：他们不是我爸妈！受委屈的时候，爸妈不在身边，有一次我坐在河边想跳下去。爸妈都不在家里，看到同学妈妈买新衣服给同学了，我就想，你们不是我的爸爸妈妈了，所以，我恨你们！

只要你们在家里，天天骂我、打我都行——每次想到你们，都有一种说不出的滋味。千言万语我也不知道该如何来表达我对你们的爱。自从你们出去打工，刚开始我就像一只小鸟一样获得了自由。那时我巴不得你们出去，那样我也就没有约束了。现在，我宁愿你们在家里天天说我、骂我、打我都行，却不想你们一个也不在家。每次接到你们的电话，内心深处都有无数的话想对你们说。但每次都被一句"手机快没钱了，下周再给你打电话"作为理由而挂断。每次放下电话时我都在流泪。其实我很不想挂电话，不管你们有没有话说，我都不想挂断……记得有一次在一山区女孩家里，不知不觉就坐到了天黑。失聪的奶奶刚走进睡房，女孩就一把抓着我的胳膊大哭："阿姨，你留下来，就做我一天的妈妈好吗？我的妈妈已经三年没回家了，我作业不晓得做，晚上睡觉害怕。奶奶耳朵聋了，我哭她都听不见……"父母亲情的缺失，无疑在他们幼小的心灵上留下了难以愈合的创伤。

少年不幸有谁怜

留守孩子远离父母，缺乏良好的倾诉对象，受到委屈无处倾诉，在行为习惯和价值观念上难以得到父母的引导与帮助，在情感上也得不到足够的关心，便很容易偏离主流的道德价值观，甚至走上犯罪的道路。

走进少管所，随便找出一个少年，就有可能是留守孩子。2006 年 7 月，安徽省怀远县人民法院受理了一起抢劫案，被告人一个 14 岁，一个 15 岁。这两个少年系怀远县淝河乡同一村的邻居，他们的父母均在上海打工，把他们留在家中让祖父母来监护。因为祖父母年事已高，缺少对他们的管教，所以他们经常上网打游戏。钱花光了，他们想到平时在网上常打的一个叫"暴力警察"的游戏，于是便模仿里面歹徒抢银行的场面，到学校去抢学生的钱，从而走上了犯罪的道路。

没有不良的少年，只有不幸的少年。心理学家如是说，亲情之爱在儿童的成长过程中，起着一种不可替代的作用，丧失父母亲情会出现许多始料不及的后果。留守孩子更多地暴露在复杂的社会环境中，很容易造成孩子社会化过程的严重扭曲。近些年来，留守孩子违法犯罪越来越呈现出低龄化、多样化、集团化、手段成人化等特征。

无论是有意识的仇视还是不自觉地误入歧途，广泛的留守状态确实成了适宜繁殖"问题少年"和"不良少女"的丰厚土壤，为今后的犯罪提供了庞大的预备军。

"老师说，你父母不在家，你要照顾自己，还要照顾生病的奶奶。很累，是吗？"

"解决困难只能靠自己，什么人都靠不上。"

"你对自己有信心吗？学习、生活？"

"我现在……我现在，连书都不想读了。"

"为什么不想读书了呢？"

"我害怕去学校。"

"为什么？"

"我的成绩一直往下降，去学校，怕老师找我谈话，怕同学笑话我；打电话跟父母说，又怕父母担心我、说我。"

"为什么成绩会下降？下降了慢慢努力就是啊！"

"我做不到像以前那样……我的学习时间太少，连作业都无法完成……"

2007年12月，我见到了这位被学校树为留守孩子典型的初一女生小君。女孩的家在山坳间，周围全是光秃秃的山，只有很远的山坳冒出了几缕淡淡的炊烟。走近她家门的时候，有老人的咳嗽声从室内传出来。厨房里，黑咕隆咚，小君正在用柴火煮饭，灶台上，有她给奶奶煎好的中药。对比学校给我看到的照片，我眼前的小君要显得木讷、消瘦得多。她小小年纪，但脸上灰暗无光，一副疲惫不堪的样子。短短的半个小时，小君说话老是走神。我问她是不是病了，她没说话，只摇了摇头。

小君告诉我，父母外出打工已五年，一年就回来一次。父亲有三兄弟，家庭经济状况都不是太好。奶奶常年卧病在床，有老年痴呆症，听力与视力都不行，就靠三兄弟轮流供养。轮到小君家时，父母没在家，就由小君负责所有事宜。小君说，每年有三个月，她都这样过：早晨5点起床做早餐、煨好药给奶奶，中午买菜回家做饭，晚上回家做饭、洗衣、熬药后，就到了10点多，时间少了，作业总是写不完。

我担心地问她晚上怎么过，一个女孩子家？她说奶奶经常住在她家里，晚上就跟奶奶过。我当即要了其母亲的电话，想就孩子晚上单独住宿这件事，建议其母亲适当考虑孩子的人身安全问题，可是没能联系上。等到今年年初，我再次想起这件事，拨通小君留下的电话的时候，才知道女孩因患抑郁症，已经休学在家治病。

笔者对同一镇6个村的调查发现，初中及以下的在校生1190人中，父母有一人外出务工的为897人，父母双双外出务工的为363人。

问卷调查显示，近60%的留守孩子存在心理问题，有66%的留守孩子不愿意与代管家长、教师和同学说心里话，还有30%的留守孩子表示心里怨恨父母。

余秀华在《成人病向孩子进攻》一文中列出的10种"最爱找孩子麻烦"的病，其中就有抑郁症。而众多缺少父母疼爱的留守孩子就成了抑郁症泛滥的温床。

家长：陌生的孩子，你成了我心中永久的痛

2008年正月初二，听说笔者要了解留守孩子的问题，一位在广州打工回家过年的王家媳妇抹着眼泪告诉笔者："我和老公出门时儿子才5岁，出去后的9年里，我们在外面受尽了冷眼，做着城市里最苦最累的活，舍不得吃，舍不得穿，为的就是小孩子今后能够有出息。可现在倒好，前年回来时，孩子早就辍学了，天天在社会上鬼混，进网吧、上迪厅，整日只知道和乱七八糟的朋友吃喝玩乐。孩子不听话，2007年我们就花钱把孩子送进一所全封闭管理的学校，可才开学两周，孩子就被学校开除了。我们想和孩子好好谈谈，他根本就不听。现在我一说到孩子的事就伤心，像有人拿刀剐我心尖的肉，这么多年拼死拼活地打工，我们到底为了什么啊？"

湖北大学心理系教授严梅福认为，父母长时间不回家，与孩子之间的感情势必会淡漠。孩子年龄越小，造成的关爱缺失越明显，并影响到孩子健全人格与道德观念的形成，进而在其一生中都会留下痕迹。

针对农村留守儿童话题，笔者在调查的5个省份范围内随机抽取756位外出务工人员进行了问卷笔录。调查结果显示，62%的被访者是夫妻双双在外打工，38%是夫妻一人在外、一人留在农村。被访者中，45%的孩子留在农村和爷爷奶奶或外公外婆生活，7%的在亲戚家代养，3%的孩子无人代养。在被访的父母中，有27%的父母一个月和孩子联系一次，27%的平时很少联系，只在过年过节时回家看看，8%的父母一年难得回一次家。其中有36%的孩子，老师反映其不爱说话、性格孤僻，23%的孩子交上了一些不三不四的朋友，经常惹事。89%的孩子不想让父母出去，希望和他们生活在一起。91%的孩子认为住在一起的亲戚没有父母对自己好。孩子多数认为所谓的监护人对自己的约束、教育较少，遇到困难多半得自己解决。当问及受访人"在外打工，最担心孩子什么"时，有83%的父母回答怕孩子学习成绩下降，

今后考不了好大学，找不到工作，只有27%的父母担心孩子违纪违法。"打通妈妈的电话时，妈妈却急着问起我钱的花销，问我的考试分数，不问我的委屈。"一个孩子难过地对我说。

"爸爸妈妈，在你们的心目中，我是一个不听话的孩子，想必在老师的眼里也是。爸爸妈妈，你们真的不了解我。也许是你们跟我分开太久，有时，就算是我做错了事，也没机会跟你们解释。"正如这个孩子所说，许多留守孩子的父母和孩子之间原本浓郁的亲情，就这样被空间、时间上的距离活生生地断裂开来。

2000万个孩子，一个都不能少

"一个阶层的上升通道如果因为太多'结石'而产生梗阻，痛感迟早要传递出来被社会的每个部分感知。"农村留守儿童一旦出现问题，首先伤害的是他们自身，同时也伤害了他们的家庭，更影响着中国的未来。正如相关专家所说，农村留守儿童问题是中国特定历史时期的状况造成的，是社会转型中的成本和代价。这个成本和代价需要政府、社会来共同承担，而不是只靠农民自己来扛。

随着2008年"两会"的召开，农村留守孩子问题开始提上各级党委、政府的议事日程。湖南、湖北、四川、安徽、河南等劳务输出大省相继推出了一些既有创意又行之有效的措施。同时，大量的有志之士纷纷投入关爱农村留守孩子的实践活动中。在湖南华容和湖北监利、孝感、咸宁等地，"代理家长"作为一种新的社会工作在各级党委、政府的广泛发动、各界爱心人士的力促下，已被有识之士作为爱心接力和应尽责任主动承揽下来。江西省玉山县南山乡枫林村普通女教师、现已63岁的钟文花老人在繁忙的教学工作之余，15年来将圣洁的母爱无私地洒向这个村子的35名留守孩子，其中有7名学生考上了大学。退休之后，钟文花老人又将自家的6间平房腾出来，不收一分钱房租、电费，扶助村民童友红办起村里的幼儿园，使村里60多个"留守孩子"有了崭新的学习、生活乐园。

但愿，留守孩子不再孤独。

（摘自《读者》2008年第11期）

"爱心大使"丛飞的赤子情怀

中央电视台《艺术人生》栏目

"我叫丛飞,是深圳一名普通的文艺工作者,也是一名普通的深圳义工,我的义工编码是 2478。只要能够对社会有所贡献,能够对他人有所帮助,我就会感到快乐和满足。"无论站在哪个舞台上,享有"中国最美丽的男高音"美誉的歌手丛飞都会这样介绍自己。

10 年来,丛飞为社会进行公益演出四百多场,义务服务时间超过 3600 个小时。身为著名歌手,丛飞参加一场商业演出的报酬就有上万元,凭借着动听的歌喉,他本来可以过上富裕的生活,但是多年来他一直倾其所有地扶危济困,资助了 178 个贫困儿童,累计捐款捐物三百多万元。为了救助他人,他拼命工作,省吃俭用,过着极其清贫的日子。

慈善义演改变了他的命运

1992年，丛飞离开家乡南下广州，开始了自己的寻梦历程。刚到广州的时候，丛飞举目无亲，找不到好工作，生活一度陷入困境。为了填饱肚子，他到处打工：帮人家搬家，运货，疏通管道，洗碗……为了省钱，他天天住桥洞，喝自来水……后来，他在一次歌唱比赛中过关斩将，获得了优秀奖。比赛结束后，一家艺术公司聘用了他。从此，丛飞走上了舞台，真正开始了自己的演艺事业。

就在丛飞的歌唱事业蒸蒸日上的时候，一场慈善义演彻底改变了他的命运。1994年8月，丛飞应邀到四川成都参加一场为了让贫困失学儿童重返校园而举办的慈善义演，观众席上坐着几百名失学的穷孩子，最大的十四五岁，最小的才八九岁。看着那一张张稚气的脸庞和充满渴望的眼神，丛飞不禁回想起自己年少的时候被迫辍学的痛苦往事，他顿时觉得心里酸酸的。

演完节目以后，丛飞当场从口袋里掏出2400元钱放进捐款箱，那是当天最多的一笔捐款。主持人告诉丛飞："你捐出的这2400元钱可以使贫困山区的20个学生完成两年的学业！"

观众们对丛飞的善举报以热烈的掌声，看着孩子们感激的神情，一种前所未有的幸福感洋溢在丛飞的心头，他高兴地想：2400元钱就可以改变那么多孩子的命运，这是一件多么有意义的事情啊！从那一刻开始，他决定尽自己最大的努力来改变更多穷孩子的命运。

178个穷孩子的"代理爸爸"

从此，丛飞就走上了慈善义演和认养贫困失学儿童的爱心之旅。他先后二十多次到贵州、湖南、四川和山东等省的贫困山区进行慈善义演，为当地失学儿童筹集学费。他还认养了几十名孤儿和残疾人，他不但给他们提供学费，还承担了他们的生活费。

今年上高二的罗燕艳和罗燕梅姐妹是丛飞最早捐助的贫困孩子。5年前的一天，丛飞到贵州为帮贫支教的志愿者义演。在贵州织金县官寨乡一条泥泞的小路上，他遇到衣衫褴褛的罗燕艳和罗燕梅这对姐妹。丛飞关切地问她们上几年级了，她们说，因为家里太穷，她们快要辍学了。丛飞立即带着两个孩子找到校长，交清了她们当年的学费。他还承诺以后会定期把学费寄过来，他会一直供她们读到大学毕业。

14岁的布依族女孩晏语轻轻是丛飞4年前认养的"女儿"，第一次与丛飞见面的情景让晏语轻轻终生难忘。2001年，丛飞来到织金县官寨中心学校，给他所资助的孩子们送来学费。在学校里面，丛飞看到一个特别忧郁特别瘦小的小姑娘，他怜惜地抚摸着小姑娘的头，轻声问道："小朋友，你叫什么名字？你读书读得怎么样啊？"小姑娘说："我叫晏语轻轻，我出生没多久爸爸就不要我了，妈妈在外面打工，很少回家，爷爷奶奶交不起学费……"说着说着，她忍不住哭了。丛飞一把搂住她，对她说："孩子，从今以后，我就是你的爸爸，我来供你读书！"

2005年1月，丛飞把无依无靠的晏语轻轻接到深圳来过寒假，她已经上初二了，她说："我不知道亲爸爸长啥样，丛飞爸爸就是我的亲爸爸。"

有一年冬天，丛飞到官寨乡青山村的贫困孩子王显云家去家访。那天天气很冷，但是王显云的爸爸却穿得很单薄，他穷得连棉衣都没有。看到他冻得直哆嗦，丛飞立即脱下自己身上的毛衣，让他穿上。返回深圳时，丛飞只穿着一件衬衫。看着他在寒风中瑟瑟发抖的身影，王显云爸爸的眼睛湿润了……虽然这件事情已经过去好几年了，但是王显云的爸爸一想起那天的情形就会热泪盈眶。他一直舍不得穿那件毛衣，他说他要把那件毛衣珍藏一辈子。

双腿残疾的女孩海霞4年前考上了大学，却因为交不起学费而愁肠百结。丛飞知道这件事情以后，决定帮助海霞。当时他刚给远在贵州的一百多个孩子送去两万多元的学费，手头很紧，一时拿不出什么钱来。他咬咬牙，把自己那台价值五千多元的摄像机卖了，给海霞凑足了学费。为了让海霞安心接受这笔钱，他编了一个善意的谎言："这是我前些天演出时挣来的钱，你拿去，好好读书吧！"在丛飞的帮助下，海霞已经顺利地读完了大学，如今在一家电脑学习班当老师。

随着时间的流逝，丛飞资助的贫困孩子越来越多。如今，得到丛飞资助的贫困孩子已经达到178个了，其中包括彝族、布依族、苗族、白族和羌族等十多个少数民族的四十多个孩子。丛飞每年都会到山区去看望这些孩子，给孩子们送去钱物。这些孩子看到丛飞，都会亲热地抱住他，管他叫"爸爸"，这一声声亲昵的呼唤使丛飞感到无比幸福。

痴迷助学导致家庭破碎

1997年，丛飞正式加入深圳义工联艺术团。由于表现出色，他被推举为团长，但没有一分钱报酬。他在深圳没有户口，没有正式工作，他的收入都来源于商业演出。据丛飞身边的朋友们说，他常常是收到一笔演出费后，马上冲到邮局，把钱寄给贫困地区的孩子们，要不就是捐给残疾人和孤儿，他自己根本就存不下什么钱。他在深圳住了十多年，只办过一个存折，那还是买房搞按揭时办的。为了承担一百多个孩子的学费和生活费，他的日子过得捉襟见肘。

看到演艺圈的很多朋友都相继住上了豪宅，开上了私家车，生活越来越富裕，丛飞的妻子羡慕极了。对于丈夫把辛辛苦苦挣来的钱都捐给别人的做法，她简直无法理解。她一次又一次地劝丈夫多为家庭着想，但是，丛飞的态度却十分坚决："我们有房住，有饭吃，不要和别人攀比。贫困山区的穷孩子们都眼巴巴地等着我寄钱给他们完成学业呢，我怎么忍心让他们失望？"

随着丛飞捐助金额的不断增加，他和妻子的分歧也越来越大。2001年年底，他们俩终于因为一件突发事件而彻底吵翻了。那天，丛飞把3000元演出费交给妻子。妻子接过钱，很高兴地说："明天我就去买裙子。"第二天上午，山区一个孩子的爸爸给丛飞打来电话："丛飞，你啥时候给我儿子寄学费来？快开学了……"丛飞想也没想就说："好，我今天就寄。"

那一年，丛飞已经为贫困山区的孩子们花去了十多万元，而交到妻子手里养家糊口的钱却不足两万元。丛飞真的不忍心向妻子要回那笔演出费，但他转念一想，如果他不寄学费过去，那个孩子就得辍学。犹豫了好一会儿，他终于向妻子开口要钱了。妻子再也无法忍受，她气愤地骂道："你把血汗钱全都给了别人，却让我和女儿跟着你过穷日子，你真是天底下最大的傻瓜！"

无论家人怎样劝阻，丛飞仍然固执地坚持资助一百多个贫困孩子。2002年4月，忍无可忍的妻子到法院起诉离婚。她把年仅两岁的女儿睿睿留给了丛飞，然后独自离开了这个贫寒的家。

劳累过度患上晚期胃癌

在"非典"侵袭全国的那段日子里，丛飞的演出骤减。没有演出，当然也就没有收入，一百多个孩子的学费也就成了问题。为了及时给那么多孩子交上学费，丛飞只好向亲朋好友借钱。

有一次，一个孩子又给丛飞寄来求助信。丛飞想，所有的老朋友都借遍了，他只好硬着头皮去向一位刚认识的朋友借。当那位朋友得知丛飞自己的生活都陷入了困境，竟然还到处向别人借钱送给素昧平生的人，他一口拒绝了丛飞的要求。

想到如果没有钱交学费，那个孩子就要像自己小时候那样辍学了，丛飞捧着那个孩子的求助信，"扑通"一声跪在朋友面前。朋友最终把钱借给了丛飞，拿到钱转过身的那一瞬间，丛飞的泪水奔涌而出……

"非典"过后，为了尽快把17万元的债务还清，丛飞拼命地四处演出，经常一天连续演三四场。由于长期超负荷工作，从2004年春天开始，丛飞的胃部经常剧烈疼痛，而且经常吐血、便血，家人和朋友都劝他赶快住院治疗。丛飞觉得医疗费用太高，不肯住院，只开了些药回来吃。

2005年1月，丛飞抱病参加了为东南亚海啸灾区筹款的赈灾义演。当时，他的病情已经很严重，连食物都无法下咽，但是他还是坚持参加了6场演出。当他强忍着巨大的痛苦坚持演完最后一场节目后，开始大口大口地吐血，然后就昏迷不醒。

家人赶紧把丛飞送到医院，医生说，丛飞一定要马上住院治疗，不然很可能有生命危险。由于没有医疗保险，丛飞只能自费治病，这对于没有任何积蓄的丛飞来说，无疑是一笔无法承担的费用。住院第3天，丛飞看了看医疗收费表，吓得瞪大了眼睛："3天就花去一千八百多元，再住下去，我们拿什么交医疗费啊？"他强迫家人办理了出院手续。

4月22日，在深圳当地媒体的呼吁下，已经不断吐血、便血的丛飞住进了深圳市人民医院。5月12日，医生诊断他患了晚期胃癌。医生说，如果他能提早半年做手术就好了，但是，在这生死攸关的10年里，朋友们在丛飞的工作记录本上看到的却是这样一组数字：

2004年10月，参加各类文艺演出25场，到深圳莲花北村残疾人康复站义演两场，其中两场是收费的商业演出，2万元收入全部给贫困生交了学费。

2004年11月，持续高烧、胃部疼痛的丛飞坚持到养老院、福利院及监狱义演了8场，到莲花北村残疾人康复站义演了4场。

2004年12月，丛飞开始吐血、便血，胃部剧烈疼痛，吃了止痛药以后，他又参加了16场演出，12月25日圣诞节当天就演了3场。在这19场演出当中，只有一场是有收入的商业演出，其他不是友情赞助就是慈善义演。

2005年1月，丛飞的病情继续恶化，全身开始剧烈疼痛，但他还是以常人无法想象的毅力参加了6场为东南亚海啸灾区筹款的赈灾义演。

当丛飞得知自己患了晚期胃癌后，在家人和朋友们面前，他表现得镇定而豁达。后来，他让家人和众多朋友们离开，唯独让好朋友徐曼留下来陪他。

其他人走后，徐曼说了很多宽慰丛飞的话，他听着听着，忽然痛哭起来："我觉得自己太对不起父母和妻儿了，父母年迈多病，他们生养了我，却没有跟我享过一天福，我走了，他们怎么办？女儿只有4岁，亲娘不在身边，怎么能再失去爸爸呢？最可怜的是邢丹（丛飞的第二任妻子），她才24岁，腹中还怀着4个月的胎儿……"

极度痛苦的丛飞哭诉了半个多小时，然后，他向徐曼交代了遗言："邢丹与我夫妻一场，跟我过着清贫的日子，还跟着我到贵州贫困山区捐资助学，吃尽了苦头。在这个世界上，我最对不起的人就是她了。她已经怀孕了，但是她还那么年轻，我死了以后，她一个人怎么抚养这个孩子呢？你们大家一定要做通邢丹的工作，让她把孩子打掉。另外，请你们尽量照顾邢丹，以后留意帮她找个好人，她太苦了……"说到这儿，丛飞再也抑制不住内心的悲伤，泪流满面，他真的舍不得离开她。

然后，丛飞又忧虑地说："我走了以后，那一百多个孩子的学业怎么办呢？如果他们不能继续读书，等待他们的将是无望的未来。"

徐曼把丛飞对她所说的遗嘱内容告诉了邢丹，邢丹听了，情绪异常激动，她说："他这一辈子都在为别人着想，从来都不为自己着想。这个孩子是他的骨肉，无论如何，我一定要把孩子生下来……"说着说着，她号啕大哭起来。

为了照顾丛飞，邢丹不顾怀孕的身体，每天坚持24小时陪护在丛飞身边。看着消瘦的妻子强颜欢笑的样子，丛飞多次悄悄落泪，他说："如果说善有善报，那么上苍给予我的最丰厚的回报，就是让我娶到一个这么好的妻子。"

孩子们祝"爸爸"早日康复

躺在病床上的丛飞头发掉光了，瘦了六十多斤，声音沙哑，但是他仍然牵挂着贫困山区那一百多个孩子。他从朋友们给他凑的医药费里拿出两万元寄往贵州织金县贫困山区，他还用磁带录了一段话寄给"儿女"们："孩子们，爸爸不能亲自来看你们了，但是爸爸很想念你们，希望你们好好学习，以后成为对社会有用的人……"他对朋友们说："如果上天再给我5年的时间，我就会兑现向孩子们许下的诺言，我会陪着他们完成学业，会看着他们健康成长，会用更多的爱回报社会，让这个社会更加和谐美好。"

收到病重的丛飞寄来的学费，孩子们泪如雨下，泣不成声："爸爸肯定是为了资助我们而累坏的！"他们纷纷提起笔给丛飞写信。

受到丛飞资助的贫困学生王维珊给丛飞写了很多封情真意切的信："爸爸，在认识您以前，我从来都不知道伟大可以这样具体，不知道人可以活得这样博大无私。当您毫不吝啬地把辛苦赚来的钱送到众多贫困生和他们的家长手中时，当您顶着烈日寒风一次又一次飞越千山万水来探望您的孩子时，当您把自己身上的外套脱下来披在另一个羸弱的身体上时，爸爸，您怀着怎样一颗博爱仁慈的心啊……爸爸，我帮不了您，也不能替您分担病痛，我所能做的，只是祈祷，再祈祷。作为女儿，我愿意用我的一切来换得您的永生……"

罗燕艳在给丛飞的信中这样写道："爸爸，我非常感谢您，感谢您多年来对我的关爱。在我心中，您早已经成了我真正的爸爸，我一生一世都不会忘记您。得知您病了，我心里特别难受，我真恨不得代替您来忍受病痛的折磨……"

在报纸上看到丛飞生病住院的消息以后，晏语轻轻的眼泪打湿了报纸，她喃喃地说："爸爸很少生病，现在怎么会病得住进医院？他一定是为了抚养我们而累倒的。"晏语轻轻给丛飞写了一封又一封信,她在信里告诉"爸爸":"我做梦都盼望爸爸能够早日康复。"

丛飞还有一个"女儿"叫白丽萍,她在信中写道:"有人说,一朵花开是一万朵花的牵挂,而您的病痊愈是我们所有人的企望。祝您早日康复,为明天再谱写一份精彩。"

看着孩子们写来的一封封饱含深情的信,丛飞觉得自己为他们付出的一切都是值得的。在这生死关头,丛飞仍然没有忘记自己的责任,他对朋友们说:"你们一定要想想办法,让这些孩子继续读书。"

惊世义举感动南粤大地

丛飞的惊世义举感动了整个南粤大地,广东省委领导高度评价了丛飞的义举,并且多次嘱咐深圳市委、市政府帮助丛飞解决治病和生活方面的困难;深圳市委领导亲自给丛飞写信,鼓励他保持乐观的情绪,笑傲人生,争取早日"重飞",还亲自到医院去探望过丛飞;深圳市劳动和社会保障局与团市委共同努力,只用了3天时间就为丛飞办好了调入深圳的调令及落户深圳的审批手续;共青团深圳市委和深圳市义工联合会接过丛飞手中的"爱心接力棒",他们保证让那178个孩子完成学业;深圳市人民医院和卫生局专门组织权威专家成立了特别治疗小组,为丛飞开辟了"绿色医疗通道",全力以赴地挽救这位"爱心大使"的生命。

深圳的广大市民也通过各种方式向丛飞伸出援助之手。深圳的"活雷锋"陈观玉每天拎着炖盅,坐一个多小时的公共汽车赶到医院照顾丛飞;刚做过直肠癌手术的老科学家尹传家含着热泪硬塞给丛飞1万元钱,他和丛飞约定,他们要共同战胜病魔;《千手观音》的编导、"深圳市百名优秀义工"之一的詹晓楠鼓励丛飞像聋哑人创造《千手观音》的奇迹一样,用顽强的毅力创造战胜病魔的奇迹……

"我无需让丛飞知道我是谁,我只是想通过自己的行动让丛飞知道:丛飞用爱心感动了深圳,深圳人也要用爱来温暖丛飞的心。我们都盼望他能够挺过来,好人终有好报!"一位小伙子为丛飞送来1万元捐款,丛飞的家人询问他的姓名,他对丛飞的家人这样说。在向丛飞伸出援助之手的深圳人中,像这样捐款后连名字都不肯留的人数不胜数。

重病之际再谱奉献之歌

重病缠身的丛飞仍然是那样坚强乐观,丛飞的主治医生王玉林说:"丛飞带给我前所未有的震撼,进手术室前向妻子挥手时,他面带笑容;麻醉师要给他进行插管麻醉时,他面带笑容;医生切开他胸部的皮肤埋置化疗药泵时,他还是面带笑容。在忍受着化疗带来的剧烈痛苦的同时,他还不忘给周围的病友们带去欢乐。只要有他在,病房里就会充满欢声笑语。"

酷爱唱歌的丛飞如今连说话都很费力,他在病房里认真研究起卓别林的表演艺术,他说:"只要给我生命,我就要奉献,有一年,我就奉献一年。即便我以后不能再唱歌了,我还可以演哑剧和喜剧,一样可以带给别人快乐。"

进入化疗期以后,丛飞把家人叫到病房内,开了一个家庭会议。他对家人说:"这些年来,我不但没有给家人留下什么财产,至今还欠着17万元的债务。我欠你们的实在太多太多,如果有来生,我再回报你们吧。我现在有一个愿望,希望能够得到亲人们的理解与支持,我离开以后,请把我的眼角膜和有用的器官捐献出来,造福他人,遗体也捐献给医院做医学研究。"

为了感谢大家的关爱,丛飞特意赶制了一张名为《丛飞祝你幸福》的纪念版唱片送给前来看望他的朋友。这张唱片的主打歌就叫《祝你幸福》,歌词是丛飞自己写的:

我是你过河的桥,是你乘凉的树,我是你风尘仆仆那间歇脚的屋。

只要你快乐，只要你幸福，只要你做上了好梦，我就不辛苦。

只要你开心，只要你如意，只要你回头一笑，我就很知足。

<u>丛飞</u>躺在病床上，用沙哑的嗓音轻轻哼唱着这首歌。唱着唱着，他的脸上浮现出幸福的微笑，这首歌表达了他对这个世界最深刻最诚挚的爱……

（摘自《读者》2005 年第 22 期）

后工作时代
毛译敏

当工作和休闲之间的界限变得越来越模糊的时候，一个"后工作时代"开始降临。在"成功""勤劳"等工作价值再次得到强化的同时，"快乐"和"休闲而富有诗意"正在成为衡量工作价值的新尺度。

2004年1月29日，大年初八。当广州某公关公司的职员尚历历兴致勃勃地上班打卡时，赫然发现同事中一下子少了几个熟悉的旧面孔，又多了一些陌生的新面孔——这种情况绝不仅仅发生在公关公司。事实上，春节的七天长假已成为许多人辞旧履新的休整期，在一些传媒业、IT业以及销售公司里，一年里员工名单总要被更新一次。

但真正让尚历历眼红的，不是自己的死党Lisa跳了槽，而是这家伙干脆辞了职，拿着一笔丰厚的年终奖金到马来西亚去晒太阳了。Lisa临走前还没忘记给历历打个电话，调侃她说："怎么还不上岸啊？天天朝九晚五多辛苦，你该修身养性了。人又不是机器，哪能老转不休息呢？"

"不想工作"显然不只是一个简单的托词，其背后包含着全新的工作态度。我们身边大量触手可及的事实表明，中国人的工作观正在发生着巨大变化，有越来越多的人不再把工作看成被动的营生差事，他们在疯狂工作的同时也最大限度地享受工作给他们带来的自我实现的成就感；越来越多的人也相信，工作并非生活的全部意义所在，他们开始玩命工作后又迅速逃离工作，逃离办公室生涯的压力，在一番优游度假或紧张充电之后，重新披挂上阵。都市职业人从来没有像今天这样严肃认真地开始重新审视自己的工作与生活，在"成功""勤劳"和"自我实现"这些基本工作价值再次得到强化的同时，"自由""快乐"和"休闲而富有诗意"正在成为衡量工作价值的新尺度。

人，诗意地工作着

多年以前，张艾嘉唱出的一曲《忙与盲》，于简单平实中道尽了都市职业女性上紧发条般胶着无序的工作状态，然而这也正是现代人真实的写照，有多少人能清楚地知道自己的"忙"究竟是"盲"还是"茫"？

根据2003年的几项调查结果显示，中国人在工作中普遍承受的压力过大：2003年7月，北京零点调查公司发布的《2003年白领工作压力研究报告》显示，41.1%的北京白领们正面临着较大的工作压力，61.4%的白领正经历着不同程度的心理疲劳；同年8月，上海交大人力资源所的一项调查称，50.8%的女职工与49.2%的男职工压力过大；9月，香港专业教育协会的调查发现，63%以上的教师压力较大，而10.76%的教师甚至感到了极大的压力……而在同时期网易一个有4530人参与的关于"无性婚姻"产生原因的调查显示：100人中，认为由于工作压力太大的占到了33.4%，强大的工作压力已经成了无性婚姻的"头号杀手"。

其实，只要回顾一下近20年来中国人走过的历史，就不难理解在30年前还能乐呵呵地吃大锅饭、混工分的中国人，为何在今天都成了"高压人群"。1978年开始改革开放，之后便是下海浪潮、地产虚热、营销（传销）神话、台商遍地、海归（外企）高价、网络泡沫以及2003年爆发的非典恐慌……中国人的工作环境的更迭周期已越来越短。比如在1999年网络升温时，一名北大计算机系的大二学生坚信自己毕业后将会迅速地成为网络新贵，月薪过万，然而到2001年毕业时他最多只能拿5000元不到的薪水，还有可能被迫转行。世界变化如此之快，匆匆赶上变化脚步的中国人，恐怕很难有机会能停下来审视自己，问一句："我究竟为何而忙？"

其实放慢脚步的铺垫早在2003年之前就已经做好。越来越向世界敞开怀抱的中国人，在经济发展、眼界开阔的基础上，开始接受"lifestyle（生活方式）"这样的舶来词语。一个在20世纪90年代初去法国念书的朋友曾经这样描绘他所看到的欧式生活："你绝不能想象原来法国人最享受的是过乡村生活！在周末，他们都喜欢去巴黎郊外的小镇休息。年轻时若勤劳工作，年老后就有丰厚的退休金，可以从容地享受生活。即使是年轻人，也没有人急吼吼地过日子。"

中国房地产商人在舶来了"人，诗意地栖居"这样的准地产概念和"法国小镇""英国别墅""北美庄园"等似是而非的"欧陆风情"的同时，也将各色倡导享受的"lifestyle"带进了中国人的生活。城市里林立的咖啡馆、西餐厅、休闲会所，都是以情调的名义告诉中国人：慢一点，再慢一点。于是，诗意地栖居，自然少不了应该与诗意地工作相匹配。慢一点，那就需要更多的时间去享受，更少的时间去工作。问题是，在如此激烈的竞争与强大的社会压力之下，这个可能存在吗？"不想工作"虽然是潜伏在每个人内心深处的愿望，但真正选择不去工作的恐怕只有街边潦倒的流浪汉；受过良好教育的新一代职业人也许只能以更灵活的方式去舒缓"不想"与"必须"之间的矛盾，用崭新的工作观，去解决我们时代里"忙"与"盲"的问题。

疯狂跳槽

在世界上最敬业的日本人中，3个大学毕业生中会有1个在1年内离开第1位雇主；全世界成长条件最稳定的美国"X一代"，同样表示不愿意在同一家公司工作5年以上。中国青年也好不到哪里去，2002年北京一家调查公司的资料显示，截至2002年7月，仍有76%以上的职业人士希望自己能换一份工作；有43%的人则希望自己能在最近1年内找到更为理想的职业；只有38%的人对目前的工作状况感到满意。资料显示，在有5年以上工作经历的人士中，在3家以上企业工作过的人占到了调查总人数的33%。

数据最能表达大多数人朴素的想法：既然企业已经不能像以前那样为员工提供一份稳定的工作，那么员工也没必要保持对企业无可置疑的忠诚。工作中的"包办婚姻"已经不再存在，这是一个"自由恋爱"的时代，所以难怪一些喜欢新鲜的年轻人处处留"情"。多一些尝试也是好的，至少多一些体验，选择面可以更广。在一些特殊的行业里，比如广告、媒体，半年或一年基本上就是一个员工的使用周期。一些非常喜欢挑战自我的年轻人不仅在圈内跳来跳去，甚至跳到了行业外。上个月还在做文案，下个月又在推销保险，叫人不得不佩服他们的想象力与适应力。

不过，频繁的跳槽已经引起了企业的反感，一些被离弃的公司担心你会带着商业秘密去寻找新东家，因此认为你这是没有责任心和稳定性的表现。一些大企业在招聘时明文写出：谢绝频繁跳槽者。但是爱跳的人还是存在着，听朋友说起过一个狂人，跳槽频繁到已经有一帮猎头靠他养活。在频繁的跳槽背后，新的工作观认为：稳定性是次要的，刺激、挑战才更重要。

自我拓展和培训超人

你今天充电了吗？这已经不能算是流行语。中国人好学，迷信证书多于能力，喜欢赶潮流、一拥而上……越来越多的培训班正是在这样的心态下被催生的。

在培训市场火爆的背后，是"培训绝对是一种投资，可以带来巨大回报"的理念，而这种观念也已经被绝大多数的企业和职业人士所认同。据说，IBM在中国一年的培训投入就是1000万美元。曾有人提出减少培训支出的意见，但当时IBM的负责人表示："如果我们不花这些钱去培训，可能一年只能有4亿美元的收入；而现在，我们在中国一年的收入是8亿美元。"

调查表明，1991年全国的培训机构以政府组织的技能培训为主，数量仅4000余家，而2000年全国各类培训机构达到38000家。2000年中国有100亿元的培训市场，2001年是300亿元，2002年更是达到了500亿元之多！这个数据，意味着无限的商机，也意味着更多培训公司的分化组合，名牌培训机构将会抢占更多的市场份额。

不断地充电与接受培训一方面可以提升自己的能力，另一方面也是介入更高层次名利场的绝好机会。所以，培训的费用也在不断上涨，一门由名师主讲的管理学课程学费可以上万，尽管如此，仍然被挤破了门。除了这类高级别的培训外，各种电脑软件的技能性培训班更是层出不穷，几百元钱就能学会一门技术，也算是对全民的电脑操作普及。

但是，市场大并不意味着培训业的成熟。目前国内的企业或个人参与培训经常会有一种盲目性，没有一个以合理开发自身人力资源为目的的整套培训计划；很多教授管理学的培训师是"学院派"，缺乏实战经验，无法针对企业的具体问题提出实际而有效的解决方案；更有一部分技能培训班为了降低学费，用较少的设备或请不具备资格的老师来授课……这些都造成了国内目前培训业的良莠不齐。

多一门技能，也就是多一种选择。一些新生的培训班已经不再局限于管理、财经或电脑类，动画制作、烹饪、潜水甚至布艺手工……一方面，渴望发展空间的精英人士期待着更为权威、含金量更高的专业培训，让自己的能力得到更高提升；另一些有着闲情逸致的享受派也希望培训市场上能出现更多有个性、有情趣的培训，在不想工作时，还能养身怡情。

在后工作时代里，潜藏在培训背后的心态也多元化了：一部分人是真心希望自己的技能有所提高，或能开拓工作的新局面；有些人则把高级培训班当成了另一种形式的名利场。做过高级管理培训的上海某公司销售主管 Ken，培训课给他留下的印象是："老师是海归派，课讲得很幽默；同学都是公费生，光是大家坐在一起聊聊工作的体会，相互交流一些信息，这个学费就值了。"这个学费指的是一个双休日 3000 元，而上课的地方是一个颇上档次的度假村。

多元化还表现在有一些人进培训班"学"也是为了"玩"。正是因为后工作时代里有着"快乐工作"之本，才会有更多有着闲情逸致的享受派模糊着工作与生活、学习与玩乐之间的界限，培训是充电也是休息。

工作狂或者不工作狂

总有一些人不能丢弃工作，就像有一些男人总在外面处处留情，却无法丢下自己的那一个家。工作或许比婚姻更能给一个人带来安全感——男人尤甚。它能给你一份稳定的收入、一种被需要的感觉以及每天目标明确的一个去处……因此，对于完全工作狂来讲，工作就是他的第一生命。你怎么可能叫这样的人放弃工作？

因此，工作狂的新工作观可以解释为：选我所爱，爱我所选。假如一定要投入，那一定要忙并快乐着。Cross 是一名狂热的网络游戏爱好者，早在念大学的时候，就已经"我为网狂"。毕业后他毫不犹豫地选择了一家知名的游戏公司，应聘的职位是游戏测试。每天的工作就是玩各种新开发出来的游戏，检测其中可能存在的 bug，再与同事们一起用程序修正这个 bug。虽然常常昏天黑地地"加班"，但对 Cross 而言，这不过是重温大学时代在机房混战通宵的经历。几乎一天有 14 小时混在公司，Cross 算是工作狂人，但他觉得自己的青春期延长了，并且从这份工作中，找到了乐趣。

当然，游戏测试毕竟是很特殊的工作，大多数工作狂人需要从自己的工作中挖掘乐趣，这就是所谓爱我所选。只要沉浸其中，就不难发现自有一番天地，乐在其中。毕竟，连英特尔的总裁葛罗夫都曾说过，只有偏执狂才能存活。

不要一说到偏执狂就避之唯恐不及，事实上，正是那些可爱的偏执狂们首先消解了工作和休闲、责任和快感之间的界限，实现了将工作中的异己化成分向人性化的层面转化。

一个周末，女友约我去一家新开的咖啡店尝鲜，一坐定，才发现老板是我们都认识的朋友……寒暄一番，自然又厚着脸皮拿了张贵宾卡。事后，回家我翻了翻自己的皮包，大概有 40% 以上的优惠卡都来自周围的熟人、朋友或朋友的朋友开的店，为什么大家都喜欢上了当老板呢？

看看畅销书架，或许能说明这个问题。美国作者保罗·杰帝在《如何致富》一书中提到："你必须为自己赚钱。为别人赚钱，你永远无法致富。"这个真知灼见，正在被印证：在美国，每 10 秒就会有一个人转而从事为自己工作的事业，14 年来，这个数字从 600 万增加到了 3200 万。而在进入后工作时代的中国，显然也有越来越多的人意识到了这一点。

开一家特色店，对于有想法的人来讲，或许是张扬个性的一种方式；而对于一些艺术工作者来说，说不定在店里还能实现自己的艺术创作——自己设计服装、家居、装饰品……这究竟算是一项工作，还是一种创作？有事业、有自由的时间，还有品位，他们是"三有阶级"，也是有资本说"不想工作"的人。

　　还有中间派,那些兼职开店的懒人,既不放弃传统工作的稳妥,又想给自己的生活加一些新的乐趣。他们都有自己稳定的工作,店一般请自己的亲友做着日常管理,空暇时再来转转。在后工作时代里,他们既保留着"工作是安身立命之本"的传统,又向着"为自己赚钱,逍遥生活"的理想试探与摸索。在他们那里,工作狂和不工作狂,其实本来就没有区别。

(摘自《读者》2004年第12期)

他让我们闻到太阳的味道

李湘荃

2004年6月20日19时30分,云南德钦梅里雪山下,明永冰川景区公路距澜沧江桥不到300米处发生一起车祸,从北京前来明永村义务支教的志愿者马骅老师与一个藏族老人被抛入滔滔的江水中。

几天来,明永村的老百姓、德钦县的警察、附近小学的老师组成数十人的搜救队一直沿江搜索。

明永村沉浸在巨大的悲痛之中:藏族老人们来到马骅老师出事地点,吟唱着"玛尼调",为马骅老师超度亡灵;从马骅老师手中毕业、现在云岭乡完小寄宿的11名学生放周末假后,来不及回家,哼着马老师教的《明永歌谣》赶到明永小学,商量第二天到山上的寺庙烧香,恳求佛祖保佑马老师;为给马老师祈福,明永村的百姓捐资给马骅请了一尊金佛供奉在山上的寺庙里,还请西藏农布林寺为马老师点上1000盏酥油灯、念上1000遍经文……

马骅,天津人,1996年毕业于复旦大学国际关系学院,先后在上海、北京等地工作，曾任北大在线经理，他还是一位诗人。2003年春节后，他作为一名志愿者独自到明永村做乡村教师。

新派青年来到明永村

马骅是2003年2月底的一天来到明永村的。明永村的村长大扎西回忆："前年下半年，从我们村出去的、在县城旅游局工作的扎西尼玛跟我说，有个大学生想来我们这里教书，还不要报酬。我当时高兴极了，这是多好的事情啊。但冷静下来后觉得这事不可能，你想想看，放着大城市里的好生活不过，要到这里来，而且还不要报酬，可能吗？"

大扎西的怀疑是有理由的。明永村位于滇藏边境的梅里雪山脚下的明永冰川景区内，隶属云南省迪庆州德钦县云岭乡。虽然美丽的梅里雪山吸引着不少游客，但要到达这个地方实属不易。天气好的话，从云南大理到德钦县城也要在险要地段的九曲回肠山路中爬行整整10个小时，而从德钦县城到明永村还有3个多小时更危险的山路。马骅对这段路曾有过描述，在他给朋友的信中说："有的路段全是山上滑下的碎石子，脚下一不小心就有掉到澜沧江漂至越南的危险。"而且"到夏天，雨季时，公路太容易塌方，不但麻烦，而且危险"。因为到达明永村困难，所以这个藏族小村庄与外面相对隔绝。

"没想到，离开学还有一个星期时，嘿嘿，他真的来了！"到现在，大扎西还觉得不可思议。"我问他，你为什么要到这里来？他当时的表情很平常，没有一点点能让我想得起来的地方，他的回答我也记不清楚了，大概是说，帮助一下这里的孩子们。"

缘何来明永已成谜

迪庆州的记者同仁们曾有过解开这个谜的机会，但那次采访留给他们的是尴尬。

与马骅同在明永小学任教的藏族老师里青回忆说，大概是今年3月，州里的记者们不知从哪里得知明永来了一位支教志愿者，就前来采访他。

"我从没见过这么躲避采访的人，就好像他做了一件坏事。记者来明永，他就跑到德钦，记者追到德钦，他又回到明永。后来，记者终于在他下课时堵住了他。我以为他总该说些什么了吧。没想到，记者问了他一堆问题，他要么不说话，要么应付一两句。我记得记者笑容可掬地问他这么年轻来免费支教，以后老了怎么办，有什么打算等等，可能记者希望得到积极一点的回答，可他却说没想过，没什么打算。后来我问他为什么不答理记者，他说，解决不了什么问题。"里青说到这里，摇了摇头，"我不明白他所说的问题是指什么……他真是个难以捉摸的人。"

而马骅的藏族朋友、在明永村长大的诗人扎西尼玛说，马骅决定来位于滇藏边境的明永村教书并不是一时冲动，"因为早在2002年9月，我就把村长大扎西同意他来这里教书的意见转告他了，而他是2003年2月到来的。所以我认为，他应该经过了半年左右的准备"。

引荐马骅来明永的北京朋友朱靖江说，2002年上半年马骅让我帮他找一个偏僻的地方教书时，他的想法很简单，就是想过一段纯朴自然的日子，让内心宁静下来。我了解他，他是那种比较侧重自己内心的人，很感性。也有人说，马骅是因为爱，或是要寻找生命的价值。

但马骅的另一个朋友说，不管他的本意是什么，他希望这段云淡风轻的日子只是他心灵和精神的调整期而不是走到最后。因为他还打算7月中旬回到城市，为考复旦大学中国古代思想史研究生作准备。

村庄沉浸在悲痛中

记者走访了这个村庄的十几户人家，有住山上的有住平地的，有干部有群众，有贫有富，有老有少……令人惊讶的是，他们无一例外地这样评价马骅："马老师是个大好人，他走得太可惜了。我们非常尊敬他。"

学校附近的酒店老板阿亚初中毕业，当过兵，曾多年在外跑生意，他说他见过很多城里的文化人，就没见过像马老师这样"纯洁、无丝毫矫情"的城里人。

"马老师来这里一年多，我跟他说过的话加起来不到三句，但我从心底里敬佩他，因为我亲眼看到过两件小事。一次，马老师和两个朋友在店里吃饭，茶杯上爬满了苍蝇，一个似乎是来自城里的朋友总在赶着这些烦人的、无处不在的小家伙，但马老师对这些熟视无睹，端起茶杯就喝。

"还有，去年的儿童节，马老师带着村里的小孩到明永冰川玩耍后下来，当时太阳很毒，马老师在我家对面的小卖部买了一瓶很大的'奥得利'饮料，让孩子们轮流喝，孩子们轮流喝了一圈后，他一点也不嫌弃，拿起瓶子就大口大口地喝。"阿亚说，"一些小孩流着长长的鼻涕，就连他家大人可能都会嫌弃。当时我和附近的几个村民看到了这一幕，纷纷感叹，像这种事我们村民都做不到。"

村民们谈的最多的还是马骅到明永来的主要工作——教学。"刚开始，因为他不会说藏语，他只能教听得懂一点点普通话的四年级语文和英语，一个学期后，他主动要求加上二年级的语文课。"藏族老师里青说，"去年4月，他看到村子里的外国游客增多，而为游客牵马挣些脚力钱的小伙子们却不能用英语跟外国人交流，于是义务办起了夜校——英语口语培训班。"

尼玛说，英语口语培训班每个星期一至星期五晚上开课，风雨无阻。

"马老师曾对我说，只要还有一个同学在听，他就会教下去。"尼玛眼里含着泪花说，"我们已经学完了与外国人谈牵马生意的基本对话。"

现在，尼玛能自信地跟外国人交流了。

面对记者"为什么喜欢马老师"的提问，19个孩子作出了形形色色的回答。

次仁拉木说:"马老师讲课很仔细,为了让我们能听懂,他上英语课每天只讲四个单词,直到我们弄懂为止。"

思那次里说:"马老师就像父亲一样,他给我们买作业本,不要我们的钱,还在节日里带我们去旅游,给我们拍合影和单人的照片。以前的老师从没有这样过。"今年六一儿童节,思那次里等11人已经到云岭乡完小上五年级了,"可马骅老师还是到4公里外的云岭乡完小去看我们,还带去了好吃的糖果。"

鲁茸达瓦说:"马老师经常教给我们不一样的东西。他在6月1日带我们到附近的景点——明永冰川玩,告诉我们那天是六一儿童节,在下山的时候教我们捡一些卷纸、塑料袋、塑料盒子等等,他说,这些东西会弄脏美丽的梅里雪山。而这些,以前我们根本就不知道。"

他还带领同学们盖了学校洗澡室。美国大自然保护协会给村里送了几个太阳能热水器,村里分给了学校一个,马骅带领学生到河边和山上背石头,要水泥,买青砖,耗了两个星期的时间为学校盖了两间分男女的洗澡堂。

冰河说:"我们原来一个星期顶多洗一次澡,而且没有自来水,只能坐在大桶子(当地洗澡的容器)里洗。建好洗澡堂后,晴天我们放学后就能洗澡,温暖的水从水管里流到我的身上,我都能闻出来里面太阳的味道。"

大扎西听着孩子们对老师的回忆,忧郁地说,这么好的老师以后可能再也找不到了。

他找到了精神家园

马骅做了很多,却没有拿村里一分钱,村里的人很过意不去。村长大扎西说:"去年六一儿童节前,我们把家长召集起来,明永村全村五十多户人家非常主动地捐了五百多元,给他改善生活,可他却将这些钱连同他北京的朋友寄来的500元一并捐了出来,为学校购买图书、教育教学用具。"

明永村没有集市,所有的日常生活用品必须到县城购买,碰到教学任务重的时候,他几个星期都难得吃到一顿新鲜的菜,他曾经跟朋友调侃,"肉刚买来的时候还新鲜,放了两天之后就开始发臭。刚开始的几天不适应,一天要跑好几趟厕所。现在已经无所谓了,倒是觉得有点发臭的肉炒出菜来有股火腿的味道"。弹尽粮绝的时候,他只有靠方便面度日。有时一吃就是好几天,到了冬天,没有取暖设备,他蜷缩在被窝里避寒。他生活的艰苦在给朋友的信中可见一斑:"我每两个星期会进城一次。这里离县城大概要坐近3个小时的车。碰到下雨塌方可能就没车了。进城的感觉还是不错,可以买点东西,上个网。最关键的是可以洗个澡。所以,朋友们,你们每次收到我的信,肯定是我心情很好的时候,因为我刚刚洗了两星期一次的热水澡。"

尽管这样,马骅一点儿也不觉得苦,反而觉得很幸福。朱靖江说,他去年借出差的机会来看过雪山下的马骅。"那天下午,我们在马路边坐了一个下午,看云彩和冰川的变化。他说他现在很幸福,我看着他高兴的样子觉得他不像是以前的'在路上'的状态,而是已经找寻到了精神的家园。我原以为他跟我一样,仅仅是背包一族,那次见了他以后,觉得他比我和很多朋友都更进一层,更有精神上的追求。"

马骅在给朋友的信中也表达了这种感悟:"7月10日下午5点多,所有科目的考试都结束了,我和学生搭车回村。车子在澜沧江边的山腰上迂回前进,土石路上不时看到滑坡的痕迹。江风猎猎吹着,连续阴雨了一个月的天气突然好起来。落日在雪山的方向恍恍惚惚,神山卡瓦格博依然躲在云里。挤作一团的二十多个学生们开始在车里唱着歪歪扭扭的歌。薄薄的日光时断时续地在车里一闪即过,开车的中年男人满脸胡茬儿,心不在焉地握着方向盘。学生们把会唱的歌基本全唱了一遍,我在锐利的歌声里浑身打颤。

"有一个瞬间我觉得自己要死了。这样的场景多年以前我在梦里经历过,但在梦里和梦外我当时都还是一个小学生。《圣经》中的先知以利亚曾在山上用手遮住脸,不敢去直面上帝的荣光。在那个时刻,我突然想起了遮住自己面孔的以利亚，我觉得自己不配拥有这样的幸福。"

引荐马骅来明永的朱靖江说："他的生活以这种方式结束，未免太让人遗憾了。"而藏传佛教的虔诚信奉者斯那伦布却认为，马骅圆满了，他的灵魂已经融进了梅里雪山。

(摘自《读者》2004年第22期)

城市"负"人

罗雪挥　张跃辉

2001年，CCTV做中国经济年度报告，有三位嘉宾，依照年龄从高至低分别是清华大学社会学专家李强、经济学家樊纲、出生于20世纪60年代末的金融专家钟伟。主持人问他们，一年挣的钱怎么花？李强说他全部的钱都存在银行了；樊纲说他一半的钱存在银行了，一半的钱在投资；钟伟说他在银行没有存款，而且负债。

这并非有意安排，而恰是三个人生存状态的真实写照，三个年龄阶层的消费观成为中国社会急剧变迁的一个缩影。

用明天的钱，圆今天的梦，推动着年轻一代的中国人从"无产主义"欣欣然地奔往"负产主义"。

1997年，中国个人住房按揭贷款金额不到200亿元；2003年，全国个人住房贷款金额达到1.2万亿元。不到7年的时间，几乎是原来的60倍。

而来自各商业银行的数据显示，汽车个人消费信贷2002年全年不到700

亿元，截至2003年10月，却突破1800亿元，一年时间翻了番。

成千上万的中国人变成了所谓的"个人负翁"，靠向银行举债，提前过上了有房有车的幸福生活。

充满乐观精神的"负翁"们

资料显示，个人"负翁"们往往集中在城市，特别是像北京、深圳这样典型的"移民"城市，年龄多在25岁至40岁之间，大都受过良好的教育，拥有一份收入不错的工作，工作节奏快，生活压力大，最有望成为精英阶层的一员，却也最缺乏来自祖辈的荫泽。

卢坚拿到北京名校MBA学位后，毕业后留在了北京。如今，她靠贷款终于在自己心仪的西山附近购买了一套房子。"十年前，住在筒子楼烧煤油炉的时候，我就希望能够在这个地段有自己的屋子，但加上装修一次要拿出来100多万元，如果不借助贷款，需要砸锅卖铁才买得起，会比较紧张，但是等将来我不紧张了，可能房子就没有了。负债消费可以让人们提前获得可能将来不再有的商品。"

王强是土生土长的北京人，家住前门，拆迁的梦盼了十多年。两年前，他终于决定不等了，改变生活要从改变住房开始，他贷款买了一个"鸽子窝"，虽然只有三十多平方米，但是解决了两大难题：洗澡和上厕所。虽然他仍盼望拆迁了换个大屋子，可是他不愿意在等待中耗费自己的青春，享受现在才是硬道理。

"几乎所有的'负翁'都对靠自己的能力谋取未来的生活充满了信心，所以预支将来或'透支未来'是都市'负翁'最明显的特征。"钟伟如是说，他本身亦是这种理论实践的典型一员。

据国际权威的物业顾问胡港文估计，目前北京、上海至少有七成以上的住房是通过按揭方式购买的，他认为这个比例将来可能会达到九成左右。这将与发达国家逐步看齐。

曾在法国念 MBA 的李辉介绍，他的法国同学，几乎无一不是用贷款买房买车；来自香港的卓振邦在一家丹麦公司的华南办事处工作，他告诉记者，香港除了顶级豪富，即使是做生意的人，也会选择分期付款，让自己的资金流动起来，更不用说打工阶层，后者贷款买房买车的比例几乎是百分之百。

中国的城市青年，由零开始，用不到 10 年的时间，从一无所知，一无所有，到大规模负债提前消费，几乎是用百米冲刺的速度，积极投奔到了全球化"负产主义"的怀抱。

房车生活后面的风险与代价

在外企工作的乔洁本来生活十分轻松。她和先生的月收入加起来过万，在同龄人中最先贷款买房，而且选择了较高的月供额度。因为房子离市区太远，于是再贷款买了辆车，有了孩子后，加上聘请保姆等费用，每月等着付的账单就将近一万，几乎没有任何周转的余地，不得不月月等出粮。然而，没有预料到的事情发生了：因与老板发生冲突，她辞了职，在没有找到下一个工作之前，为了维持现有生活水准，乔洁只好靠借债渡过难关。倘若不能及时找到工作，乔洁辛苦挣下的房车生活将面临破产。

近年来，个人因为诚信意识不足，或者过于乐观，未考虑到失业、健康恶化、意外事故等不利因素，贷款超出实际支付能力而不能及时还款，从而英勇致"负"的实例屡见不鲜，"负债一族"被银行告状案逐月增多。一些仍然在还月供的人，因为房供支出远远超过收入三分之一的安全警戒线，也处在了捉襟见肘的危险边缘。特别是高收入阶层，因为对未来的预期比较高，贷款的数额越大，出现债务的风险系数则越高——而这一切均建立于一个稳定的工作之上。

并不是职位高，工作就更稳定。据说，现在商界中存在着一批老总一级的"下岗"者。

Nextstep管理顾问公司总监周敏先生从事猎头业务，他认为高职位、高收入阶层同样存在就业安全等问题。一项员工离职原因的调查表明，高层员工自企业离职，往往并不是因为薪资待遇低、工作能力不够等原因，而主要是因为对企业的文化或新的工作环境不适应，对公司的经营战略、理念或管理模式不认同，沟通能力及领导力缺乏，公司机构重组等原因。

而重新找到一份合适的工作往往需要相当长的时间。周敏认为，高收入者在负债消费时需周全考虑，如果两三个月或更长的时间里没有工作，在收入骤减的情况下，是否还能够按期供款，而不过多影响正常的生活质量和品位。

香港的卓振邦先生因工作派驻广州近四年。他很诧异地看到中国内地青年买房要"一步到位"，一下子就买很大的新房。他告诉记者，在香港，年轻人一般都会选择贷款买房子，但是正常情况下，他们会根据自己的经济实力，"有多少收入，供多大的房子"，由小到大，有能力才换房子，或者先买二手房，以免给自己背上沉重的债务包袱。他自己就已在香港贷款买了一个二手房。

债务的负担只是你要付出的代价的一部分。中国社会科学院社会学所致力于研究消费的陈昕就认为，"负翁"们实际上签了一个约，把未来二三十年的时间、智力、劳动全部抵押给了银行。为了不出现债务危机，你所有的精力必须放在赚钱上，这种制度下对你的自由、劳动、时间甚至道德和思想都进行了控制，你个人变成了负债消费的奴隶。"至少我现在不敢轻易跳槽了"，不少"负翁"如是说。

负资产与"负产阶级"

1999年上海房地产业处于谷底，当时外销房与内销房两个市场合并，外销房失去了优势，基本上外销房价都下跌了一半。只是当时外销房的购买者大都是香港有钱的投资者，对他们来说，这只不过是一个投资生意，亏了就离场，没有心理负担，与老百姓的日常生活不是很密切，因而这个情况就没有引起媒介的关注。

这些投资外销房的香港人，作为中国内地最早的负产者昙花一现，因其数量少，又承受得起损失，还远远构不成一个负产阶级，未造成社会波动。

在中国内地，真正意义上"负翁"的大量出现，要上溯到1999年中国福利分房制度的全面终结。

到今天，人们想拥有一个家的愿望已经远远不是遥不可及的梦想。虽然那些格林小镇、德国印象、罗马嘉园恐怕无法如它们的广告词那样，承担起一个人与一个城市的所有未来，但是有屋则安。

更多的个人"负翁"实实在在地拥有了自己的房子，虽然可能是15年、20年，甚至30年后才真正属于自己。

只是，无限憧憬的你，在套现了自己的将来后，真的能够像温莎公爵那样生活吗？

(摘自《读者》2004年第10期)

一股液体流经西海固
徐敏霞

1

新结识的一位香港朋友知道我在宁夏的山区支教，奇怪我没有一脸风尘，我想他很失望吧；父母发现半年来我只是黑了点，没有吃到他们料想中的苦头，我想他们很失望吧；编辑们委婉地一再提醒我把西吉人民生活的艰苦细细描述，我却越写越欢快，我想他们很失望吧。整整半年晃晃悠悠地过去，很多人为我的笃定失望着，我看上去却为什么这样波澜不惊？

前不久在香港遇见了一别两年的王蒙老师，他说，你怎么跑到西海固去了？张承志不是喜欢写西海固吗？现在那里的人都吃上饭了吗？以前有人说穷是因为他们不爱劳动，是这样的吗？

这恰恰是我最初记住西海固这个名字的时候，对那个地方的全部了解。

看过西海固疏松贫瘠的黄土和满山的梯田后，我只能回答，一言难尽。

"要吃苦了。"从 2002 年 11 月确定了支教的事情以来，我整整听了大半年这样的话。我也日日在揣摩，自己应该以怎样的方式在"不适合人类生存"的地方生存下来。不过我的导师张新颖先生觉得我是庸人自扰，照他的说法就是"去经历它"，"别人能活你也能活"。我说，生活困难也就罢了，难耐的是单调，他答"那你就去记下这单调"。他曾经给过我一个第二届支教团师姐的联系方式，我没有联系，实在不想让自己尚未成行就有成见，我希望西海固对我来说就是一个全新的地方。

因为"非典"的原因，原定在北京的培训被改在了西安。没有熟人给过我经验性的指导，所以我也不清楚究竟是"非典"过后人们对生命越加宝贝，还是历来如此，不少人都悲壮得很。出发前一晚，这个城市的高校中不知谁发起了一个临别的集会，说了很多豪情万丈而又沉痛的话，一脸凝重，搞得像敢死队。自我介绍时，我说我来自上海。就有人感叹，一个上海女孩子跑到西部来了。我想我不该，但仍然在心里暗暗"嗤"了一下，想，才多大的一点事儿呢？你们去赴死吧，我去继续生活。我确信我能，"别人能活我也能活"。

刚刚当上老师那会儿，还遇到了一个企业家代表团，他们是来西吉县捐建希望小学的。那些和我们父母一样年纪的中年人，看见我们就拉着手问："该怎么过呢？恨不得把你们都带回去。"此番住在有水厕的西吉宾馆，他们已经难耐地想走，怎堪想象无数粪便堆在一起的乡下旱厕呢？他们都是插过队吃过苦又经历了遥遥无期的等待的人，看到我们吃苦，他们一定想到了自己在澳洲在新西兰的孩子，所以不忍。我不知道自己为什么要在他们委婉地问起时，不节制地描述乡下的如厕问题，再三强调旱厕的妙用在于气味难闻不留恋，可以防止痔疮；冷风吹了肚子可以治疗便秘。看到他们仓皇地打道回府竟然涌起恶意的快感。然而我的内心真的是很孤独的。

2

　　西海固到底有多穷？可以肯定的是，即使张承志的西海固不是他想象中的那一个，而是真实存在过的话，那也早已是历史了。忘记我们是从哪里风闻西海固"贫穷甲天下"的说法的，可以肯定的是一定为官方途径。当我们中的谁，口没遮拦跟当地人这样转述时，换得的是一点小小的尴尬和不快。就好像不应揭人家的伤疤，戳人家的痛处。我们也知道有错必改，出门在外当处处小心，所以从此不再提"穷"这个字眼。然而此后，"我们这里很穷吧？"却成为初识的西海固人对我们提出的保留问题，并且不容你客套否定；甚至有的时候许多日用品的价格超出上海许多，仍然有人要往家里搬，使你打心眼里质疑"穷"的底线到底是什么，可说出来了也会被论作虚伪。作为一个还没有彻底脱尽爱面子习气的上海人，我不是太习惯别人在我面前哭自己家里有多穷。于是我不伦不类地说："还好还好。"做买卖的立刻加了价，把东西高价卖给我们。穷好像也是一种资本，可以要挟别人来做点贡献，而城里人是应该多做点贡献的。我们不管西北的民风是否彪悍，通常是要理论的，连讨价还价也不会，不是全面发展的研究生。

　　校长说："我们这里的物质水平要比大城市差五十年吧？你们恐怕要过不惯。"我说，我小时候住在嘉定乡下，也不过如此，也就十几二十年的光景。他并不相信。小赵老师说，她们天津农村有的地方现在还和这里差不多，他更觉得我们在说胡话。他们曾经见到过的城里人大概是很富的，每周包一辆车上地级市转悠去。我们的到来也许稍稍平息了当地人的些许仇富心理，脸裂了涂两毛钱一支的"棒棒油"，天冷了买八块钱一双的"棉窝"，入乡随俗也表示对当地人民的尊重。我半夜从固原火车站坐车回上海，转道去香港，送我的老师看着我被炉子烧了两个洞的棉衣和爸爸炒菜时穿的外套，终于忍不住嘱咐我回去一定要好好打扮打扮："人来了不到半年就变土了，丢咱们西吉人的脸。"好,那我就打扮打扮再去香港。我常常会把理想中的自己的状态想象成液体,在什么载体中就是什么形态,但自己又是自己本身,有拘束可以,没有拘束也可以——在上海这个容器里就像上海那样规矩,到了三合就自然而然变成一个野孩子。

我们做事总是习惯讲意义,那我来到穷乡僻壤的意义又是什么呢?这里的老师说:"不来西部,你们的生命不完整啊,贫穷磨炼了你们。"不知别人如何,我们几个人还是有点不服气,能承认的仅仅是过去二十年所教会我们的东西,这里还真能用得上。生活上是一帆风顺的,当地人吃什么,我们就吃什么,即使一点点习惯上的差异,如生个炉子之类也上手就会;也没有如校长说的,"四面环山容易让人心焦",有庄稼的地方可以撵野鸡,有灌木丛的地方可以撵兔子,未必能撵到,但野味自己烹调起来还是很出色的。一定要强求意义,只能说,我发现自己竟然到哪儿都能活。我去固原市开团代会时,其他县的志愿者代表在描述他们的艰苦,见到我会谦逊地笑笑:"其实还是复旦大学被分在西吉的志愿者最艰苦,他们连电视都不能看,澡也不能洗,寒假回家也比我们晚。"我又不合时宜地告诉他们我们自己杀鸡洗死兔子,弄得两手鲜血,上海正在流行吃兔头,我们已经实践过了,吓得女孩子们惊愕地张大了嘴巴。

我并不怀疑这里的贫穷,但不可否认的是贫穷远远还没有威胁到我们。我们生活在乡上公办的学校里,教师是乡下的高收入人群。我们有水喝,有饭吃,有衣穿,有房住,有火烤,有电话就有网上,我们离原先的生活还不是太远。我不甘心的是总没有机会让真正贫穷的人,把他们的贫穷告诉我。我向来不太尊重别人告诉我的经验,总是固执地要自己走一遍看看。

其实在对贫困的标准问题上,城市人也存在极大的认识偏差。西部的贫瘠在想象中似乎应当一片雪白的盐碱地,寸草不生;人民衣衫褴褛,牛羊瘦骨嶙峋;失学儿童遍地,校舍东倒西歪。这些都是讲"贫困"时必备的要素,缺一即难以达到他们的"期望值",可以被称为"那还算可以嘛"。我们在雪地里拍的照片就被一小弟认为，如果是盐碱地就会震撼他的心。我给香港朋友看我的学生点着蜡烛在教室里看书的数码照片，因为闪光灯太亮，夸张了蜡烛的效果。他们说："哇，这蜡烛真厉害，可以点亮一间教室。现在已经点得起蜡烛了吗？我们在电影里看到的是连灯也点不起的。"我好像应该多少作出点受伤害的样子，然而我是可悲的城市人，我早已预料到我将受到的周星驰般的"无厘头"，所以只是报以一笑。我们有时会否意识到，我们的心灵已经越来越难以受到震撼？那些为了使自己的心灵达到震撼的幻想，将会把真正生存在这里的农民逼到怎样的困境？贫困县的"贫困"不是死去的标本，它也在发展，它的人民也有日益增长的物质文化需求，只是它的步伐太慢了，被我们远远地甩在了后面。

我接触过一些十分有心扶贫的捐助者，他们对西部怀有深深的同情和好奇，他们希望自己的捐助能够给一些成绩优异的孩子雪中送炭，而不要锦上添花。也希望受助的孩子能给他们写写信，说说当地的情形。短暂的交谈中，我知道他们的工作都很繁忙，在一个人人都匆匆赶路的冷漠的物质世界中，他们能抬起头环顾四周已经实属难得，可我又哪里有能力在三言两语中跟他们说明白，锦上添花也很可贵，真正需要雪中送炭的人可能早已辍学在家；成绩优异的孩子大都很懂事，他们在宿舍起早贪黑地看书，周末回家是要做家务照看弟妹的，我不觉得他们比城里人更有空闲的时间来写信。捐助，并不是能拿出钱来就万事大吉。在西吉各处的乡村学校，都会有一些"慕名"而来的企业捐赠现代化的教学设备，比如我所在的三合乡三合中学就有李嘉诚捐的机房和卫星接收器。可是，谁来养护呢？养护的资金从哪里来呢？日常的用电开销已经接不上，教育局规定不能从学生头上摊派，又哪里来额外的钱来支付这笔用度呢？机房不能开放，无异是废铁一堆，加上学校的郑重，必派专人看管这固定资产，孰不知，电脑非黄金，并不是保值物。说着说着问题就回归到捐助是否在于大手笔了。

3

和我一起工作的小贺老师从报纸上剪下一张苍老愁苦的老农的半身像，把它放在自己的皮夹里。我们试图在西海固寻找这样的老农，给他们照相时他们总是双手架在锄头上站定，然后笑了。他们为什么要笑呢？小贺老师很愁苦。他是经济学的思路，他曾经是不是想过要量化幸福？而我又凭什么断定此刻一个85岁了还在地里施肥的老农心中一定很幸福？或许人家只是认为拍照应该笑而已。那么农民的愁苦究竟在哪里？

每登上一个山头我们就要心酸，那些关于农民不愿干活的传言真是冤枉。退耕还林除了对生态的维护，还旨在向外输出剩余劳动力。而农民们的观念尚未如此与时俱进，不劳动靠补贴，就会被人说懒，他们就不断开荒，开在陡峭的斜坡上，开在几百米高的山顶上。贫瘠的土地，即便是开荒又能多收成多少呢？而开荒所带来的危害，显然不是普通的农民可以预见得到的——土地将更加贫瘠，水土流失将更加严重。山体滑坡，道路塌方，大风扬沙就是随之而来的连锁反应。出校门，我们每走几步就能看到一个深谷，那完全是人力和自然的共同杰作。

远远不似表面上那么波澜不惊。各种矛盾复杂的想法，从来了西海固后就一直充斥着我的心胸。黄土高原在我心中最初的抽象概念是人类生存的伟大。然而，人们又为什么一定要固执地坚持在这里生存呢？常识告诉我们，祖先总在不断地迁徙找寻适合自己生存的地方，那是一种自我防备还是一种惰性？我们的同伴小乐在另一个乡的中学教初中，"十一"假期前布置学生写作文，一个学生竟然用声讨的口吻写道："你们这些城里人有钱哪里都可以去；我们穷，我们假期只能回家干农活。你知道吗？我长这么大，连县城都没有去过。你说这是为什么？"令我们这些千里迢迢赶来的新老师都羞愤难当，一致认为应当让他写检讨，可又觉得难以让他在思想上服气。一个小小的孩子为什么要将他对贫困的怨恨归罪于他人的富裕？为什么他人的富裕不是教他更上进，反令他希望大家一起烂掉？这应该不是他原发的观念吧。小贺在回收自己的农村问题调查问卷时，发现有学生问："老师，我们这里很贫穷，你能告诉我们怎么办吗？"

西吉县城里的人生活安逸，条件尚好，并不困难。县城的孩子告诉我，他们只要是县上的人，除了老家就没有去过别的乡下，甚至有人并不知道三合是西吉的一个乡。城乡间的隔绝，其实是相互的。而那些跳了龙门的乡下孩子，走了也不会再回来，脱贫的秘诀无法薪火相传。我和副校长的某次谈话，由他问我生活苦不苦开始。我说，或许已经不及五年前来的志愿者们那么艰苦了，毕竟五年的时间，对一个地方来说可以发生很多根本性的变化。副校长摇摇头说，基本没有。他当然指的是物质层面，虽然我不愿意承认，但不能否认的是精神层面肯定也一样微乎其微。焦虑的人有一点点萌动，如果我们给出的答案并不那么容易立竿见影，这种萌动马上就会消失的。我们只能很小心很小心地看住它，再把它交给别人。

在很多问题上，我们的理想和现实的状况之间相差太大。校长从学校的燃眉之急考虑，安排我们统统去教高中，我们却觉得教小学或者初中，也许对建立一代人的观念来说更有用。当我的学生坚守他们的陋习不改时，我包含了放弃意思的一句话常常是："你们老了，改不了啦。"他们会哄笑一阵后依旧我行我素。小学生不会，小学生偏要好好地做给你看。所以我有很多的小学生朋友。我们一起去爬山，他们从不瞻前顾后，不在意自己的仪态，用尽身体的各个部位奋力前行，很快站到山顶之上，"挑衅"说："你上来呀。"每当这个时候我都会很感动，他们还都是轻盈温暖的液体，没有沿途积聚的泥沙的负担，也还不会凝结成四季不化的坚冰。

每夜面对浩瀚（只有在这里我才敢于不怕自己落俗套地运用这个词）的星空，我就像面对真理；每日看见澄明的蓝天，我就想立刻化为一棵冲天树或一座山冈，不一定需要生命，只要永恒地与天地交相辉映。我从复杂喧嚣流向简单宁静,却希望我的学生能成功地从简单宁静中逃离,他们并没有老,他们应该和我一样不甘心。

(摘自《读者》2004年第8期)

你会成为"负产阶级"吗

尚 言

2004年6月15日,一个很普通的夏日。早上7点钟,在某外资公司工作的张磊离开入住不到一年的新家,开着一个月前刚买的新车,先将新婚不久的妻子送到单位,而后自己再去上班。晚上6点钟下班后,他接妻子去了一家概念餐厅,庆祝自己的30岁生日。买单时,他拿出瘪瘪的钱包,取出一张信用卡给服务生。

张磊的生活看上去不错,但他却显示出某种担忧:"我现在压力很大,连换工作的事情都不敢考虑。"原因很简单:他的房子和汽车,都是贷款买的,每月还款额接近5000元;夫妻俩都买了寿险,每月的保费也在1000元左右;结婚已花去了他存款的大部分。如此一来,尽管小两口每月收入超过12000元,但还是"感到日子过得有点儿紧,尽量想保持稳定,心态就大不相同了"。

在大中城市里,与张磊一样,通过贷款购买住房和汽车的人越来越多,"花明天的钱过现在的生活"已经成为现实。到2003年年末,北京的汽车保有量已超过200万辆，其中大部分是私人所有。据统计，有将近1/3的人通过银行汽车信贷购买汽车，而且采取这种方式的人会越来越多。中国工商银行发布的数据显示，截至2003年年底，在该行进行个人消费贷款的户数已达127万，贷款金额746.96亿元。

最近几年，信贷消费的浪潮正在向中国人袭来，尽管中国人有根深蒂固的储蓄倾向，但人们对新鲜事物的接受速度似乎越来越快。众多国际机构都一致看好中国市场，毕竟还有95%的中国人未曾使用过分期付款的消费方式，潜力巨大。

信用消费原本是17世纪20年代在英国兴起的一种消费方式，在欧美许多发达国家早已司空见惯。在法国，1/2的家庭负有债务，1/4的家庭靠银行贷款买房子；在日本，很多人都是房子住了一辈子，贷款还了一辈子。美国人更习惯于提前消费，据统计，美国每年有6000万个家庭使用信用卡进行分期付款等信用消费，累计债务额高达4000亿美元，即使是中产家庭，存款也常常不足3000美元。

据凯捷资讯公司与美林投资银行在6月15日公布的调查结果，世界"高资产净值"人数到2003年年底达770万人，比上一年增加了50万。他们在调查中为"高资产净值"人群设定的标准是：至少拥有100万美元的金融资产，而且不包括房地产资产，俗称"百万富翁"。

在这项调查中，英国成为2003年百万富翁增加最多的国家之一，共有38.3万英国人上了百万富翁榜，同比增加了8%，他们全部的财富也增长了8%，达到1.34万亿美元。

但是，这并不能代表英国人的全部，甚至不能说明英国人的真实财务状况。另外一项调查显示，年收入在11500英镑以下的低收入阶层，除了房屋贷款，平均债务为收入的4.3倍；年收入超过5万英镑的人平均债务也达到收入的107%。有关部门发出警告，必须重视债务问题，否则一旦个人生活发生变动，比如失业，债务危机将转瞬即至。

实际上,传统的英国与中国一样,国民普遍有强烈的储蓄倾向。如今个人债务越背越多,消费行为却越来越大胆。根据零售调研组织的统计数据,2003年10—12月,英国人在服装、电器、家庭用品消费上就花掉了700亿英镑。英国现在已成为欧洲最大的信贷消费国家,欧洲大陆国家信贷消费的金额占GDP的10%,在英国这一比例是20%。除去房屋贷款,平均每一个英国人承担的债务为5330英镑,占平均年收入的1/3,甚至有1/4的英国人不知道自己到底欠了多少钱。有学者认为现在的英国已经变成了快乐信用消费的国度。

根据不列颠银行家协会的统计,2003年12月英国人通过信用卡消费了70亿英镑。截至2003年9月,英国人的债务总额达到9057亿英镑,其中欠信用卡公司1200亿英镑。

信用卡危机

信用卡在现代社会中正扮演着越来越重要的角色,一旦出现问题,可能会对整个社会以及个人造成严重的财务伤害。

2003年年末,一场信用卡危机席卷韩国。2003年11月23日,韩国最大的信用卡公司LG信用卡公司获得韩国8家银行2万亿韩元的紧急救援,从而避免了被迫宣布破产的厄运。消息公布后,整个亚洲的信用卡市场都为之一震。LG信用卡公司的股价在2003年11月24日下跌15%,银行类股也普遍下跌。在这次危机的背后,是韩国大批信用度不高的年轻人使用轻易便可申请到的信用卡疯狂透支,大量到期无法追偿的债务几乎拖垮了信用卡公司。

在美国这个最大的信用消费国家,个人债务问题同样引起经济学家们的担忧。联邦储备局在2004年1月8日发布的一份报告中称,美国人的个人消费债务在2003年11月达到创纪录的19900亿美元,即美国每个家庭平均欠债18249美元。这里所说的个人消费债务,或称消费者债务,还仅仅是指汽车贷款和信用卡债务,不包括如购买房屋等的分期付款。

国人赶信用卡之潮

如今的中国市场在每个商人的眼里都是潜力无穷的。尽管信用卡已经遭遇了不同程度的危机，但在中国依然发展迅速。1995 年，广东发展银行发行了国内第一张人民币贷记卡，这通常被认为是国内第一张真正的信用卡。此后，几乎每家商业银行都发行了信用卡以及其他银行卡。截至 2003 年年底，全国信用卡发卡量为 200 万张左右。

据 Visa 国际组织中国区总经理张安平估计，到 2008 年中国市场贷记卡将超过 1000 万张。而中国工商银行牡丹卡中心总经理马腾更乐观地认为，2008 年之前，仅工行的牡丹贷记卡就将达到 1000 万张。麦肯锡公司则预测，中国信用卡市场到 2010 年的年营业收入将超过 30 亿美元。

银行之所以热衷于发卡，当然是有利可图的。据业内人士透露，国内发一张信用卡不仅能够使银行获取高达 18.25% 的年利率（具体换算下来，每一天的利率 0.05%。也就是如果消费者透支了 10000 元，那么每一天就要付给银行 5 元利息），而且还可以从客户每一次的刷卡中得到 1.6% 的提成（国际上有通用的 8:1:1 法则，即商户在提供刷卡的时候必须扣除 2% 的手续费，其中的 80% 交给发卡行，10% 交给收单银行，还有 10% 给中介机构）。为了扩大信用卡的发行量，各家银行都使出"浑身解数"，除利用银行本身的销售渠道外，利用中介公司进行信用卡的发行已成为多数银行采用的手段，国内已有因此项生意而暴富的先见者。

在中国的各种银行卡中，准贷记卡尚占绝大部分，而国际上常见的循环信用卡还处在初始阶段。循环信用卡的主要特点是"先消费，后还款"和"循环信用"，即无需事先存入任何备用金，在消费签单后可以享有发卡行提供的免息还款期，最长可达 60 天；同时，循环信用卡提供多种偿还借款的方式，持卡人可根据自己的财力选择还清全部借款，或选择最低还款额，通常为当期借款总额的10%，或是两者之间的任何其他偿还比例。

据业内人士分析，韩国2003年年底发生信用卡危机的主要原因，是其信用卡体系缺乏"循环信用"。而中国目前尚不会发生类似危机，因为中国信用卡市场从一开始就引进了循环信用模式。举例来说，消费者在本月共刷卡消费1000元，月底结账时，中国的银行最低只要求偿还欠款总额的10%，即100元；而韩国银行会要求一次还清，这对持卡人造成很大压力，进而纷纷转投其他银行。韩国的多家银行为争夺客户，经常互相压低利率，甚至接纳从别的银行转来的持卡人所欠债务，坏账由此产生，并造成恶性循环。中国消费者目前仍只把信用卡当作支付工具，但按照目前的趋势，信用卡最终会在中国成为"无抵押贷款"，因透支无力偿还的事情终究会发生在我们身边。

钟镇涛的破产个案

英国人和韩国人的噩梦也许离我们还算遥远，但香港演员钟镇涛的事情则至今让人回味。2002年7月，钟因身负巨额债务无法偿还，法院裁定其破产。今年已满51岁的钟迫于生活压力，还得抛头露面，与娱乐圈一班小孩子争饭吃。

钟镇涛与前妻章小蕙于1996年以个人公司的名义向裕泰兴财务借了1.54亿港元，"炒买"港湾道会景阁4607室等5处豪宅和其他项目。但在1997年爆发的亚洲金融危机中，香港楼市下滑，钟所购各房地产项目大幅度贬值，由此损失惨重，无法偿还贷款。由于部分贷款利率高达24%，所余本息现滚至2.5亿港元，尽管裕泰兴没收了这些项目，仍无法偿清债务。

钟镇涛是"负产阶级"中最知名的一个，但显然不是唯一一个，据说在那次金融危机之中，香港有20%的置业人士都变成了"负产阶级"。即便是在钟镇涛一案中，曾为章小蕙借贷做担保人的陈曜旻，也早于钟申请破产。

钟镇涛当然也使用信用卡，在其债务危机曝光后，香港汇丰银行向法院递交诉状，要求追讨钟镇涛83075港元的信用卡费用和利息。汇丰银行表示，钟所使用的信用卡，信用限额本来是65000港元，而钟镇涛的透支额是18075港元。

任何时候都要控制风险

钟镇涛破产一事在更多的时候被作为茶余饭后的谈资，人们很少思考其中的教训。如今，在上海、北京等城市，已有相当一批人将房产作为重要的投资工具，而他们使用的资金大多也来自银行信贷。在很多业内人士看来，长期居高不下的京沪房地产市场已有相当的泡沫成分，一旦吹破，随之而来的便是价格下跌。有几个人能承受如此风险？

业内人士王丹称，一般来说，房地产投资不应超过家庭年收入的5~8倍。像钟镇涛其时的家庭年收入约在1000万港元，要支撑1.5亿港元的房地产投资是自讨苦吃。其时香港的房地产已进入非理性状态，泡沫成分巨大，但企图一夜暴富的不良心态使钟冒险借贷介入，从而导致破产的命运。万科董事长王石多年前曾宣称：获利20%以上的项目不做。预期利润越高，往往意味着风险越大，合理控制风险才是理财的基础。借贷投资更需要投资者准确把握买卖时机，房地产投资的流动性较差，当价格迅速下跌时，投资者很难成功出手，只能连老本都搭进去。

据说钟镇涛破产的另外一个原因是娶了一个挥霍无度的老婆。据有关报道，钟原本生活简朴，但其前妻章小蕙追求时尚消费，每年仅服装开支就达500万港元。近年来钟镇涛事业走下坡路，收入渐渐萎缩，本想在房地产上赌一把，却将全部积蓄赔了个干净。

理财专家分析说，一般家庭金融资产应高于家庭总资产的20%，资产负债率应低于50%；每月各种还贷额应低于收入的40%；同时预留3~12个月的生活费及还贷额。这样的财务安排才会保持生活的稳定，同时不至于在风险到来的时候措手不及。

小心成为"负产阶级"

曾有社会学家预言，今后中国城市中的"负产阶级"人士会愈来愈多。原因很简单：在一个浮躁的消费社会里，人们的消费欲望和投资欲望都不可遏止，其中会产生成功的财富巨头，同时也会有资产损耗殆尽的失败者。

随着信用消费的日益普遍，个人和家庭的负债生活和消费现象，是继企业负债经营现象后的又一个时代特点。本文提到的张磊，为了购买住房和汽车，总贷款额接近60万元，难怪他会有危机感。一旦失业，每月的还贷额都没有着落，顷刻之间就会从一个"中产阶级"变为"负产阶级"。

2003年年末在上海进行的一项调查显示，有56%的调查对象认为超前消费最可能让自己成为"负产阶级"，另有15%的调查对象表示可能因为投资失败而成为"负产阶级"。

钟镇涛还不起钱了，他还可以申请个人破产。在中国内地尚无相关的法律制度，消费者一旦债务缠身，可能比钟面临的局面还要惨。研究破产的专家曹思源认为，我国应该建立个人破产制度，完善信用担保机构，在个人资产远远小于个人负债、无偿还可能的情况下，实施个人破产制度。

"个人破产可保证负债者的基本生活，防范银行风险。"北京华堂律师事务所杨兆全先生表示，在个人破产申请获准后，破产人的债务可以获得豁免。当然，他需要为此付出一定的代价。比如，个人破产后，在一定的期限内，不得进行高消费，不能购置房产、汽车等高档物品，甚至对于日常的生活标准也会有严格的限制，并在进行消费信贷时给予更严格的限制。

（摘自《读者》2004年第18期）

生命绝唱

斯 琴

"淑秀、淑秀、淑秀……"一阵阵声嘶力竭的呼喊声在一片废墟上回响,一个关于妇女主任的动人故事在荆楚大地流传。

温家宝总理轻轻地对她的孩子说:"给你妈妈上坟的时候,别忘了替我给她上炷香。"

"她很热心,总是帮人排忧解难。"

"她是个好人,平时对人热情,总是帮助大家解决困难。"

"如果没有她,我们肯定都已经死了。"

……

2006年7月16日,在这片被洪水洗劫过的废墟上,村民们已经连续寻找了一天一夜,他们不停地寻找、不停地挖掘、不停地呼喊着同一个名字——陈淑秀。这个36岁的村妇女主任,是全村人的救命恩人。而在那场洪水之后,乡亲们却一直没有找到她。在那个雷雨交加的夜晚究竟发生了什么？在那场噩梦般的洪水中，年轻的陈淑秀究竟去了哪里？她到底是谁？她为什么会牵动着这么多人的心？

洪水突袭小山村

2006年7月14日，湖南省资兴市突降特大暴雨，导致山洪暴发。这场被气象部门称为500年一遇的洪水伴着倾盆大雨来到了一个叫昆村的地方，正悄悄逼近尚不知情的村民们。

平时，这样的大雨在南方的夏天并不稀奇。晚上十点多钟，村民们都陆续睡觉了。窗外的暴雨，驱走了连日的炎热，让这个夜晚格外凉爽，辛苦劳作一天的村民们睡得格外香。夜里12点，特大暴雨已经持续下了三个多小时，并且越下越大。睡梦中的人们并不知道，此时持续了近三个小时的特大暴雨已经引发了山洪，洪水正在飞快地上涨！一场将让他们终生难忘的灾难，正异常凶猛地向他们袭来！

洪水随着时间的推移快速上涨，只消片刻，汹涌的洪水就会把这个坐落在山坳里的村庄完全吞没！而此时，村民们如果再不逃生，就无论如何也来不及了。可是，还在熟睡的村民们根本没有察觉这一切！

"快起床啦，发洪水啦！""乡亲们，快起床啦！"一户户村民被雨中传来的声音唤醒，推开门，他们看到一个瘦弱的身影在倾盆大雨中挨家挨户地砸门，通知乡亲们赶快逃离。她浑身已经被大雨淋透，在洪水和泥浆中，踉跄着奔走呼喊——她是昆村36岁的妇女主任陈淑秀。就在洪水即将吞没村庄的生死关头，是她挨家挨户地告知了危险的来临。惊恐万分的村民们这才发现，迅速上涨的洪水马上就要把他们的村庄淹没！

一名被救村民回忆，刚刚从屋里跑出两米远，家里的房屋就倒塌了。如果不是陈淑秀叫醒他们，他们全家一定逃不出来。

救一个算一个，救一户算一户

被陈淑秀从睡梦中叫醒的乡亲们，飞快地向山顶跑去，洪水就在他们身后紧追不舍。此时，陈淑秀已经带领第一批群众转移到了山上的安全地带。可是，还有几十户村民没有上来，他们是不是还在睡梦中没有醒来？陈淑秀决定再下山去看一看。可此时，洪水还在迅速上涨，这一下去，就有可能再也上不来了！

村干部劝已经疲惫不堪的陈淑秀不要去了，洪水太大了，太危险了。而陈淑秀却看了一眼不远处被围困在水中的村子说："救一个算一个，救一户算一户！"

陈淑秀没有听从同事的劝告，再一次冲进了暴雨和洪水中，继续挨家挨户地去呼喊还不知情的村民。

狂风裹挟着暴雨，劈头盖脸地似乎想把所有人都卷进奔涌的洪流中。村里的乡亲们已经全部向山上跑去，洪水在他们身后飞速地吞没了一间又一间房屋。此时，如果晚走一步，就有可能被凶猛的洪水冲走！陈淑秀是最后一个向山上跑去的……

一夜的暴雨过后，天终于亮了！当村民们看到眼前的一切时，完全惊呆了！一夜之间，他们的家、他们的村庄在洪水中变成了一片废墟！更可怕的是，许多人都没有找到自己的亲人。陈淑秀的丈夫在人群中逢人便问："有没有看到陈淑秀？"可人们都摇摇头，说没有看到那个最先通知大家远离危险的熟悉的身影。

村民们发现，洪水过后，全村有10个人下落不明，其中包括陈淑秀。大家心里都明白，这很可能意味着一个谁都难以接受的事实。"她不会出事的，她一定没事。"很多村民在心中默默地祈祷着。

没有人相信，那个在洪水中把全村人都叫醒、救了全村人性命的陈淑秀，自己会没有逃过这一劫！乡亲们都不相信！许多人说，也许陈淑秀逃到了另外的地方，没有和咱们在一起；也许她被压在了哪里，被困在了哪里，正等着咱们去救她……于是，大家开始寻找，寻找他们的救命恩人，寻找他们年轻的村妇女主任。

最后一幕

一天一夜过去了，毫无线索。陈淑秀年迈的母亲无法承受这样的打击，常常失声痛哭。而陈淑秀10岁的儿子，总是很懂事地去安慰外婆。因为他相信，妈妈那么疼他，不会丢下他就这样走了。全村的乡亲们也不相信救了他们的陈淑秀会这样离开。可是，接下来村民李日秀的讲述，让大家顿时有了一种不祥的预感。那一夜，她是最后看到陈淑秀的人。

那一夜，当把村里的乡亲们全部安全转移之后，陈淑秀最后一个向山上跑去。可就在这时，她突然看到住在半山腰的李日秀，正回头向家的方向奔跑，李日秀家摇摇欲坠的房屋随时可能倒塌或被洪水吞没，她要回去做什么呢？

"我想回家去拿我的钱和存折。"李日秀惦记着家中多年的积蓄，想折回家去取。眼看着洪水中异常危险的李日秀，已经跑上山坡的陈淑秀再次冲入洪水，去叫回李日秀。

陈淑秀对李日秀高喊："姨，你不能再回去了，保命要紧，赶紧走。"她拉起李日秀迅速向山上跑去，可此时，洪水已经迅速地涨了上来。

那洪水异常迅猛，"第一浪到腿，第二浪到腰，第三浪就没过头顶了"。那惊心动魄的一幕让李日秀记忆犹新。一股凶猛的洪水很快就把两个人冲散，李日秀眼睁睁地看着，在一个巨浪之后，陈淑秀就消失在了洪水中……

别忘了替我给她上炷香

两天两夜之后，乡亲们找到了陈淑秀的尸体。乡亲们不能相信，那个在洪水中把全村人都叫醒、救了全村人性命的陈淑秀，自己却没有逃过这一劫！乡亲们不能相信，那个热情开朗、总是爱帮人排忧解难的村妇女主任，就这样离去了……

许多天来，在发现陈淑秀遗体的地方，常常会有村里的乡亲们来祭奠她。他们在内心深处深深地感激她，也为她感到惋惜！一位被救村民不住地念叨着："她走了，她的儿子怎么办？她的丈夫、父母怎么办？"

陈淑秀就这样匆匆离去了，她丢下了年迈的父母、年幼的儿子，还有深爱她的丈夫，也许还有很多没有实现的愿望。

"我们曾经约定，生要一起，死也要一起，她没有遵守我们的约定，丢下我和儿子就先走了……"陈淑秀的丈夫经常呆呆地望着曾经与妻子共同生活过的每一个角落，寻找爱妻那永远不会出现的身影……

年轻的陈淑秀，就这样匆匆离去了！可是，关于这位36岁的妇女主任舍己救人的动人故事，却在口耳相传。她感动了无数人，也感动了来到灾区慰问的温家宝总理。温家宝总理在听完陈淑秀的英雄事迹后，轻轻地对陈淑秀的儿子说："给你妈妈上坟的时候，别忘了替我给她上炷香。"

（摘自《读者》2007年第4期）

你的工资涨了吗

李 琳

谁的工资在涨

2007年7月1日,中国劳动学会主办的"深化企业薪酬制度改革,促进构建和谐社会"论坛指出:2002年,中国在岗职工平均工资为12422元,到2006年达到21001元,扣除价格上涨因素,年均递增12%,比同期人均国内生产总值年均递增9.2%高出2.8个百分点,是改革开放以来中国职工实际工资收入水平增长最快的时期。

有人据此认为,这从侧面说明中国的经济发展已经更多地惠及普通百姓,中国已经开始摆脱"国富民穷"的尴尬。

然而,这则消息引来更多的是质疑之声。从各大门户网站的留言看,几乎所有的网友都对这条新闻嗤之以鼻,讥之为"真实的谎言"者有之,认为

"不涨反降"者有之，质疑"是不是又在放卫星"者亦有之。

如果说，网友的发言尚不具有统计意义的话，那么 6 月人民日报社旗下的《人民论坛》杂志就职工对当前工资的满意度所进行的一项调查，就应该能够说明问题了。调查结果显示：对当前工资状况不满意的达 96.5%。

大多数人认为，工资总额和平均工资的增长并不意味着大多数普通职工实际收入的增长，在平均工资快速增长而多数人工资增长缓慢的背后，是收入差距扩大的事实，增长的工资主要流向了垄断行业和管理层，而普通职工特别是一线工人收入仍然比较低，分配不公平的状况更趋严重。

按照我国职工工资统计相关规定，工资统计的对象，是全民所有制和集体所有制企业、事业单位、各种合营单位、各级国家机关、党政机关和社会团体等"体制内人员"，而没有资格参与统计的外来务工者以及民营企业等新型经济组织的职工，恰恰是低收入群体。显然，只统计高的，不统计低的，出来的数据当然没有说服力。

可以说，这几年职工平均工资的高增长，是由国有单位特别是国有垄断企业带动的。

中央党校第 40 期省部级干部进修班课题组提交的《对国有企业收入分配改革的思考》分析认为："十五"期间，国有单位在岗职工平均工资年递增 15.1%，而 2003 年至 2005 年，央企员工的年平均工资递增 16.8%。

据劳动和社会保障部副部长步正发披露，目前，电力、电信等行业职工的平均工资是其他行业职工平均工资的 2~3 倍，如果再加上工资外收入和职工福利待遇上的差异，实际收入差距可能更大。显然，类似这样的一些高收入行业是工资增长的"蓄水池"，吸收了大部分"增长"。

即便在工资增长较快的国有企业中，收入差距问题也非常明显。这些年来，一些企业内部工资差距持续扩大，"只涨老总年薪，不涨员工工资"似乎成了一种潜规则。上海一项调查表明，50.6%的国企职工在近 3 年内没有加过工资，最长的 6 年来分文未涨。与之相对，一些高管的收入却搭着企业的"效益快车"扶摇直上，与一线职工的差距越拉越大。目前国企尤其是改制、重组以后的单位，大都实行年薪制，不同的行业，高管的年薪从几十万到上百万甚至更多不等。这一点，同样被"平均收入"的数据和概念掩盖了。

与垄断企业和国企高层工资迅猛增长相比，农民工不但工资低，工资的增长速度也慢得多。据中国社科院近日发布的《2007年人口与劳动绿皮书》显示，2004年农民工人均月工资增长2.8%，2005年增长6.5%，2006年增长11.5%。由于"民工荒"，近3年农民工工资算是涨得快的，几年前全国总工会曾有一个调查，珠三角民工13年间月工资增加了86元，而物价上涨早已超过一倍。

在一个多元化的社会里，类似"工资"这样关乎民生的敏感数据，国家统计局在公布时，除了公布年度平均数据以外，还应当把构成社会生活主要成分的农民工、私企员工、事业单位以及国有企业不同行业员工、高层管理人员的薪酬数据一并公布，这样才能更加客观地反映我国社会各阶层的真实收入状况。

工资增长 VS 物价上涨

在"职工平均工资上涨"的统计中，还特别标明"扣除价格上涨因素，年均递增12%"。但去年以来物价的快速增长，尤其是飙升的房价不被纳入全国居民消费价格指数（CPI），使得价格上涨的官方口径与民间实际生活的感受总是泾渭分明。

不说近一年来的米、面、菜及主副食品价格均有两位数的攀升，不说粮油、燃气、水电等生活必需品价格的上涨，这些民众都还能承受，但大件商品比如房价的上涨却到了令大多数人无法忍受的地步。同样是2002年到2006年，全国大部分城市房价涨幅超过70%，有些地区甚至达到了100%以上的幅度。教育收费、医疗医药费用也压得百姓喘不过气来，收入确实一天比一天高了，工资也有所增加，但是老百姓却感到自己越来越穷了，负担越来越重了，压力越来越大了，有些还背负了一身债务。

与此同时，民众辛辛苦苦挣来的钱正承受着货币可支付能力变相贬值、保值增值渠道单一化的难题。由于资本市场发育滞后，除了银行存款外，居民的投资渠道基本上只有炒股和炒房。但近年居民储蓄实际上是"负利率"，而股价、房价高企，基本上没有投资价值，炒股、炒房并不能增加社会财富，只是社会财富的再分配而已。

工资增长必须能给民众带来感受得到的福利和感受得到的购买力，否则，这种数字游戏就会失去意义。因此，我们现在需要做的是继续推动工资的增长，让民众能够坦然应对房价、学费、医疗费用等的持续上涨，而不是为他们构筑起一个并不存在的虚拟的幻觉。

让更多人分享经济增长的好处

改革开放以来，工资总额占 GDP 的比重一直在下降。1980 年、1990 年和 2000 年分别为 17%、16%和 12%。2000 年到 2003 年，这一比重虽略有上升，但依然徘徊在 12%~12.5%之间。国家发改委今年 1 月发表的《我国的工资分配的基本情况和主要问题》指出，2005 年我国职工工资总额占国民总收入的比重只有 10.91%。与之相对的一个可比数据是，美国的工资总额占 GDP 的比重，近年来一直稳定在 50%左右。这昭示了一个很简单的事实：在 GDP 高速增长的时期，工资总额的增长却在下降，劳动报酬在初次分配中的占比过低，经济增长的成果向某些群体和部门过度倾斜。

世行发布的最新报告指出，造成中国消费长期低迷的症结不是老百姓热衷储蓄"不愿花钱"，而是工资水平跟不上经济发展速度。世行报告显示，20 世纪 90 年代末以来，消费在中国经济中的比重一直在下降，目前的消费率不仅远远落后于美国，甚至和印度等发展中国家相比也有相当大的差距。内需不足使我国经济增长主要依赖投资需求和出口需求，造成了目前异常棘手的内外经济失衡和流动性过剩。而且从长期来看，像中国这样的大国经济体长期的增长动力还是来自于内需，依赖于外需和投资的增长是不可持续的。

国际经验也表明，扩大居民收入份额，使居民收入增速等于甚至在一定时期内适度快于经济增长，从根本上有利于扩大消费、拉动内需，从而进一步带动宏观经济增长。因此，今后一段时期我国国民收入分配大格局应适度向城乡居民个人收入倾斜，保持居民收入的稳步快速增长，应成为我国经济转型时期保持国民经济发展和社会稳定的基本政策取向。

因此，要让"平均工资涨幅"真正兑现为落地的民生福祉，起码需要加上这样几个前提：根据收入分配制度改革"扩中、提低、限高"的要求，大力提高低收入职工的工资水平、提高普通职工的工资水平；加大劳动执法力度，落实《劳动法》《劳动合同法》等法律法规，切实保障普通职工在工资博弈上的相关权益；进一步推动企业建立健全工资集体协商制度，形成企业工资共决机制和正常增长机制，确保每个职工分享企业发展的成果；加大对垄断企业职工收入的规范力度，清理基于机会不均等下的潜规则收入；有效控制物价涨幅，对严重影响工资涨幅利好的住房、医疗、教育等领域，做好基础的保障工作。

只有让普通劳动者分享到中国经济发展的成果，才能体现出"共享"这一社会主义的基本制度，才能实现公平正义这一社会发展的根本目标，建设和谐社会也才不致成为一句空话。

（摘自《读者》2007年第24期）

汉语，我想对你哭

北国骑士

武汉大学某教授在一次讲演中曾不无感慨地说到，汉语现在已经成为一种弱势语言、一种第二阶级的语言。在座的富有自由辩论精神的学子们一片哗然，纷纷以"语言是没有阶级性的"观点反驳。但在听了演讲者的"一个外国人晋职、升中学、上大学、考研究生、攻博，需要考我们汉语吗？"的反问之后，全场寂然。

我不否认，今天我们必须学习西方科技知识，掌握其语言，了解其文化。但是，如果我们普遍陷入对外国语言（这里主要是指英语）的畸形崇拜，那么这实际上就是一个关系到本民族文化生存前景的严重问题。

随处张贴的花花绿绿的考研英语培训班广告，已是当下大学校园风景的一个重要组成部分。2002年的硕士研究生录取工作刚刚结束，2003年的考研英语培训广告已是铺天盖地。广告上的授课"明星"近十年间换了一拨又一拨。这些来自皇城脚下的专家们，每年自9月份开始，便在中国的上空飞来飞去，给各大城市带去广告上所标榜的"来自当年命题组的消息"。一次串讲门票的票价往往高达百元以上，但听者仍有数千之众，盛况直追二流影视歌星走穴。

大多听讲者也明白在那种狂热的气氛里，是难以学到什么新东西的，但他们认为，即便花费时间、金钱换来一种心理上的平衡也值得。因为，英语对于考研者来说，具有一票否决的作用，它早已成为考研游戏的前提。而且，随着竞争者日众，它的难度也不断水涨船高。具体地说，一个报考中国现当代文学甚至中国古代文学专业的考生，如果英语不达"国家线"的话，即便专业再优异也是白搭。相反，专业平庸，英语成绩突出的考生，却往往成了录取的亮点。

这种游戏规则给人这样一种错觉：似乎关于中国文学、历史、哲学等领域的研究，都仰赖于西方的汉学，因而英语是应当掌握的首要工具。每一年的硕士研究生录取结束之后，常常听到老师们十分遗憾地感叹：某某同学专业优异，此次英语稍差而无法招纳门下。即便有个别幸运者在英语距线一两分的情况下，经导师多方奔走"拉"了进来，但补那一两分之缺需数万元，穷学生背着沉重的债务，又如何专心学业？

太多英语系的专科、本科毕业生，在对所报考的专业知之甚少，甚至此前一无所知的情况下，却凭借英语专业优势挤进去堂皇读之。而以我所见，这种情况在博士生招生中更是见怪不怪。在武汉这两年，大学英语系讲师、副教授在没读一天中文的情况下，利用几本文学史考中文系博士似乎成了一种时髦。他们都即考即中，甚至个别人中文专业课程只有五十几分，但凭"强大"的英语专业优势一样鹤立鸡群，真让那些在专业领域兀兀穷年者羡慕、嫉妒。有人发出这样的感叹：在中国，出身英语专业攻取任何学位，只要愿意，都如探囊取物一般。这一中国特色又如何叫人对英语保持冷静呢？

然而，我们对英语的态度又是矛盾的。我们真的重视英语吗？2000年武汉大学博士生录取的英语线，划为：应届、往届的文科考生分别是55分、50分，而理科应届、往届考生分别只需50分、45分。也就是说大家同是博士生，在英语卷面分只有 100 分的情况下可以相差 10 分之巨。而且，更让人不解的是，一个研究空间物理的博士生与一个研究中国现当代文学的博士生究竟哪一个更需要英语？

我不知道是否有专业人士，对我国的硕士和某些大学的博士研究生入学英语考试题产生过质疑。我真的很怀疑，卷面上那些卖弄似的找出的一些连老外们也早已不计较的语法问题和针对 4 到 5 篇断章取义的短文，设计一些谜语般的选择题这些考试方式，是否就是对培养专业研究者英语水准的一个合理测度。华中师范大学英语系一位曾在美国做访问学者一年的副教授，在湖北省 2001 年度博士生入学英语考试中才取得了 57 分的成绩。可以想见，那该是一份怎样坚决要把人考"倒"的英语试卷！

我绝不是一个文化本位主义者，从不怀疑外语对于培养专业研究人员的必要性和重要性。但我认为，把外语作为最重要的甚至几乎是唯一重要的录取标准则是荒唐的。我们为什么不能把英语的门槛放低一点、实用一点，让考生多一些精力关注专业领域，同时也给导师多一点选择的空间呢？

在一次研讨会上，福建的南帆先生在发言中对中国当代文学的发展前景表示深深隐忧。因为当代大学生，包括中文系学生，对汉语表现出了令人震惊的冷漠。这种冷漠源于——在现今找到一个"含金量"高的工作只需要学好两项技能，那便是英语和计算机。我自己也曾在讲授现代文学的课堂上遭遇到一位女生的质问："老师，我们学这些有什么用？"在这个工具理性极度膨胀的时代里，她让我无言以对。

近年来，在一些城市办学条件比较好的学校，纷纷实践中、英双语教学，以此自抬身价。我们对英语的态度终究又迈出了"更具有决定意义的一大步"。以前只是在英语课上老师教、学生学，到现在各科老师一齐努力，让中国学生有待在英、美课堂上的感觉，多么良苦的用心！而双语幼儿园就更不是什么新鲜事了。我们喊了许多"要从娃娃抓起"的口号，我认为只有"学英语从娃娃抓起"做得最令人满意。

与之恰成对比的是，我们年轻一代对本民族传统文化态度的冷漠，了解的浅陋。我参加过湖南省的高考作文评阅工作，在所阅过的近两千篇文章中，很少能看到字句完全通顺的，更无以奢谈文采，而太多"准大学生们"在文字中所体现出的对题旨把握的模糊、表达的幼稚、取材的单一和价值观念的混乱真是让人惊叹！

全球化已成为当今不可遏止的世界趋势。面对强势文化的入侵，我们知道其他民族是怎样对待自己的语言和文化的吗？多数时间在美国教书的法国人德里达来北京大学作演讲的时候，开始打算应学生要求用英语，但法国领事馆坚持要他用法语，因为他是法国人。几十年前，美籍华人丁肇中先生在诺贝尔奖的颁奖台上致答词时，这位英语远比汉语讲得流利的科学家，却坚决要讲汉语，就因为那是母语。据说在德国的讲台上授课，政府规定一律都得用德语。而在许多最需要使用本民族语言的国际讲坛上，我们却听到了中国代表的满口洋话。最近惊闻武汉某著名大学也要实行双语教学，据说包括其中文专业也不能幸免。如果这消息确实，那么在中国大学的课堂上使用英语讲授汉语言文学，将成为世界教育传播史上的一大奇观⋯⋯

我们小时候都学过《最后一课》。我想这篇体现一种语言命运的著名短篇小说之所以引起全世界的共鸣，是因为那位老师在最后一课上，表达了一个超越民族界限的感叹：法语是世界上最美丽的语言。这句话可以置换为：世界上任何一种语言都是最美丽的。遗憾的是，这种美丽往往只有在危及语言存亡的时候，才体会得出。我们非得扮演一回那个不成器的小学生吗？

英语对于我们意味着什么？意味着"狼来了"。来了一匹我们不能赶走也无法赶走的"狼"。但我想，即使我们没有气度、勇气、胆识、能力与之共舞，也不至于要把我们的孩子以及我们身上的好肉都送到它的嘴里，任其撕咬吧？

汉语，我只有对你哭！

（摘自《读者》2004 年第 2 期）

"我要做像你一样的好人"

王英春

2005年岁末,当23岁的湖南大学生洪战辉成为中国公众精神榜样之际,22岁的大学生高春娜也因自己的传奇经历成为媒体关注的焦点。

路见不平拔刀相助,高春娜与抢劫犯勇敢搏斗,谁料,她因此遭遇小偷暗中偷袭,后又被公众质疑其行为动机,不由身心俱伤——难道,这真是一个缺乏公信度的时代?难道,见义勇为不是一个公民应尽的责任?

千里之外的一封小偷来信,意外地将故事延续了下去。

滴水成海。也许在某些时刻,善行义举只是一个人的事情,甚至被扭曲被抹杀,但随着岁月流转,必然会带给我们无法估量的蝴蝶效应——

带着一颗向善的心长大

为什么一个弱女子能够见义勇为?这得追溯到高春娜的童年。

高春娜出生在河南省长葛市古桥乡一户贫困农家。为了生计，父母一直在青海打工，她跟着爷爷生活，掰玉米、洗衣做饭，其乐融融。爷爷总是教育她：山里的每棵树都是向阳的，每颗心都是向善的。从小，高春娜就懂得宽厚待人，助人为乐。

10岁那年，高春娜被父母带到了青海乌兰县，和两个弟妹挤在租来的小屋里生活。妈妈在牧场给人家当保姆，父亲做苦力，高春娜边勤奋读书，边照顾弟妹。为了减轻家里的经济负担，11岁的高春娜报考了青海海西州民族师范学校。三年后毕业，因成绩优异，她又被老师推荐到青海师范高等专科学校续读，16岁她拿到大专文凭，到乌兰县赛什克中学教书。

第一天走进教室，高春娜大为震惊。墙皮斑驳，窗户残缺，课桌破旧，讲台歪斜，让人一阵心酸。同时，因为家境贫穷，很多孩子根本无心读书，常常迟到早退，许多老师也不闻不问。高春娜却不能放任不管。

经过几天观察，她发现最调皮的孩子就是朵巴西。他比高春娜还大一岁，高出一头，经常打架欺负同学，偶尔还去小卖部白吃白喝。高春娜经过家访，才知道朵巴西的父母离异，他经常遭到父亲痛打，性格也变得粗暴冷漠。因为常常挨饿，他不得不骗点面包饼干……高春娜有了办法。

那天下课后，高春娜诚恳地对朵巴西说："你可以帮老师的忙吗？"朵巴西不回答，戒备地瞪着老师。高春娜笑了："老师工作忙，以后中午你帮我挑水砍柴，咱们一起做饭吧。"朵巴西点了点头。中午，高春娜把朵巴西领到宿舍，简单吩咐他干点儿活，很快，热腾腾的饭菜便做好了。朵巴西执意要走，高春娜问："这饭菜是咱们一起做的啊，为什么你不肯吃？"朵巴西终于勉强坐了下来。吃完饭，朵巴西红着脸说："高老师，这是我吃过的最香的一顿饭了。谢谢您。"高春娜的眼圈倏地红了。

很快，朵巴西变成了好学生，另外一些调皮的学生也进步很大。但是，高春娜仍然不能杜绝孩子失学的情况，她的工资也很微薄啊。

"必须再学习，提高能力，更好地帮助孩子们！"高春娜梦想成为张艺谋那样的导演，将来拍摄一部自己的《一个都不能少》。2003年8月，她如愿以偿地接到湖南大学广播影视艺术学院编导专业的录取通知书。

从此，高春娜走进大学校园，坐在宽敞明亮的教室，远离了风沙和牧场，远离了那些衣衫褴褛的孩子——但这一切变化，都不曾改变高春娜的梦想和那颗向善的心。

这个世界因何温暖

高春娜在学校过得忙碌充实：课堂学习，演出策划，担当DV短剧导演，生活愉快。2005年3月，她过完春节，准备返校。

青海省西宁市火车站人流如织，高春娜正往售票厅走，突然身旁有个黑影窜过，立刻传来女人的尖叫。原来，有人偷钱包时被发现，索性抢了手提包夺路而逃！高春娜毫不犹豫，把刚买好的水果丢下就追。火车站人头攒动，也不乏身强力壮的男人，但当时追赶抢劫犯的，除了女失主，就是瘦小的高春娜。看着小丫头的背影，有的人也被感动，加入了追捕小偷的行列。

高春娜平时并不擅长长跑，800米的测验她总是最后到达，可是此刻，她却迅如闪电，跑出几百米之后，就在一个狭小昏暗的胡同里，堵住了抢劫犯的去路。她一个箭步上前，紧紧拽住手提包不放！

高大的对手一下子愣住了，哪里冒出来的黄毛丫头？他凶狠地威胁道："不是你的包，你少管闲事！"高春娜说："也不是你的包，抢包就不对！"男人使劲推搡着高春娜，拳头像雨点般落下，打得她眼冒金星，可她就是不退半步。后面的人声、脚步声越来越近，对方恼羞成怒，从口袋里掏出凶器，狠狠向高春娜刺去！一下、两下、三下……鲜血淋漓，切肤之痛，高春娜仍死死地抓住手提包。此时，救兵已到，抢劫犯见大事不妙，慌忙丢包逃窜。

当时，高春娜惊魂未定，脸上手上都是血，幸好她穿着很厚的羽绒服，只是皮肉之伤。她把包还给失主，谢绝大家的好意，独自去医院检查伤势。准备挂号的时候，她翻遍所有的口袋，钱包却不翼而飞。她急忙沿来路寻找，却一无所获。

刹那间，她呆若木鸡：就在她冒险帮人夺包的时候，自己也遭人偷袭了……她觉得委屈，不可思议，不知所措——没钱买车票，回家肯定让父母担心伤心，她左思右想，决定投奔本地的好友，并向学校请了病假。在好友家休养了一个星期，高春娜返校，只字未提火车站的一幕。

树欲静而风不止

7月的一天，高春娜在大学生论坛看到一则帖子，正是描述自己见义勇为的事情。此事只有自己的好友知道啊，高春娜一问，好友立刻承认，嘻嘻笑道："刚上演的《天下无贼》看了吗？盗贼猖狂到什么程度了呀，现在社会上的许多人，都是事不关己高高挂起，我就是要宣扬你这种正义之举，希望大家一起弘扬正义，让这个社会真正天下无贼！"

高春娜有点不好意思。之后，她也开始关注论坛里的跟帖，却发现除了钦佩赞扬，质疑否认的相当多，这让她心情有些沉重。

其中有一则大学生留言："我们在盲目地钦佩这个女大学生见义勇为的时候，有没有想过，这个赤手空拳跟持刀歹徒搏斗的故事是假的，现在的社会，做了这样好事的人哪有报纸上不连篇累牍报道的……"

"顶"帖的人相当多："这个所谓的'见义勇为'的事情，从头到尾就是一部独角戏，很有可能是捏造出来的，给自己请假找借口……"

"又一个垃圾！"……

这样的质疑，渐渐越来越多，当初被小偷偷袭，高春娜也没有如此难受！坐在电脑屏幕前，她双手掩面，泪水滚落下来。

这些赞扬或贬抑都在网上，也许跟现实生活中的高春娜无关。但她伤心的是：为什么见义勇为不能出于单纯的动机？为什么大学生也会如此不相信善良？在这种缺乏公信度的环境中成长，人人自私自利，还有谁愿意做英雄、当雷锋？这个世界如何温暖？

支持与攻击：两大阵营的对峙

渐渐地，"高春娜"在论坛成了点击率极高的名字，即使在校园她也深感压力，走在哪里都感觉到异样的眼神，听到窃窃私语，因为她"一手策划"了"见义勇为"行动，成了虚荣而且虚伪的女孩！

活泼的高春娜渐渐变得少言寡语，整晚失眠，上课心不在焉，下课便独自躲在宿舍。学校辅导员吴谦老师了解情况后，跟高春娜多次谈心："老师相信你，同学们都相信你。"

班上一些义愤填膺的同学也在BBS上，对质疑的帖子进行反驳。

同学傅蕾留言说："你们觉得，一个16岁就在大西北贫困牧区教书，用自己微薄的工资资助学生读书，买学习用品给学生、把饭分给孩子们吃的女大学生会说谎吗？"

室友李颖留言："跟高春娜在一起的两年多，我们才真正体会到什么是无私和善良，她在山清水秀的南方都市读书，但是却心系她教过的贫穷孩子。每当节日，她都要给孩子们寄出大量的祝福卡片，每一张卡片，都要叮嘱孩子们做个善良的人。而每一年的教师节，那些孩子，会结伴去20多里外的县城给高春娜打来电话，祝福他们的老师节日快乐。请你们不要无端地怀疑一个善良纯真的女大学生。"

不久，又有陌生人加入了他们的队伍："我没有见过高春娜，但是我相信并且佩服这个女大学生。我们在哀叹世风日下的时候，有没有想过，这个社会上许多的虚伪、欺骗其实都是自己造成的。面对小偷的猖獗你们不敢也没有勇气去阻止，却对一个孱弱的女大学生的壮举大加怀疑和指责，这是你们的悲哀，也是我们整个社会的悲哀。"

与此同时，攻击质疑的队伍也在壮大，说"一切都是虚假，只有出名是真！"面对这些无稽的言论，高春娜逐渐冷静：何苦向他们证明自己的清白？让他们相信善良？一切都已过去，不如保持缄默。搏斗时手腕上留下的刀疤已经淡去，心里的伤疤却清晰可见。

一场关于"见义勇为"的争论，以高春娜的"不争"暂告结束。

"我要做像你一样的好人"

不久，高春娜接到辅导员的电话，让她马上去办公室。她一进门，就看到桌子上那个熟悉的钱包，不由怔住了！那不是自己几个月前丢失的钱包吗？怎么躺在办公桌上？

正在高春娜发愣的时候，老师递给她一封已经拆开的信。

信竟然是小偷写来的。2005年3月1日下午，他偷了高春娜的钱包，还想把她的手机"带走"，就一直跟梢。孰料，他竟然亲眼看见了高春娜勇斗歹徒的全过程。当他看到高春娜用鲜血淋漓的双手将皮包还给失主，不等失主道谢，就捂着伤口匆匆离开时，心情无比震撼……

回到家后，小偷非常愧疚，不知道该不该把钱包还给高春娜。最后，他分文未动，珍藏起高春娜的钱包，时刻警醒自己，并且重新回到学校，再未行窃。不久前，他看到报纸上的相关报道，才知道这位"英雄姐姐"正在承受巨大压力，这才"现身"，决定寄回钱包，证明姐姐的清白。钱包里有高春娜的湖南大学图书证，他直接把包裹寄给湖南大学校长，并请求校长"一定把钱包还给姐姐"。

他在信中最后这样写道："亲爱的高春娜姐姐，你能原谅我吗？我已经回到了学校，我决定以后要好好学习，将来考上大学，做一个像你一样的好人。"

看完信，高春娜忍不住哭了，那泪水是委屈，是激动，也是欣慰，是幸福。想到自己曾经黯然神伤甚至动摇，她觉得自己好幼稚。

爷爷说，每个人都有一颗向善的心，是啊——这个迷失的孩子，寄回钱包，承认错误，终于找回方向；而他的幡然悔悟，让一个即将对社会失去信心的女大学生重新找回了希望。

(摘自《读者》2006 年第 9 期)

心在碧空，爱在尘世

宿 淇

她不喜欢波澜不惊的生活，她是穿越世界探险之最——美国科罗拉多大峡谷的唯一中国女性。

她的足迹远至西部贫穷的村落。在长期资助西藏"德吉孤儿院"的基础上，她正在计划筹建"天堂眼孤儿院"，关爱那些无所依托的孤儿。

她叫胡冰，一个时尚、美丽的年轻女子，一位拥有无数个"孩子"的母亲。

不，我需要安静下来

1996年夏天，21岁的胡冰已是一名出色的脑外科护士长。她的顶头上司常说她是难得的人才，前途无量。

但是胡冰出人意料地辞职，跑去应聘西南航空公司的空乘小姐。8000多人应征，美女如云，其中不乏名校的大学生。只有 25 个名额，她能入选吗？

主考官一眼就被胡冰特有的气质吸引了，何况胡冰介绍了自己还有医护方面的优势，能够准确判断旅客的身体状况，提供更周全的服务。

之后，胡冰的工作就是在蓝天白云里穿行，去不同的城市，听不同的语言，接触不同的人。虽然空乘的工作循规蹈矩，但她喜欢这种在路上的感觉。当飞机在碧空翱翔，她觉得心灵也生出了一双翅膀。

几年的空中生活之后，胡冰再次提出辞职，同事们难以理解。其中有人提出尖锐的问题："胡冰，你出这样的风头，不觉得代价大了点吗？"

"我需要引人注目吗？不，我需要安静下来。"胡冰微笑着回答。

她开始按照自己的心愿旅行——干净的朝阳洒照进驿站的窗户，她看一株花开，听一声鸟鸣，觉得格外惬意。

2002 年春天，胡冰的下一站是印度。临行前，很多朋友劝阻她，说那里乱，印度人对中国根本不了解。胡冰淡然一笑，独自前往。

当她站在新德里的红庙前给朋友打电话时，声音里充满了激动和喜悦："我没有遇到坏人，而且还有'艳遇'呢。"

那位不期而遇的印度男子，高高帅帅，开了一家手工饰品工厂。他带她来到自己的工厂，欣赏琳琅满目的印度风情饰品。胡冰当即订了两万元的货，对方不解："哪有背包客要这么大量货的？"胡冰笑了笑说："别人做不到的，中国人都能做到。"

这位时尚自信的中国女子，在三个月后，再次让对方感到了"惊艳"。

这次，她配备了先进的电子商务装备，一来就下了 20 万元的订单。那位印度老板很是惊诧："你们中国的市场太可怕了。"

而今，胡冰拥有自己的"天堂眼"饰品品牌，创建了自己的公司。

她独自行走在异国之间，风尘仆仆，从没感到过害怕，从没想过放弃自己的心愿。

如果爱一个人，就带他去探险

眼前的胡冰漂亮温婉，笑起来却充满豪气："其实，我是个充满野性的女人！"

拥有千万资产的胡冰喜欢"无'尖'不商"的说法，意思是商人为追求更高的利益，孜孜不倦，努力登上事业顶峰，成为行业的领导者。

当然，人生短暂，若把时间全用来做企业，太过可惜。生命应该有更广阔的意义。

探险和漂流是胡冰的最爱：勇闯珠峰大本营、徒步走墨脱、长江漂流……组成了胡冰生命里最精彩的部分。

2005年5月，胡冰组织几个朋友攀登珠峰，先自驾车由川藏路进藏。已是暮春，但中途80公里长的道路人迹罕至，又被厚厚的积雪覆盖。他们在邦达就等了五六个小时，才得以通行。

在波密，越野车在临江的道路上七弯八拐，左摇右晃，忽上忽下，颠簸得像波涛中的小舟。山崖深不见底，偶见坠落的汽车残骸。帕隆藏布和拉月曲就在路旁，浊浪滔滔。在这种危险境地，带队者稍有闪失，队员就会陷入危险之中。胡冰沉着冷静，驾驭着手中的方向盘，顺利通关。

在攀登珠峰时，随着海拔不断增高，空气稀薄，大家的呼吸明显急促起来，还有人出现头晕、耳鸣等现象。

队员中有一对情侣，女孩是胡冰的好友，很爱探险，她们曾一起攀岩、赛车、漂流。她曾悄悄问胡冰："他是否真的爱我？"胡冰无法回答。

这次攀登珠峰，那个女孩是主要倡导者之一，男友极力拥护。随着海拔越高，女孩越来越力不从心，多亏男友无微不至地关照。胡冰建议他们下山，但女孩不同意。一路上，男孩不停地鼓励女友，后来甚至将女友背在背上，步履艰难地往上攀登。当一阵风雪袭来，两人竟被大风刮倒，沿着山坡滚落下去。

胡冰和队友赶紧跑去救援,但两人都已昏厥过去。胡冰俯身观察,发现男孩已出现严重的高原反应。这时她才明白,他是为了照顾女友,为了给她信心,才一直"兴致勃勃"地前进,不惜冒着死亡的危险……

胡冰的眼睛湿润了。这样的爱,在纯洁高远的珠峰面前,让人为之动容。

"如果爱一个人,就带他去探险。"登上珠峰之顶的胡冰,想把这句话告诉所有的女孩。

几个月后,胡冰作为桨手、随队医生和唯一的女性,迎战美国科罗拉多大峡谷漂流之旅,最终征服了这个号称"世界十大探险之最"的峡谷。15天中,她冲击了189个滩,穿越了226英里(约364公里)的峡谷,战胜了奔腾的河流、呼啸的浪潮。

原先极不看好这支中国队伍的美国专家由衷赞叹:"胡冰,你是最棒的!"

2006年夏天,在一次国际性的长江漂流大赛中,胡冰作为唯一的女性特约嘉宾参加。有人问她:"探险是否意味着随时准备牺牲?"

胡冰笑着回答:"探险是一种挑战,但不是无知甚至毫无科学指导的冒险。我肩负着家人、公司和员工的责任。我做的一切,只是让自己活得更好!"

幸福就在距离天堂最近的地方

胡冰每次从印度、尼泊尔等地归来时,都会经过西藏。西藏是她最热爱的地方,不仅因为父母在那里工作了20多年,还因为那里有她的"孩子"。

西藏有些牧区的医疗条件不好,尤其缺乏药品。胡冰每次路过,都会将车上的所有药品留给孩子们。

有一次,胡冰经过藏北的一个村庄,从一间破旧的大房子里传来一阵孩子的说笑声。这么偏远荒凉的地方,孩子的笑声如动人的琴声,震颤着胡冰的心,也留住了她的脚步。

房间里很拥挤，有50多个孩子，都是五六岁的样子。有位中年女性正给他们上课。阅读墙上的板报，胡冰得知，这些孩子都是失去双亲的孤儿。那名老师叫王娜娜，上海人，修建了这所孤儿院，并照顾孩子们的学习和生活。

胡冰由衷地敬佩眼前的这位老师，并突然为自己感到羞愧。

纯洁天真的孩子们跟着老师读课文。他们衣衫十分单薄，加之破陋的房子，怎能抵御外面的风寒？上完课，孩子们一起唱歌，唱的居然是《世上只有妈妈好》。

在孩子们唱歌的过程中，胡冰第一次注意到了央金。小女孩的脸红彤彤的，样子十分乖巧漂亮。央金唱着唱着就哭了，胡冰知道，孩子一定在思念自己的妈妈。她的心酸酸的，从孩子群中把央金牵了出来，将冰冷的小手握在自己的手心里。

央金说："好冷，好想妈妈！"胡冰含着泪水，取下自己的围巾，围在了央金的脖子上。

一个月后，胡冰收养了这所孤儿院里的10个孩子，为他们每人每月提供300元的生活费用，这当中就有央金。

接着，她请求西藏的好朋友巴桑帮忙，寻找到更多需要帮助的孤儿，并毫不犹豫地伸出援助之手。受助的孩子很多并未见过胡冰，但胡冰经常会收到他们的来信，他们在信里亲切地喊她：妈妈！

2008年2月，胡冰全面启动她的慈善计划：在西部的贫困地区，建立10所孤儿院，帮助那里的孩子们快乐健康地成长。

胡冰说："孤儿院的名字就叫'天堂眼'，幸福就在距离天堂最近的地方。完成这个计划或许困难重重，但我会像攀登珠峰、漂流长江一样，坚持自己的信念！"

无论职业怎样转换，走过多少地方，经历过多少艰险，胡冰始终让自己的心，在碧空翱翔，在尘世深爱。

（摘自《读者》2009年第12期）

成全自己

柳 芳

申奥成功喜悦之余，不少北京人开始思考："我能为奥运做些什么？"这时，一篇网文在市民中引起强烈反响。这封信列举了北京人若干"小毛病"：随地吐痰、加塞儿、出地铁车门挤成一块、乱穿马路、"京骂"、缺乏微笑、懒得说"对不起"、对"老外"比对同胞友好等等。由此在媒体掀起了一场"反思国人素质"的热潮。

上海、广州媒体紧随其后，开设热线、论坛，给本地居民"挑刺"。挑出的诸多毛病中，有些属于"地方专利"，如北京人的"海侃"，广州人的"饭店供神像""穿睡衣出行"；更多的则反映出诸多国人公德和修养的欠缺，如过马路不看灯、公共汽车上抢座位、随地乱扔乱吐、讲粗话等。有些"毛病"有着较复杂的社会问题背景，不能完全归咎于个人。比如"城市走鬼多"和下岗者的生计困难相关；"马路跨栏运动"与"的士司机街边小便"也与城市天桥和公厕的稀疏有某种程度的关联。

其实，关于这些"丑态"的罗列，是不难有更长的清单的。但我们忧虑的是：应当以怎样的出发点去看待这些问题。是不是仅仅由于北京申奥成功了，APEC 在上海召开，九运会在广州举办，大家才觉得有兴致、有必要讨论一番？难道此前，这些毛病就不存在吗？此后，这些毛病就真能消灭？为什么非得有"好事"的刺激才能猛然觉察到自身的毛病呢？

也就是说，我们究竟是为了作为人的个体去反省"毛病"，还是仅仅从城市的面子、商机出发，去反省毛病？出发点不同，其力度与深度也必然不同。

让我们再来看一则来自《华盛顿邮报》的报道：当被问及奥运会能否使普通中国人"不再随地吐痰"时，袁先生回答："会的。中国人爱面子。大家明白，随地吐痰，会让外国人瞧不起我们，而这是奥运会。我们不得不代表中国人民。"袁先生这里回答的是面子问题。但是，假如奥运会不在北京开，假如我们前后左右簇拥的都是黄脸同胞，是否我们仍可以大大咧咧地"咳——呸"呢？为面子而改，我怀疑不是真正的改法。

同样，当上海、广州的报纸津津乐道"每一个人都是投资环境"，"只有一个有着良好的人文风貌的城市才能吸引无限的商机"时，我们不能说这种观点有误，只能说，问题必须向更深处追溯，为"商机"和"投资环境"而"改毛病"，也不是真正的改法。

"规则意识模糊"——以此评价国人，恐怕有异议的不多。然而，作为一个诗书礼乐底蕴深厚、纲常伦理高度繁荣的大国，中国从来不曾缺少规则和对规则的倡导。何以结果竟是"规则意识模糊"呢？最重要的原因恐怕就是：规则在自身之外，并且总是为着自身之外的目的而存在，即人们遵守规则并非为了自己，为了内心需要，而是为了名——面子，为了利——财富，甚或不知为何，只是习惯性地随大流。

正是因为这种规则始终是"为他"之物，没有转化为内在的需要，所以往往只有一时的功效而缺乏内在的长久生命力，最终带来的只是规则的模糊和信念的丧失。譬如，在孔子那里，人伦礼法是源自于人的自然本性的，但到了后代儒者那里，根源于人性的礼却成为异于人或高于人的存在。人们茫然地遵守着规则，不知何为，很多"不拘小节"的不规范行为便由此产生。

据一份调查，我国有3亿经常性随地吐痰的人口，其中80%以上的人认为这是不良习惯。但正是这种大多数人认为不良的习惯，仍被同样的大多数人保留着，为什么？请让我们重新关注这些"毛病"——粗口、随地吐痰、翻越栏杆、践踏草皮……行为者也许没有意识到，他们破坏的首先并非城市的形象，而是一个人——他们自己的形象。

问题的更深入之处在于：这些行为折射着主人不曾意识的一种精神状态：散漫、放纵和茫然。这种状态从上公车抢占座位就可见一斑。占座位作为目的虽然不好，但当车上已没有空座位，人们为什么仍要争先恐后？这只能说是一种盲目。在混沌中遗忘了自己。

于是我们看到，所有"毛病"其实只是"人的遗忘""自我的遗忘"的结果。社会上的各种敷衍塞责，假冒伪劣恐怕都与此有关。可以说，有多少精神的衰敝，就有多少工作的不尽责，而有多少工作的不尽责，就有多少人生的虚耗。人行其道，必至其身。在某种意义上，人所创造的东西就是人自身。一个售货员当老板不在时便不再保持站姿，而是随意放松，认为自己占了便宜。可是长年累月，身材开始走形，赘肉在腰间堆起。她究竟是得到还是失去？对于生活的道德感和自豪感可以塑造人，令人的一生充实、愉快而有生气，相反，它的缺乏将会损害人，令人在茫然、乏味和无精打采中损耗殆尽。

《霸王别姬》里京剧班的训练方法或许不够人道，但老师傅的一句话却让人警醒和铭记："人，是要自己成全自己的。"对小处的漫不经心其实是对自己的磨损，严于自省和自律的人才能真正成全自己。在奢谈对国家、时代的使命之前，让我们先把目光投向自身：对自己负责，做一个理想的人，创造一个理想的人生。

(摘自《读者》2002年第4期)

中国粮食安全：一个天大的话题

王志振

随着中国加入 WTO 的一锤定音，粮食问题成为我国一个时期内最热切的话题。我国的粮食是否已经过关？随着中国逐步向世界敞开大门，作为关系中国国计民生的粮食是否安全，这是一个值得全中国人思考的大课题。

中国粮食基本自足

"无农不稳，无粮则乱"，这已是被人类社会历史发展证明了的道理。粮食，不仅是一般的食用商品，而且是特殊商品。何谓"特殊"？因为它关系国计民生，关系到社会的发展和稳定，关系到国家的安全。粮食问题，不仅是一个经济问题，更是一个重大的政治问题。

近几年来，随着市场经济的发展，国家对农业生产的投入逐步加大，粮食生产和供给逐年好转，我国已由过去的供给不足，发展成为供需平衡有余,部分主产区出现过剩。这标志着我国的粮食生产供求已由卖方市场向买方市场转变,中国的粮食已开始进入基本平衡与年际间波动并存的阶段。

基于这种情况,国务院从1999年起,就在全国提出了在稳定粮食种植面积的前提下,调整农业种植结构,平原地区逐步由以种粮为主,发展为粮食与经济作物并重,以提高种植效益。山区退耕还林,草原退耕还草。这项政策很快见到了成效,中国的农业经济开始由单一的种粮经济向多种经济发展。可以这样说,目前,全国上下都沉浸在中国粮食已经过关,中国老百姓已经有了饭吃这种乐观的情绪之中。特别是一些基层市、县、乡镇的领导,更是把主要精力用于发展乡镇企业上,粮食问题正在被逐步淡忘。

粮食问题应警钟长鸣

中国的粮食是否真正已经过关了?答案恐怕并不那么简单。

我们经过长期奋斗,基本解决了人民的温饱问题,这是我国引以为自豪的成就之一。但是,我们更应该清醒地看到,我国的耕地每年都在减少,人口每年都在增加。根据有关部门提供的情况,10年内,我国西部的陕、甘、宁、川、青、新等省区要退耕8700余万亩;我国中部、东部在10年左右的时间内,要把1/3的耕地改种经济作物。中国的耕地面积除了城市发展用地外,种粮面积将呈逐步下降的趋势。从另一个角度来讲,中国农业抗自然灾害的能力很低,生产成本很高,不少地方还在沿用"十亩地一头牛,老婆孩子热炕头"的传统方式,靠天吃饭,一遇干旱、洪涝、虫害等,粮食产量就会大幅度下降。据统计,2001年,全国夏粮就比上年有所减产。从人均占有粮食的情况来看,我国人均年粮食占有量在400公斤上下,已接近世界粮食危机线人均占有量370公斤,情况绝对不容乐观。

基于以上情况,如果我们再不加以正确引导,确保耕地面积和粮食产量的稳定,那么,"民以食为天,粮食是国民经济基础的基础"这些至理名言，将成为一纸空文，我们的粮食安全堪忧。

建立粮食安全体系势在必行

中国已经入世，入世后对粮食市场的影响会逐步体现出来。

但有一点需要所有的中国人都牢记，不管外国市场的粮食价格如何低廉，中国10多亿人口的吃饭问题，终究要靠自己来解决，参与国际粮食市场调剂，靠外国粮食养活中国人只是一种梦想。因此，中国必须建立自己的粮食安全体系。不仅要建，而且要快，时不我待。

粮食安全体系如何建立？至少应包括以下几个方面——

坚持"米袋子"省长负责制是关键。为了保证粮食生产的持续稳定增产和粮食市场的长期稳定发展，国家于1995年实施了"米袋子"省长负责制，明确了地方政府在粮食总量平衡中的责任，这一点必须坚定不移地执行。各级政府要对本地的粮食安全负总责，在本地区内，要根据自然、地理、社会经济等因素进行农业生产布局的划分，进行农业生产地域的分工，充分发挥自身的优势，建立和稳定商品粮基地。作为一个地方的行政首长，保证本地区广大人民群众有粮可用，有饭可吃，这是考查其政绩的最基本的条件。

在主产区要坚持按保护价敞开收购农民的余粮。生产区按保护价收购农民的余粮，使国家既可掌握粮源，又保护了农民的经济利益，这是粮食流通体制改革的根本出发点。粮食部门要在积极敞开收购农民余粮的同时，探索粮食收购市场化的管理模式，在当前粮食生产出现结构性相对过剩、消费者对粮食需求多样化的情况下，坚持贯彻优质优价的政策，遵从粮食生产和消费的客观规律，按照社会主义市场经济的要求，建立灵活多样的收购方式，为粮食安全创造良好的环境。

适应入世形势，完善粮食调节体系。中国加入WTO后，国内粮食市场闭关自守的情况是很难维持的，因此，我们要在立足国内的基础上，充分利用国内和国外两方面的资源来实现粮食安全。粮食自由贸易不能改变我国粮食以国内供给为主的基本特征，"立足国内"不能动摇，但要把粮食供求均衡问题与粮食国际贸易不断扩大和深化的趋势结合起来，以实现粮食安全的空间拓展。可以预见，随着中国经济的高速发展，我国将成为国际粮食市场的一个稳定的大买主，我们一定要在国际上确定相对稳定的粮食采购基地，要加强对粮食进口风险的监控，将粮食外贸依存度控制在可以接受的范围内。

建立粮食储备体系，提高应急能力。粮食储备是国家和地方政府掌握的后备物质力量，是粮食商品流通宏观调控最直接、最有效的手段之一，在关键时刻，要依靠粮食储备来平抑市场，满足供应。这就要求，我们必须抓紧时机，根据国家和本区域内粮食总体流通的规模，逐步建立和完善粮食仓储设施，建立地方和农村粮食储备，形成中央、地方和农村三个层次的储备体系，以满足紧急情况下粮食供应的需要。

粮食安全问题是一个天大的话题，绝不可等闲视之。市场越开放，经济越发展，越要重视粮食安全问题，越要研究粮食市场，越要深化粮食流通体制改革。这一点，毋庸置疑。

(摘自《读者》2002年第6期)

房价究竟要涨到哪里去

蒋元明

涨价,是所有精打细算过日子的百姓最关心的一件事。前些年,人们关心的是一斤粮食一斤鸡蛋涨多少,现在的话题却集中到房子这样的"特大件"上了。3月17日,央行正式上调商业银行住房信贷利率。这一举措使人们的目光再次聚焦到"房价"这一热门话题上。

房价近几年好像吃了兴奋剂,价格一路狂飙猛涨

据说上海徐汇区的房价已经升到一平方米16000元,陆家嘴更是一平方米几万元。国家统计局数据显示,2004年第4季度,35个大中城市中,有9个城市房屋销售价格涨幅超过10%。其中,青岛同比上涨19.8%,南京15.2%,济南13.7%,杭州13.4%,沈阳12.0%,成都11.4%,宁波11.1%,上海10.4%,重庆10.3%。2004年全国新建商品房平均售价上涨14.4%,远

高于其他各类物价涨幅。回顾近几年涨价历程，上海房价自 2000 年开始上涨，4 年翻番；杭州更惊人，3 年涨一倍。北京在奥运、中央商务区等概念推动下，连通州、大兴等郊区房价也近翻番。照这样看来，全国同时"普涨"已是不争的事实。涨得多的上海被视为"龙头"。

房价为什么会普涨？又为何选在近几年大涨

首先，刚刚结束没几年的福利分房，使得亿万中国百姓必须从"无产者"转为自行购房的"有产者"。私人购买力的迅速形成无疑是商品房销售的最基本条件。而随着经济高速发展，生活水平大幅度提高，公众对改善居住条件的渴望也越加迫切，不仅众多已有旧房者要重新购买、更换更大更舒适的，就是每年约 800 万对结婚新人中也有相当一部分人需要购房。广阔的市场空间、强大的需求无疑为房价上扬提供了巨大原动力。

其次，20 世纪 90 年代以后职工工资普遍出现较大幅度上调，人们腰包渐鼓，不少家庭都有了余钱。与此同时，"积极储蓄支援国家建设"不再时兴，银行利率 9 年 8 次下调，早成负利率。国家提倡消费拉动内需，投资、保值、增值开始成为议论焦点。但期货不是一般人"玩"的；炒汇太专业，也没那么多外汇；股市连续 4 年走"熊"，至今一蹶不振；保险理赔难、业务员高提成，感觉一点不"保险"。买房投资，拥有一笔能"流传"的不动产成为相当多人的共识。加之银行 1998 年起对个人贷款购房实施鼓励政策，城镇居民一户购买多套住房的情况已相当普遍。仅上海市统计局最新抽样调查，21.7% 的上海城镇家庭已拥有两套以上房屋，拥有三套以上的也达到 2%。央行 3 月 18 日公布的 2005 年一季度对全国 50 个大、中、小城市进行的城镇储户问卷调查结果也显示，有 22% 的居民准备在未来三个月内购买住房。

此外，"大城市效应"在房价上涨中同样起着不可估量的作用。比如上海凭借雄厚的基础实力成为中国经济领头羊，申办世博会、承办 APEC 峰会等大型活动，使之在国际和地区间地位有了显著提高；天然优质深水港更使其在贸易航运方面拥有得天独厚的优势。而北京本已是首善之区，又乘奥运东风、海淀区 IT 和高新技术，得到了迅速发展。诸如杭州、天津等许多城市也都有着各自的优势或优惠政策。各城市兴旺繁荣除引来众多投资、诸多国际著名企业外，当然也吸引了大量"北漂族"、海归派、留学生、民营企业家和外商。这些新"移民"往往充满活力，具有较高学历与收入，为房价上涨作出的"贡献"着实惊人。还有，大城市房地产投资的广阔"钱"景，当然也逃不过商人的眼睛。房地产公司、各式楼盘如雨后春笋般不断涌现的同时，诸如虚假按揭、囤积哄抬楼价、买空卖空制造虚假繁荣等黑幕也被陆续曝光。一些炒房团四面出击，钻政策空子，打着"投资"之旗号大搞"投机"。一些地方政府更是推波助澜，勾结商家帮着炒高房价，把生地炒成熟地，把熟地炒成热地。同时，还在热炒"概念"，什么经济圈、商贸圈、花园区、黄金区等等，造成经济繁荣景象，增加税收，制造政绩。这种种行为严重扰乱了正常楼市和经济秩序，制造了大量"泡沫"，使人们想起了前几年狂热的股市。楼市的风险和危机主要来源于此。

上述诸多交织盘错的合理与不合理，理性与非理性，合法与不合法的因素，形成"合力"，使房价狂奔，也使各方在楼市是否存在"泡沫"、哪些地区存在"泡沫""泡沫"大小等一系列问题上难以达成共识。而上海以其中国第一大都市、"金融中心""东方明珠"等身份，在绝对房价和涨价速度上均名列前茅，难怪成为众矢之的。

面对房价之高、居民难以承受之痛，及客观存在的炒家、黑幕，高层和各地政府已经予以高度关注，积极着手出台措施，严打炒楼，力图减缓、遏制楼价无序疯涨。如上海，将对网上备案房源超过 200 套、合同撤销排行榜位列前三名的楼盘展开调查。7 家楼盘已因涉嫌网上虚构合同被勒令停牌。上海财政局、地税局也宣布除调整上海市中低收入家庭住房购房贴息外，将对居住不满一年出售的二手房征收5%的营业税。根据上海经验，北京市房屋交易信息公示和预售合同网上签约系统也已正式运行，也将对合同撤销率过高或恶意退房给予充分曝光，严打虚假繁荣、哄抬房价行为。而本次央行上调房贷利率，目的也很明确，就是对市场发出一个信号！相信还会有其他措施陆续出台。

市场经济一切应由市场说了算。房价可以根据经济规律、市场需求正常地涨跌。但任何一个负责任的国家和政府都不会允许大肆投机、胡乱涨价的行为存在。

(摘自《读者》2005年第15期)

坚强和随遇而安

朱德礼　黄淑芳

当你在大海上向着某一目的地航行，忽遇暴风雨，你是冒着可能翻船的危险顶着风浪上呢，还是暂时改变航向？面临这样的时刻，也许百分之百的航海者会采取后一种方式，因为你的存在才是最终到达目的地的最大保证。

但是，在生活中遇到类似问题，又有多少人能明智地选择保全自己（包括保全健康、保全心灵、保全利益）的方式来暂避不期而遇的风浪呢？

在人们的心灵辞典和社会观念辞典中，坚忍不拔、意志坚定、临危不惧等等词汇，都被赋予了理想主义色彩，成为令人崇尚的品格。但是在现实中，让自己一味按照这些词汇所代表的意义来行动，往往会碰壁、误入歧途。

生活就像在大海上航行，不知什么时候会遭遇风暴，不知哪里会涌出代表另一股力量的洋流。如果我们接受这一现实，在某些情况下顺着风向和洋流，可能绕一些道，却也达到了目的。而且在整个过程，人是放松的，可以保全自己的身心。"以柔克刚"，自古就为人们所推崇。如果一味抗拒，认为最直的路线就是最好的路线，勇气、刚毅、坚强就是人性高贵的证明，那么在掀着浪打着漩的大海上，我们或者牺牲了自己——失败，或者到达目的地时已经精疲力竭——代价太大。

对于生活，坚强和随遇而安同样重要。如果我们要与生活的法则对抗，一味按主观愿望行事，那么我们可能遭遇失败。就像人类曾对大自然宣战，认为自己可以战胜自然，改天换地，其结果是人类的行为造成了全球范围内的生态危机，这种危机可能最终葬送全人类以及整个地球生命体系。

为了最终实现自己的愿望，也为了整个过程放松自己，我们应该承认生活的法则同自然的法则一样，不必抗拒。我们应该对自己能够控制什么、不能控制什么进行理性的评估，面对生活的海潮，建立自己平衡的心态。这样，在生活中可以自如地把握自己的航向，该向目标直奔的时候，就保持航向；该迂回暂缓的时候，就避一避风浪。看起来可能过程长了一些，但是这样可以让我们保证自己在安全的放松的情况下，抵达胜利的彼岸。

其实，在人们中间，很多人的成功都包含着金钱、权力、名声、地位，这样的追求，其价值本身有多大就值得打问号。在全力追求中让自己狂热、激奋、折戟沉沙，就更是得不偿失了。

"非典"流行期间，有些社区被封闭隔离起来，这让许多人不得不停止航程，放慢速度。看似强制的封闭，却让有些人品尝到了生活的乐趣——当不得不从所谓的事业中抽身时，由于闲暇，由于心灵的放松，可以按自己喜欢的方式安排生活，人们随遇而安，享受生活中难得的自由时刻，体味着符合自然本性的生活温馨。

我们应该建立一种"坚强—随遇而安"的生活哲学，理性地体会人的自然需要，顺其自然地生活。这样，不需要"非典"的控制，我们也能容许内心有一个安宁平静的港湾，来停泊暂避暴风雨的生命之舟。

(摘自《读者》2004年第1期)

忽然受宠

陈 彤

拍婚纱照的时候，一眼就可以分辨出哪些是老夫老妻，哪些是新婚燕尔。像我们那样去拍照的，老公坐在一边看报纸，由着我一个人去挑婚纱，无论挑上哪一件眼睛都不眨地说"挺好的"——婚龄绝对在五年以上；而那些双双对对有商有量的，尤其是女的娇娇滴滴嗲声嗲气，男的伺候左右像蜜蜂采蜜，一定是准备结婚或者结婚没两天的。我老公还好意思说："咱们老夫老妻了，不在那个。再说，谁刚结婚的时候，不是嫁鸡随鸡，嫁狗随狗？"

别别扭扭地拍了婚纱照，彼此都怒气冲冲的。他觉得请一天假陪我去拍婚纱照我应该感恩戴德；而我觉得这是他应该做的。取婚纱照小片的当天，我们又大吵了一架。他说就你这岁数，在旧社会都有七八个孩子了，还以为自己是格格，动不动就要人哄。你说我容易吗？上班听领导的，路上听警察的，隔三岔五听一回老妈的，做生意谈买卖还得听客户的，好容易娶个媳妇，应该是善解人意的吧？一句话不对就得赔不是，你能不能体谅体谅我？

这男人哄女人，一句两句容易，一天两天也不难，难的是你让他哄你一辈子！时时刻刻岁岁年年！

我当即摔门出去。这种吵架对于我们完全算是常规战争。

到了下午，一个朋友给我打来电话，问我老公怎么样？我说挺好的。他说我老公的工作地点是"非典重灾区"，可要小心。

我有点后悔早上跟他吵架，何必呢？整个下午，各种各样的消息传来传去，搞得说的人和听的人都分外紧张。我老公也打了几个电话，先是问我们单位是不是有了非典病人？接着又说要接我下班。再接下来几天，恍若回到"嫁鸡随鸡"的初婚岁月，老公态度极好，晚上看电视的时候，也肯把遥控器递给我；洗过头也肯给我吹风；说脖子疼，也愿意给揉揉捏捏。照我以前的斗争经验，出现这种情况，一定是"有求于我"，所以我表面上安心地受用着，心里可一个劲儿地琢磨——世界上没有无缘无故的爱，他这是为什么呢？

越琢磨越不踏实。终于我问了他。他说：那天早上跟你吵架以后，心里特难受。

"有什么难受的？以前咱俩还说过更难听的呢。"

后来我才知道，那天他听信谣言，以为我们单位出了"非典"患者。

他说以前总觉得两个人抬头不见低头见，一辈子长着呢。可是那一刻，人家跟他说，快点给你媳妇打个电话，她要是被隔离了，你们十天半个月就见不着面了；她要真得了"非典"，可是死不见尸，你最后只能得着一个骨灰盒，赶紧打个电话问问。

他说的时候，我们靠在了一起，我们好长时间没那么亲密过了。我有一种"忽然受宠"的感觉，这种感觉让我内心充满幸福。我想两情若是久长时，还真是在"朝朝暮暮"。否则，就是在一起过一辈子又有什么意思？等有一天，老了，回忆以前的生活，能想起什么呢？

这几年，我们一直为了生活四处奔波，整天忙忙碌碌，加班加点奔小康，一年四季，很少在一起。我老公曾经跟我说，你能把你工作中百分之一的耐心用到我身上，我就知足了。而我则说，你就把我当作是你最不重要的客户来哄一哄，我也就满意了。实际上，我们彼此都默认了一件事情——咱们的日子长着呢，不在这一时。我对他没有耐心，他也懒得哄我，用北京话说"谁没把谁当外人"，都是本着先人后己的原则，先照顾领导、客户、朋友、同事、同学，最后有闲工夫了，才考虑到自己身边的人。不是觉得他不重要，而是觉得这是咱自己人，不用客气。

许多道理是简单得不能再简单了，人的生命只有一次，当生命终结的时候，你再想做什么都来不及了。但是，当我们年轻的时候，往往不懂这些道理，我们会认为陪着爱人一起散散步聊聊天看看电视这些事情有的是时间去做，反正我们要在一起过一辈子的。其实，仔细算一算，除掉工作应酬、孝顺双亲、抚养子女、休息睡眠，你这一辈子能有多少时间和你的爱人相处？而这些相处时间里，有多少不愉快的经历——充满指责、伤害、误会、无理取闹？

顺便说一句，夫妻之间最重要的是什么？很多人说是"激情"，我原本也是这么认为的。但是，你不能要求生活中永远充满激情，就像我不能要求我老公在结婚6年以后，依然像初婚时那样，天天哄着我开心。当"激情"慢慢过去以后，我想夫妻之间最重要的也许是"体贴"——身体的"体"，贴近的"贴"。那是一种幸福的感觉，很安心的幸福，像春夜的蜡烛，温暖可靠，让人心里有着落。

(摘自《读者》2005年第10期)

断翅亦高飞
阿 琮

盛夏的北京，燠热、无风。柏油路面被烈日炙烤得发软，细细的高跟鞋鞋跟在上面一踩一个小坑。阴凉地里，我在等人，等一个断臂的姑娘。

人群中，当她娉婷而来时，我并没有给以过多关注。直到她轻轻触碰我的胳膊，我才意识到斯人已至。她体态娇小，四肢健全，尽管如此高温，依旧穿着长袖衬衫，右手插在衣服口袋里，看上去闲适自在。就是，有点热。

看出我的迷惑，她笑了，别在意，这是一只假肢。

我恍然大悟，继而更是惊讶。只是她的笑容坦然而恬静，相比之下，我的不安反倒显得矫情。

如果你看了数月前的央视舞蹈大赛，一定会为那个银奖作品《牵手》洒泪感动。她便是那个断臂的舞者马丽。就像鸟儿，即便断翅，也依旧无法割舍那高飞的本能。

断　梦

像许多天生的舞者一样，马丽从小便显出与众不同的禀赋，每每音乐响起，便手舞足蹈，咿咿呀呀。

父母中年得女，对她的宠溺自不待言。尽管家境并不富裕，母亲还是送她去少年宫学书法、武术及芭蕾。直到今天，故乡的小屋依旧贴着满墙奖状与泛黄的老照片：有英姿飒爽劈叉的；有扎着小辫跳新疆舞的；有踮着脚尖跳芭蕾的……毫无疑问，她少女时期的成长如品尝一盒精美的巧克力，每拿出一颗都有芬芳甜蜜。

18岁那年，马丽以优异的成绩考入青岛艺术团。因为舞技过人，她常常作为台柱子表演压轴节目。每每上台，所有的灯光、所有的目光、所有的惊叹全部集中到她一个人身上。她舞姿曼妙、意态婆娑，在风光无限中憧憬自己的如花前程。

因为被《雀之灵》折服，她视杨丽萍为偶像，买来长长的白纱与孔雀毛，自己动手缝制羽衣。然后她束起发髻，对着镜子练习，手臂与腰肢像水蛇一样灵活游弋。

然而，这个华美的梦却被无情地粉碎了。1996年夏天，马丽在一场突如其来的车祸中被轧断右臂。在经历了长达7天的流血不止、病情恶化、继发感染后，她最终难逃截肢的噩运。

"从病床上苏醒后，我欠了欠身子，突然感觉身体右侧一阵巨大的'空'——"直到今天，马丽依旧很难用语言形容对那种"空"的惊恐，只记得自己疯了似的抓住每个人尖叫："我的胳膊呢？我的胳膊呢？"

没有答案，唯有泪水与空洞。年仅19岁的她，无比清晰地感受到了巨大的毁灭。所有的憧憬，所有的梦想，顷刻间轰然崩塌，洒下满世界的尘灰瓦砾。

对于一个视舞蹈为生命的女孩来说，残缺与其说是耻辱，不如说是罪过。"我是演绎完美的，如果自己残缺了，完美如何演绎？"

万念俱灰。于是，她想到了——死。

忆 梦

对于马丽的母亲来说，那是一段如履薄冰的日子。察觉出女儿的心思，每天晚上，母亲总要看着女儿熟睡后才敢蹑手蹑脚走出去，仔细收起家里每一个潜在的"凶器"；夜里，母亲无数次从噩梦中惊醒，直到确定女儿安然无恙后才能再度入睡……

那天清晨，母亲又在门前轻唤她。因为情绪低落，马丽没有应答。心急如焚的母亲赶紧搬来一个花盆放在窗边，颤颤巍巍踩上去，踮着脚尖朝屋里看，恰与女儿空洞的目光对视——

"那是我出事后第一次与母亲对视。短短几天工夫，母亲的头发全白了，一下子变成老太太……"

或许是因为母亲陡生的白发与偷偷抹去的泪水，马丽最终从屋里走了出来。她开始明白一些朴素的道理，比如：活着，很多时候并不只是为自己。

失去了右臂，她的生活不得不从零开始。在母亲的鼓励下，她慢慢学会用左手梳马尾辫、穿衣、写字，甚至裁剪。在最初的日子里，她无数次绝望地把笔掷向墙壁，颓然哭泣。但母亲总是一遍遍帮她捡回，握着她的手重新开始。

马丽用毛巾和泡沫设计出一个假肢安在断臂处，再把它塞进衣服口袋里，以一个自然而然的姿势出现在人前，几乎没人能看出里面的乾坤。

当外在的假象暂时蒙蔽真实的缺陷后，马丽开始认真考虑生存问题。她瞒着家人卖水果、卖衣服。为了节省车费，她常常单手拎着重重的货物步行数十里，有时甚至把虎口勒出斑斑血迹。稍稍有些积蓄后，她在背街的巷子开了一家书屋。因为掩饰得巧妙,邻居直到两年后才知道她是位残疾人。

生活,终于在处心积虑的掩饰中如流水般前行,外表看似波澜不惊,深处却有波涛暗涌。"我不敢看电视,不敢看以前的照片,更不敢接触音乐。每每听到一段熟悉的旋律,心便像锥扎般剧疼。"

那真是一段静得让人窒息的日子。不愿触景生情,马丽几乎断绝了所有的社交活动,每天把自己藏匿在阴暗的书屋里,不见天日,不见阳光,尽管她给书屋取名"向阳书屋"。

如白驹过隙,5年时间一晃而过。而她年轻的眼角,早早爬上了细纹。

续 梦

2001年初夏,正在书屋看书的马丽突然接到河南省残联的电话,对方邀请她参加第五届全国残疾人文艺会演。

"绝对不可能!"她略有些激动地说,"舞蹈是完美的肢体艺术,它容不得遗憾,更何况残缺?"

但是,往事毕竟被勾起,丝丝缕缕,令她百感交集。当残联第三次打来电话时,她勉强答应一试。然而,当她走进排练大厅,看到那么多肢残、聋哑、智障人的千姿百态时,还是差点拔腿跑了出来。

音乐响起,所有的残疾人随音乐翩翩起舞。尽管动作漏洞百出,但那份认真与坚持却赋予了"美"别样的定义。面对此情此景,她被深深触动了——原来,美更是一种精神,而非形式。

就这样,她渐渐融了进去,还原了一个舞者的本色。为了恢复"舞功",她每天泡在排练室里十多个小时,挥汗如雨。因为5年空白及右臂缺失,她无数次因平衡问题重重摔倒在地,体无完肤甚至头破血流。但她终于咬牙坚持下来,并凭借舞蹈《黄河的女儿》夺得文艺会演金奖。

像一件珍宝失而复得,舞蹈,渐渐走回她的生活。而她也渐渐明白,原来那些看似毁灭性的灾难只是一道坎,跨过这道坎,梦还在。

为了圆舞蹈梦,她独自北上,成为一名断臂的"北漂"。在北京,她辗转于数家残疾人艺术团,想方设法学习舞蹈。凭着坚韧及聪颖,她的舞姿日臻完美。与此同时,她还收获了爱情。

那天,她正在洗衣,一双男人的手突然伸进她的洗衣盆。她惊讶地抬头,看到一张清秀的面孔——小她5岁的延安男孩,李涛。

感动于她的舞姿与坚强,李涛渐渐对这个断臂女孩心生怜惜。为了照顾马丽,他索性加入艺术团成为免费劳力。在长达4年的"大篷车"生涯里,两人经历了世态炎凉,友情不知不觉升华为爱情。

2003年"非典"袭来,艺术团陷入困境。为了生存,两人买来旧三轮车、电子秤,每天去社区卖菜。"好不容易喊出口,脸涨得通红,赶紧蹬着车子溜,像做贼似的……"

除了卖菜,两人还做过群众演员、服务生甚至黑保安。即便如此艰难,马丽也从不曾放弃练功。有时是在公园草坪上,有时是在篮球场上,更多的时候是在空旷的水泥地上摸爬滚打,那几近自虐的坚持令路人不忍目睹。

圆　梦

生活中,一个残疾女孩总会遭遇种种有色目光,甚至李涛的父母也强烈反对儿子的爱情。但李涛总是坚定地认为:她是一块金子。

既是金子,总会闪光。

2005年,在第六届全国残疾人文艺会演中,马丽凭借舞蹈《牵手》和《少女与玫瑰》一举包揽金奖与银奖,成为蜚声舞坛的残疾人新秀。

《牵手》是根据马丽的亲身经历改编的。为了令作品尽善尽美,她数次北上,寻找最佳男搭档,最终确定了左腿高位截肢的河南籍男孩翟孝伟。在她的精心训练下,从未接触过舞蹈的翟孝伟在短短一年内成长为出色的舞蹈演员，这其中的泪水、汗水与血水，唯有本人才能道出一二。

今年3月，为了消除男友父母的偏见，马丽鼓足勇气向央视递交了作品《牵手》，成为央视舞蹈大赛举办以来唯一入选的残疾人舞蹈作品。

4月20日夜，一个无比华美的舞台在马丽脚下展开，在全国亿万观众的目光中，马丽与搭档舞蹈着、演绎着、倾诉着……

一曲终了，全场寂静，许多人早已泪流满面。著名编导张继刚更是饱含热泪，对作品给予了最高褒奖："看你们的节目，是我这次作为大赛评委最大的收获。"

终于，当大屏幕上亮出"99.17"分时，李涛一跃而起，眼泪夺眶而出。多年的委屈、辛酸、艰难全在此刻有了答案。

匆匆接受完董卿的采访，马丽迫不及待地飞奔下台。她跑得飞快，脚步像失控了的轮子，怎么也刹不住，直到陷入大批记者狂轰滥炸的"汪洋"……

今天的马丽，鲜花荣耀如决堤的洪水，铺天盖地袭来。于是，我小心翼翼地问她这样一个问题："成为残疾人，反倒拥有滔滔荣誉，内心是什么感觉？"

她淡然一笑："有人问一个盲人，假如给你三天光明，你将用来干什么？盲人平静地回答，你把光明给别人吧，我在黑暗世界活得很好。"

所以，正如盲人不一定缺少光明一样，断翅亦不影响高飞。这个世界里，没有"残疾人"，只有"人"。

(摘自《读者》2007年第8期)

窄自信

阿 累

杜维明先生说到一个"窄自信"的概念,引发我一连串的思考。"窄自信"大意为"狭隘自信",是"宽自信""大自信"的另一端。今天到处都有"窄自信"存焉,值得一说。

2007年诺贝尔奖揭晓后,与往年相比,应该说国人多了平静,少了喧嚣,这是一种成熟。有一位得过诺贝尔奖的华裔名人不久前对国内媒体说,中国有望在20年之后得这个奖。我颇不以为然。你看看诺贝尔奖,多数奖励的是十几年甚至几十年前的成就,而且这些成就具有"可持续性",长时间被实践证明其价值巨大:经济学的"机制设计理论"是20世纪70年代末的研究成果;德国科学家埃特尔因为"固体表面化学过程"研究而获化学奖,这种关乎"铁为什么生锈"之类的现代表面化学研究,更是早在20世纪60年代就出现了……通常来说,十几二十年之后的诺贝尔奖,奖的是现在的成绩,当今我们在哪个研究领域已处于世界领先地位?那种面对诺贝尔奖狭隘盲目的"自信"，大抵就是一种"窄自信"。

"窄自信"作为一种狭隘的自信形态，其中往往存有"伪自信"。有人曾戏言，"你有诺贝尔，我有吉尼斯。"因为国人爱好折腾各种各样的"吉尼斯世界纪录"，多以"人数第一"而"取胜"，动辄千人弹琴、万人刷牙什么的，凭借规模，皆能一蹴而就。动不动用"吉尼斯纪录"来自我安慰，正是一种缺少智性的"伪自信"的表现。

其实，还有一种"世界第一"的观念，在"窄自信"形态下，近乎"宽自欺"。比如最近"我国高等教育规模超俄美居世界第一"，就被不少人津津乐道。可是，规模庞大，质量如何？最可怕的就是满足于数量第一，而科研领域百折不挠的"西西弗斯精神"却不知跑哪儿去了！动辄拿"规模世界第一"来说事儿，正是典型的"窄自信"的表现。

自信很重要，但自信需要智慧与智性的支撑：没有智力，就没有自信；没有智慧与智性，就没有自信力；没有智性的"自信"是"窄自信""伪自信"，是一种自负，甚至是一种自欺。"智性"要求我们既要清晰地看到自己哪些方面有进步，又要清醒地看到与世界先进水平有哪些差距，并努力找到消除这些差距的路径。我国首次发射"嫦娥一号"绕月卫星，要看到"嫦娥一号"非常不简单，亦要看到我们的探月行动比发达国家迟了几十年，这样的智慧眼光与智性心态，才是正常与正确的。

身边的现实让我看到了许多差距，这里说几个我印象极其深刻的细节。一个是本埠媒体报道：两千多元的德国不锈钢炒锅煮几两盐水花生，"煮出世界科学史上经典一幕"——冷却后锅盖不容易打开，因为密封性实在太好了。再一个是在青岛，著名的团岛灯塔是一百年前由德国人建造的，至今还在使用，而且发光灯球完好如初。还有一个，是萨马兰奇先生6月到北京为第13届世界奥林匹克收藏博览会开幕剪彩时，那把剪刀无法将彩绸剪断，只好换了一把再剪……这就是一种活生生的差距。看清差距，并不会消磨自信，反而能让我们的自信避免"凌空蹈虚"的狭隘。

我们为什么缺少智性而有太多反智性的"窄自信"？光看"物"本身是不够的，要看看"物"背后的"人"——智性就是要求一个人能够清醒地看到"物"的差距背后"人"的差距在哪里。

我们应理智审视自身的素养水准，我们需要增强"文化软实力"。而一个人的素质，其实就是"文化软实力"的具体体现。现任中国人民大学新闻学院院长的赵启正先生，最近写了本有意思的书《在同一世界——面对外国人101题》，其中有一篇是《与佐利克谈交通》。赵启正在书中说道：世界银行行长佐利克博士访问上海，晚上一起进餐时，他谈到了中国的道路交通，说，来过中国多次，每次坐在汽车上都有些忐忑不安。他发现许多司机随意地频繁变道、抢道，在高速公路上车距也太近。"为此，佐利克在车上就给一位法国保险业的朋友打了电话，告诉他，在中国车祸会比较多，保险成本比较高。"佐利克的说法与行动，确实让我们汗颜，因为他所批评的行为，我们早已习以为常、熟视无睹了。

抛弃"窄自信"，建立"真智性"和"大自信"，这是发展中国家和发展中群体应有的态度。好在许多中国人已经具备了智性的因子，国人之间亦是"有比较就有鉴别"。比如，不久前在日本名古屋机场，一名中国男子拒付行李超重费，非理性地与机场工作人员大吵大闹，而一位陌生同胞觉得其有损国人形象，就代其埋单。由此可见，国人与国人之间，素质差距何等之大。

"智性"与"自信"读音相近，两者其实就是一对"孪生兄弟"。"窄自信"下，已不仅仅是我们能否得诺贝尔奖的问题了。中国走上复兴之路，需要自信力，而真正的自信力需要理智和智性的支撑，需要抛弃狭隘的"窄自信"；以智性支撑起来的"大自信"，才能真正唤起我们共同的民族自豪感，化为民族的向心力、凝聚力和发展进步的原动力。

（摘自《读者》2007 年第 12 期）

从"中国制造"到"中国设计"
一 盈

"中国制造"何时能真正转变为"中国设计"？在"玩"出创意的同时，我们怎样才能"玩"转地球？

设想，当你拆开商品包装，扯出吊牌，几个早已烂熟的字"中国制造"突然变成了"中国设计"；当提及中国，西方人脱口而出的代名词从"世界工厂"突然变成"世界创意基地"……

如同一份憧憬，更是一种期待。然而，现实越来越令人揪心与无奈。近年来，"Made in China"在国际市场因种种原因频繁遭遇退货，一位东莞玩具厂老板甚至因不堪忍受巨额亏损，在工厂内自杀……

一位中国设计师说："这些事件令我们看到了'Made in China'的被动与桎梏。从'制造'到'设计'，已经迫在眉睫。"

这当然不是一个人的声音。2007年12月7日，在北京金融街购物中心，一场主题为"中国原创"的设计展高调开幕，主角是来自全国各地的15名

"80后"新锐设计师,主持人为洪晃、刘仪伟。置身于LV、Dior、Gucci等世界顶级奢侈品牌及批量生产的工业化产品中,这些由中国设计师们亲手设计制作的衣服、鞋子、漫画、玩偶等原创作品,幽默、轻松并且个性十足。

在媒体笔下,这是一场"年轻创意"与"顶级奢侈"的PK;在策展人洪晃眼中,这是"中国设计"与国际优秀品牌分享同一个商业空间的大胆尝试;在设计师们的窃窃私语中,名人总算做了回好事!在我们眼中,这是"中国设计"的亮光,尽管微弱,但却值得期待。

Weakid:从"Made in China"中淘金

一天只吃一顿饭,睡三四个小时,这就是王宇的生活常态。因此,年仅28岁,他的肩部便过早劳损,头发也显得稀疏。"既然选择了Weakid,只能放弃健康。"他满不在乎地说。

Weakid是他一手打造的玩具王国,他是一个不折不扣的King。关于名字,他自嘲:"曾经少不更事、目空一切,认为自己有超能力。于是选择Weak这个最虚弱的单词,试图赋予它最强悍的力量。"

王宇曾是一家国企的建筑师,国企名字非常响亮,但却是王宇天马行空个性的枷锁与一切痛苦的根源,因为"体制会把人们像温水煮青蛙般活活煮死"。但他始终没有辞职,从一个建筑专业的优等生到一位灰头土脸混日子的国企老职工,他忍耐了6年。

他很累,颓废而憔悴。尽管27岁时便完成亚洲最长最大的单体住宅设计,在投标中毙掉包括黑川纪章、保罗·安德鲁等众多对手,他仍然愤世嫉俗,像过气明星般自怨自怜。直到那一天,一位做音乐的朋友说:"在这个年代,怀才不遇的人都是弱智。"

"像狠狠挨了一闷棍。"他比喻,"你觉得你行,你要干,用事实说话,别总是漫天吐泡泡。"

这是 2005 年的事情。到那一年，他已经收集了十几万元的玩具，把微薄的收入全部砸给了世界各地的玩具商们。"我喜欢代表工业水准的玩具，它是时代的另一种折射。"

然而，令他郁闷的是，当那些玩具们以不菲的身价漂洋过海、抵达手中时，每每拆开包装，他总是被"Made in China"的字样噎得透不出气。"凭什么把辛辛苦苦的血汗钱交给外国人？"

天生的叛逆令他习惯逆向思维："外国人通过什么手腕赚走我们的钱？"于是，他开始考察中国玩具市场，了解到中国玩具厂商的利润低得惊人。"一个玩具哪怕只赚一分钱他们也干，因为量大。但是，很多手工作坊主们并不明白，这种方式多么受制于人。"

"为何不做中国人自己的原创品牌？"他思量，"中国有这么多优秀的设计师，这么多双勤劳灵巧的手。"

2006 年 6 月，第一个数字模型在他的电脑中出现：一个网络涂鸦版的小丑形象。"朋友过生日时，我总是用网络涂鸦画一个具有他形象特征的小丑送给他，慢慢便形成系列。"

最初的小丑有一个灰色的背景故事："他是一个纯真的小孩，没有丝毫戒备，皮肤透明，敏感。在粗粝的现实中，这样的孩子注定会四处碰壁。为了保护自己，他脑袋上长出了两个角。"

然而，随着越来越多的人接触到 Weakid，他惊喜地发现，不同的人赋予了小丑不同的背景故事。孩子们画出天真，快乐的人画出阳光，"愤青"画出挣扎，情侣们画出浪漫……组合在一起，便是一个形形色色的大世界，是一个 Toy Kingdom（玩具王国）。而这，恰是原创艺术巨大的商业潜力。

为了作出理想的 Weakid 王国，2006 年，他考察了众多广东玩具工厂，8天，行程 2000 多公里，终于于 2007 年 5 月从东莞捧回第一套成品。

7 月，他率领的 Toy Kingdom 团队在世贸天阶疯果创意市集上大出风头。他们第一次穿上 Weakid Tee；第一次推出 120cm 高的大 Weakid；第一次组织涂鸦区；第一次被小朋友们的热情感动到腿软……

9月，他在中关村步行街举办的"Weakid平台玩具设计展"大获成功。12月，在金融街"中国原创设计展"中，当他为大Weakid挂上2万元的价签时，现场一片嘘声："谁当这个傻帽儿？"片刻工夫，第一个"傻帽儿"问世，是刘仪伟。"太棒了，我要送给女儿涂鸦！"他喜欢得合不拢嘴。

……

问他很直接的问题："赚到钱没？"

"没。砸了有五十多万。"他坦白，"但现在不是关心钱的时候。我所关心的是，品牌美誉度、影响力、收益率。"

身为艺术家，却对市场一样有清醒的感知。"知道变形金刚市场培育了多久？23年！这还不算前期几十年的孵化过程！"

所以，Weakid还很"小"，中国原创设计还很艰难。但是"天下事有难易乎？为之，则难者亦易矣；不为，则易者亦难矣。"他摇头晃脑地背诵，付之一笑。

山林："中国设计"是适合中国人的设计

那天，走在街上，山林小子李习斌突然看到一位女士摇曳生姿地走过。女士很阔绰，身上满是名牌。尤其脚底那双高跟鞋，非常名贵，他认出那是一个外国名牌。

"鞋子没问题，很漂亮。她的脚也没问题，也很漂亮。可是搭配在一起就是不和谐，因为那是西方设计师按照西方女性的脚形与腿形设计的，并不符合东方女性的身材。当时真有种冲动，想上前告诉她这一点，但想了想，还是忍住了。"

捧着一杯热可可，他略有些不好意思地讲着，偶尔与坐在身边的女孩相视一笑。女孩叫姚冶，是他的搭档、朋友、同窗兼女朋友。

显然还是一对温和的、安静的、涉世不深的小情侣，刚刚毕业于中央美院，依然保留了校园学子的美好品质，如单纯、阳光、积极、信任……与"新锐设计师"的头衔相比，这些传统品质显得格格不入。

"并非所有设计师都是另类的、反叛的、张扬的。其实越是大师，越内敛、含蓄，比如我们的导师。"

他们的导师便是设计那款镶嵌着中国古代龙纹玉璧造型的2008年北京奥运会奖牌的肖勇教授。当时，教授把学生分成两个创作团队，一个创作奥运火炬，一个创作奥运奖牌。因为更喜欢火炬，他们选择了火炬组，结果得了第二名。

"山林"问世于2006年。那时，他们大三，刚刚确定情侣关系。国庆前夕，两人无意中看到一张设计比赛的宣传海报，主题为"汉字生活"。"海报设计超水准，我们想，海报这么强，比赛应该也不会差。"

于是，就冲着海报，他们报名参赛并开始研究汉字。本都是传统内敛的个性，很快便被博大精深的汉字触动了灵感。"汉字的源头是象形，本来就取自生活。每个汉字偏旁拆分下来，都与生活息息相关，都是一件具有强烈视觉冲击力的艺术作品。"

整整10天，他们去木樨园选面料，把自己关在屋里踩缝纫机。当所有的汉字偏旁都用棉麻等面料精心缝制出来后，李习斌长长地吐出两个字："有戏"。

这批作品被命名为"触墨"。因为所有的汉字偏旁都变成了靠垫、坐垫、玩具等家居装饰，可以随手触摸。

他们果然不是盲目自信，"山林"搭档最终摘取了"未来设计师"大奖。"这是我们第一次单独合作，第一次单独获奖。"姚冶快活地说。

2007年年初，在中关村创意市集上，两人用这批获奖作品练摊。"尽管在艺术领域获奖了，可市场领域是否接受？"他们忐忑不安。

幸运的是，市场反响热烈。顾客们好奇于这些看似平常的撇捺竖直等笔画作品，争相购买。或许，在这个几近淡忘汉字的时代，它唤起了中国人内心的某种情愫。"中国人并非一味崇洋，只要达到一定的品质与艺术水准，设计理念触动市场神经，'中国设计'一样有市场。"

对于"山林"而言，2007年繁忙而充实。他们边找工作，边利用业余时间推出"山林"系列作品，比如皮带、围巾、手套等。选料尽量使用呢、布、棉、麻等环保材料，其中最吸引人的便是"月份手袋"，面料为麻布，图案为月份，号召大家每月换个布口袋，既时尚，又环保。更巧妙的是，在包装方面，他们也极其环保，采用的是纸餐盒。为此，还闹出一个笑话："一次去杂志社送样品，到达时恰好是吃饭时间。当我们掏出纸餐盒，整个杂志社的人都围过来了，以为我们是送盒饭的……"

如今，初涉世事的他们，工作自然异常忙碌。每每下班回家，便是雷打不动的"山林时间"。他们一起设计、探讨、修改、缝制……"一点儿也不累，这是休息、调剂。"

"两人既是情侣，又是同事，发生矛盾怎么办？""那就各创各的品牌。"女孩打趣。男孩赶紧更正："不不，还是具体问题具体分析。"两人相视而笑。

姿态尽管活泼轻松，内心始终有重压——关于一个中国设计师的责任心。比如此时此刻，坐在KFC里，两人无奈地环顾四周："西方文化的入侵已经令我们丢失自我。现在需要把'中国'找回来，赋予新的时尚气质，作出真正适合中国人的东西。试想，如果每个民族都能够保持自己独特的、合适的艺术设计，这个地球该有多美！"

Laughing Puppet："我担心'中国设计'被夸大"

打通唐玮的电话，电话那端，声音很嘶哑。约见面地点时，对方张口便提要求："一定要能抽烟。""为何？""因为一夜没睡，得靠烟提神。"原来，又赶了一夜的设计。

见面时，果然两个大眼袋。好在年轻，并不影响俊朗外表。他扎耳钉，头发朋克，身上罩着一件棉服。伸手摸摸，面料非常好，做工极其精细。当然，一定出自他的手笔。

"瞎做的，不代表水平。"他郑重提醒，"主要是为了检验这棉暖和不暖和。"原来，神农尝百草，在任何行业、任何时代都有可能发生。

他开始抽烟，一根接一根，表情严峻。问："你悲观吗？""是的。因为喜欢美好，所以才悲观。"如此回答，令人不觉一怔。

唐玮说自己是典型的四川人，懒惰、安逸、散漫，喜欢享受生活，处在北京这个高速运转的大轮子上，常常感觉疲于奔命。

从小便喜欢观察别人穿衣服，常常痴迷于不同衣服赋予人的不同变化；母亲则是他最早的"Super Star"（超级明星），超级爱打扮，有无数衣服鞋子。即便在今天，也是相当前卫的那种。

"前些年向灾区送温暖，母亲收集了一大包不穿的衣服，兴冲冲地送去，结果却又原封不动地被退回，原因是：衣服太时髦了，不适合灾民，不保暖。"

于是，自幼便立志当服装设计师，渴望有一天在T台上被衣着光鲜的模特簇拥着，享受鲜花与掌声。于是，一路努力，从少年宫的艺术生到四川美院的大学生直至北京服装公司的设计师，他终于梦想成真。

然而，梦想却很快照不进现实。"在中国，什么是服装设计师？设计在中国服装产业中，到底占多大比重？"他自言自语，"零！中国所谓的服装设计师们，就是不断抄袭、不断拷贝、不断拼拼凑凑的低级工种。"

如同一个天大的欺骗，愤怒、沮丧、怀疑、悲伤……他一样未能幸免。两年内，他换了5份工作，曾经创下一个月迟到近30天的纪录，挣的工资不够倒扣。

"我试了又试，只能放弃。什么最大？不是'机制'，而是'人'。毕竟

'机制'服务于'人'。"

2006年10月，他终于挣脱了体制的羁绊，策划了原创品牌"Laughing Puppet"，直译为"大笑的玩偶"。他说，我们都是Puppet，灵魂在Laughing。

他主营休闲男装的设计开发，创意大胆个性。因为定义为"艺术""作品"，他在面料方面精挑细选，工艺考究几近苛刻。然而，面对工业高速发展时代的产品同质化、高淘汰率、无孔不入的"服装垃圾"，他时常感到沮丧。

一天，一位看上去颇有品位的男士来到他的店里，细细观看许久，最终买下一件男装。他奇怪地指着对面的LV专卖店问："你为何不买LV的？""我可以一口气买下10件LV，但是那能说明什么？"男士反问。

他被"严重"激励。原来，在中国这个所谓"最大的垃圾进口国"，并非人人都嗜垃圾，不过是垃圾太多，挡住了人们的视线。于是，更凸显"中国设计"的力量。

然而，他仍然很难释怀。有时，走在千奇百怪的创意市集里，他时常感觉忧心，因为粗劣的东西太多。"不要说与日韩比了，单单对比内地与台湾的原创作品，在工艺方面都差了好几档。"

"什么叫创意？往廉价T恤上印几个符号就是创意？抹几道谁也看不懂的线条就叫创意？随手扎几个玩偶就叫创意？唯有心甘情愿令顾客埋单的，才叫好创意。"他认真地说："希望媒体不要过分夸大'中国设计'。因为，我们还很弱势。"

是耶？非耶？一言以蔽之：路漫漫！

（摘自《读者》2008年第2期）

荒漠中的胡杨

艾 行 天 地

这是一位饱经沧桑的母亲。

8年前，她唯一的儿子留学日本时遭车祸而亡。失去儿子后，她没有陷入悲痛中不能自拔，而是毅然放弃在日本优越的工作，拿出儿子的死亡赔偿金，卖掉上海的住房，来到科尔沁植树，让儿子的生命以另一种方式延续。

8年的艰苦岁月里，这位母亲所做的一切，给了我们太多的感动和启示。

伤心母亲：儿子真的这样去了

2000年5月22日上午，坐在日本JBD旅游公司的办公室里，易解放感到心里又闷又慌。就在她坐立不安时，突然接到中央大学商务部一位老师打来的电话，说她儿子杨睿哲上学途中遭遇了车祸。易解放脸都变了色，跌跌撞撞赶往医院……

杨睿哲是易解放唯一的儿子。

1989年，易解放和丈夫杨安泰到日本发展。1991年，杨睿哲被接到东京。7年后，18岁的杨睿哲以优异的成绩，进入日本6所百年名校之一的中央大学就读。

后来，杨安泰又以访问学者的身份去了加拿大。异域他乡，杨睿哲与母亲朝夕相依。上了大学，他常抽出时间去打工，以减轻母亲的生活负担。

这一天，在三和超市做收银员的杨睿哲凌晨才回家。因为睡得太晚，他比往日起得稍迟了些。起床后，他急匆匆穿上衣服，骑上摩托车就往学校赶。此时，车祸发生了，不到5分钟，杨睿哲就被送往多磨医院急救。医院给出的诊断结果是：脑震荡，颅内血肿，脊柱第3节骨折。

两个小时的煎熬过后，11时30分，易解放终于见到了儿子。这时，她的儿子已脸色苍白、双眼紧闭，永远与她分别了。她的呼叫得不到回应，只有手术车轮子滚动的声音在代替着死神回应……

到科尔沁植树是最好的怀念方式

日月轮回，寒暑更替，日复一日的思念中，两年过去了。那两年里，易解放眼角皱纹密集，眼神一片灰暗，看上去像衰老了十几岁。见妻子这样，杨安泰很担心，多次劝她想开一点。她的朋友也劝她从悲痛中尽快解脱出来。终于有一天，在又一个不眠之夜，当她看到镜中自己憔悴的样子时，吓了一大跳，她才猛然想到：自己这副模样，哪是青春飞扬的儿子希望看到的呀。儿子若在天有灵，他会责怪妈妈的啊！

杨睿哲两周年忌日之前，易解放由丈夫陪着来到了上海郊外。在那里她看到，残阳如血，照得郊外的田野一片金黄；不远处，一排杨树正挺立在夕阳下。这个画面深深触动了易解放。

早在1998年5月7日，在东京的家里，易解放正和儿子收看CCTV的节目。母子俩谈笑间，荧屏上闪现出一个风沙弥漫的画面，主持人以沉重的语调解说道，北京又遭受了沙尘暴的侵袭。杨睿哲停止了说笑，顿时双眉紧蹙、神情严肃。隔了一会儿，他若有所思地说："妈妈，我有一个想法，大学毕业后就回祖国工作，并组织一个防治沙尘暴的民间团体，在沙地上栽大片树木。"母亲有些吃惊，她没想到身在海外的儿子，无时无刻不在惦念着自己的祖国。

此时，易解放的心中，爱已流转。她说服丈夫，毅然放弃东京的工作，并拿出儿子的全部死亡赔偿金，回国植树。

2002年12月22日，易解放将儿子的死亡赔偿金换成人民币，带着儿子的骨灰，毅然回到了上海。

月底，易解放从赔偿金中拿出25万元，在湖南望城含蒲镇捐建了"睿哲"希望小学。同时，她把余下的死亡赔偿金作为第一笔基金，向相关部门申请组建以植树为主要工作的"绿色生命"公益组织。

2003年3月31日，易解放的请求得到批准。

万棵胡杨是儿子的灵魂

易解放的大义之举感动了周围的人，一批有志于环保的人士随即纷纷出钱出力以示支持。

2003年4月上旬，易解放去湖南参加睿哲希望小学落成典礼，见到了中国青少年基金会秘书长顾晓今。两人交谈时，她向他说起了为完成儿子的遗愿去植树的想法。顾晓今向她推荐了内蒙古青少年基金会秘书长陈磊。陈磊即与通辽市库伦旗政府联系。于是，典礼一结束，易解放即从长沙飞到内蒙古，在共青团内蒙古自治区区委书记王宏华的陪同下，与库伦旗政府签下了植树协议。

协议大致内容为：由易解放及其"绿色生命"组织在额勒顺镇敖伦嘎

查——科尔沁沙地的深处，栽种 1 万亩共 110 万棵胡杨树；待"绿色生命"组织壮大，在本计划完成后，视情况于林地周边扩大种植面积，尽最大力量去治理沙尘，为子孙后代营造生命福地。

2003 年 4 月 21 日，额勒顺镇植树的前一天，易解放第二次踏上了内蒙古的土地。从沈阳下飞机之后，经过近 10 个小时的长途跋涉，易解放终于在下午 3 时多来到库伦。其时沙尘正起，在库伦一家招待所里，易解放摸摸桌椅，双手全部沾上了沙尘。她的心情陡然沉重起来，愈加感叹儿子当年的想法是多么伟大。

第二天，烈日当空，科尔沁沙地一片苍茫。上午 9 时，首轮植树开始。额勒顺的党政领导、农民以及学生 300 余人走进沙地。

风沙之中，汗水飞溅，他们以 4 米的行距挖出 50 厘米深的坑，接着，树苗递上来，一双双手接过来，植入坑中。最后，马车拉着水进入沙地，学生们拿出家用的脸盆盛了水，小心翼翼地浇入坑中……

看着一个又一个学生，易解放又想起了儿子，禁不住泪眼蒙眬。她觉得自己有好多好多话要对儿子说："儿子，妈挖的这坑，可不是你的坟墓，而是你灵魂的住处！从今往后，你就在这里成长吧！"

两个多小时后，首批 1 万棵树苗全部栽植完毕。从山头看去，凸起了一排排绿色的"井"字。这 1 万株胡杨栽下之后，科尔沁整天烈日狂沙、干旱无雨，这可急坏了易解放。她干脆在林地边住了下来，同当地农民一道救治树苗。有时夜半风起，猛然惊醒的她常赤脚奔向林地，在每一棵胡杨前奔跑、驻足，试图用身躯挡住狂风。

那段时间，日夜晨昏，易解放没有离开树苗半步。

那个过程，易解放感到自己无异于再次怀孕。树苗的成活让她欣喜，每一场风沙与每一轮烈日，又让她心急如焚，她的心天天揪着。她吃的是干硬的馒头，住的是简陋的帐篷。这一切，长时间生活在上海与日本的她如何适应得了？遇到困难的时候，易解放就与天堂里的儿子对话，向他倾诉自己对他的思念，以获得精神上的支持。她还告诉儿子：妈妈再苦再累，也要完成你的遗愿。

苍天有眼，小树苗栽下的第 15 天，一年无雨的库伦下了一场雨。雨足足下了两个小时，沙地被淋得湿湿的，抓一把沙子，指缝间都能挤出水来。

这场雨，滋润了易解放的心。凝视着雨中重现生机的胡杨苗，她觉得儿子似乎又回来了，他还在向自己微笑。

母亲的欣慰：生命废墟变绿洲

树苗成活之后，易解放离开额勒顺镇飞到日本，为延展沙地上的绿色开始了新一轮忙碌。她知道，更艰难的路还在后面。

她很清楚，1 万亩沙地，植树 110 万棵，这不是一个简单的数字。树苗要钱，当地农民也不会因为是为他们造福而无偿栽种。此外，要浇灌，要守护，而这一切，都必须有强有力的经济支撑。那么，光靠 100 万元赔偿金，又能解决多少问题？

易解放去日本，就是为了"化缘"。终于，费尽周折后，她请到了原 JBD 公司的负责人来考察库伦旗，设计了观光路线，并说服公司从每名游客的旅游利润中提取 50 元作为库伦旗绿色基金。陪 JBD 公司负责人考察途中，她到了位于北京的日本大塑造纸企业"王子制纸"分部，就沙尘暴治理大做宣传。为了这个心愿，她虽屡遭拒绝，但也唤起了不少人和组织聚集在"绿色生命"的旗帜下。

2004 年春，易解放再赴库伦旗，与额勒顺人一道，栽下了第二批 5 万棵胡杨。

2005 年 4 月，易解放加大了种植数量，第三批 10 万棵胡杨深深地扎根在库伦旗的沙地上。

然而，110 万棵树苗的工程过于浩大，易解放 3 年来所做的一切只完成了全部计划的近两成。尽管争取到了一部分人的支持，但是他们当年担心的资金链断裂还是成了现实。2006年，树苗、灌溉及守护人工资等费用支出后，杨睿哲的百万赔偿金已全部用完。怎么办，难道就这样半途而废？易解放心急如焚，她顶着一头白发，开始了新一轮的经费筹措。

这一次，易解放将起点站定在北京。因为，北京正在为绿色奥运而努力，正从东北边逼近的科尔沁的风沙也许更能引起大家的关注。为了省钱，她以每晚40元的价格，在朝阳区租住了一户人家的地下室。每天，她坐地铁奔走在北京各企业之间。一次次约人，一次次受到或冷或热的接待。有时，她甚至赖着不走，直到人家答应去考察、去支持。

在上海，她成立了"大地妈妈"社团，组织一批母亲定期去科尔沁植树。她还打动了著名慈善家、世界和平大使珍·古道尔女士创建的"上海根与芽"组织，参与了植树活动。

随后，易解放再次东渡日本寻求支持。为了省钱，每一次，她都选择坐船。两天两夜的海上颠簸，使年岁已高的她一次又一次吐得脸色发白。

看到老伴如此辛苦，杨安泰十分心疼。他劝妻子说："老伴啊，你已做得不少了，孩子在九泉之下都会感谢你的……我们就此打住吧，树交给当地政府去管，我与你有生之年也过几年轻松日子吧。"易解放摇着头说："安泰，我理解你的好意。可是，110万棵是我当年的计划，不完成，我心就不安，我可不想这一生追随儿子而去时留下遗憾。"

2007年春，植树经费又出现缺口。这时，两位老人作出了一个惊人的决定：卖掉位于上海虹口区的一套房子。交易成功后，两人在不再属于自己的房子里住了最后一个晚上。当晚，两人边清理着家里的东西，边想着儿子在世时这房子里发生过的事情，想到从此以后，再也回不到这个他们栖身20年的地方，两位老人痛哭了一场。

那个春天，凭着卖房换来的钱，科尔沁又添了20万棵树苗。至此，易解放已在这块沙地上栽下了近40万棵胡杨。

秋日里，易解放夫妇再次来到了库伦旗。在一片苍茫之中，近40万棵胡杨树正剑指青天，4年前那一片绿色的"井"字如今已蔓延成绿绿的一片。这一刻，易解放忽然觉得，这一切付出都是那样值得：自己在巨大的悲痛面前不但没有沉沦，反而以将儿子的生命化为一片绿洲的方式，表达着生者对亡灵最好的怀念，这是多么有意义的事情！是的，儿子没有死，儿子在离开一段时间后又回来了，那些树全是儿子年少的身躯。

2008年2月，当易解放接过"2007年度全国优秀母亲"获奖证书时，库伦旗人才知道，这对耗巨资来到他们身边植树的上海夫妻，身后竟有一个如此荡气回肠的故事。库伦人感动了，他们要寻找一种能表达永恒的方式，将杨睿哲的名字镌刻在世世代代库伦人的记忆之中。于是，他们在额勒顺的山头立了一块大理石碑，以纪念杨睿哲，也纪念他的父母。黑色的大理石纪念碑坐北朝南，凝视着数十万棵胡杨树。碑上，是易解放夫妇写的一段话：

你是一棵树，无论活着还是倒下，都是有用之材——活着，为阻挡风沙而挺立；倒下，点燃自己给别人以光亮。

（摘自《读者》2009年第9期）

19岁的女村官

从玉华

这个村子进行了4次选举,每次都选不出合适的村委会主任。但这个19岁大二女生的到来改变了这一切,她以97.6%的高得票率,当选了村委会主任。但可以想见的是,这个女生的单纯、热情与农村的复杂现实,产生了强烈冲突。她动摇过,想过放弃,可最终她决心干下去。自打当选了村委会主任,白一彤的生活就转了个急弯。

几个月前,她还是一个穿着吊带裙,跟同学去照搞怪的大头照,爱喝可乐,天天喊减肥,设法逃古筝课的安康学院中文系专科班的大二学生。

如今,2009年2月13日,19岁的白一彤居然坐在陕西省清涧县高杰村不断掉墙皮的窑洞里,召集一群村委会成员"老头儿"开计生工作会议。

尽管以前她对"节育、生娃娃"一窍不通,新当选的村计生专干又是个识字不多、蹬三轮车的老实大汉,可她还是硬着头皮,在"男人中间"把活儿分派了下去。

严格地说，她不仅不懂"生娃娃"的事，竞选前，她甚至不知道村主任是干啥的，也区分不出麦子和韭菜。

是一个电话改变了一切。

2008年11月20日上午，她正在学校上课，父亲突然来了电话，说老家高杰村选了4次村主任，都因票数未过半没成功，她的户口还在村里，建议她回去竞选。她便一口应下了。

如今，在她借住的村民的窑洞里，她把仅有的贴着糖水橘子罐头标签的玻璃水杯让给记者，自己拿瓢喝水。她承认，她最初的动机有一部分是出于"好玩"。

但更深的动机是替她爷爷、奶奶还个心愿。她爷爷在村里很有威望，曾做过清涧县农业局副局长，一直记挂着村子的发展。她奶奶是村里的老裁缝，全村人都穿过她做的衣服。去年她奶奶死了，安葬时，很多村民说她"针眼儿活计好，心眼儿更好"。

于是，白一彤回了趟村。可进村后，这个在西安住着300多平方米的大房子、洗澡用浴缸、有私家车的城市"孔雀女"却惊呆了：村民吃水要走远路去背，整个冬天不能洗澡。红枣加工是村里的龙头产业，可连续5年，每户年均收入1000元，"连吃盐、用电、买卫生纸都不够"。

她受了刺激，回家后，她跟父亲商量怎样才能让村子发展起来，父亲提出了80条建议，她从中挑了10条。

2009年1月8日，高杰村再次召开选举大会推选候选人。白一彤本人没有到场，但仍以94.5%的得票率成为候选人之一。

1月14日，正式选举日。村民自发地放鞭炮、敲锣打鼓在村头欢迎她，树上挂着"白一彤加油"的条幅。高杰村461位选民参加了投票，是该村历年来参加选举人数最多的一次。

在选举现场，白一彤用古筝演奏了一段《沧海一声笑》，然后发表题为《打造黄河岸边第一村》的竞选演讲。她表示将在几年内带领父老乡亲做好

10件大事，包括打深井解决群众吃水难问题，修建一条环山公路，发展红枣加工业，养殖业，建综合服务大楼，办农民科技培训学校等。另外，"春节前每户发放1000斤煤，让父老乡亲度过寒冷的冬天"。

白一彤最终以450票当选。她的竞争对手——另一位候选人，仅得了2票。村民笑话他："自己投了一票，老婆投了一票。"

这个女孩的二伯白延平，是5家公司的董事长，他在清涧县开了一家红枣加工企业，还开了清涧县最大的商场。以前他不同意白一彤竞选村主任，觉得学生就该好好学习，可这个"见过大世面的老江湖"看完竞选现场，对白一彤说了一句话："你下不来了！"白一彤在村里住下了，她把电子琴、玩具，甚至网球拍都带进了窑洞。可她很快发现这些全用不上：房东很省电，电子琴她一次没弹；找不到场地，网球拍没开封。她也少了城里的"讲究"：一个星期不洗澡，头发油得一绺一绺的；面霜用完了，拿减肥的纤体乳擦脸……

白一彤上任后的"第一把火"，是开村运动会。她忙了11天。父亲和二伯成了她的"取款机"：二伯赞助了2000瓶饮料，还拉来电信、联通赞助奖品——尽管一等奖只是一把铁锹；父亲提供服装，光秧歌队的"黑毛驴"就上街买了好几趟。为了使主席台更好看、更贴近"发扬延安精神"的口号，父亲从6个窑洞"灰头土脸"地搬出5台纺车、3台织布机。

大年初三，全村1000多人，绝大多数人都参加了剥玉米棒、穿红枣串、猪八戒背媳妇抢南瓜、剪纸等项目，外乡也来了很多人，整个村学校操场足足"装"了5000多人。村学校门口的小卖部一天卖了1万元的"流水"。

大年初六，她又领着400多人上山修路，她的手都磨出了水泡。修路的大铲车，是她偷偷用1.5万元的压岁钱和私房钱租来的。

可"几把火"之后，这个满腔热情的女孩突然发现，村里的事务远比她想象的要复杂，简直就是"一团乱头发"。

白一彤接手工作一个月了，村上的账目还没有弄清楚，她越查越觉得老账是个"无底洞"。很多村民担心她刚上任就陷入矛盾，好心地提醒她："以前的别管了。"可她坚持往下查，还下了狠话："不行的话走法律程序。"

在处理人事关系的过程中，她也发现村里分好几派，喜欢"窝里斗"。她不停地在这几派人中间"和稀泥"，跟人家解释："我是回来搞发展的，没有任何个人恩怨，不为任何人谋取利益，大家的心要拢到一块。"

村里环境差，白一彤成立了村环保大队。2月2日，她在带领环保大队工作时，因为拆除了违章建筑，触及了某些人的利益，与镇政府的一名雇工发生冲突，还挨了对方的拳头。

而最让白一彤头疼的是，村民们懒散惯了，缺乏组织性。有一次筹备活动，她早上7点就到了村委会，高音喇叭喊了无数遍，快11点了，人还没来齐。她当时都快哭了："村里人只听我一个人的，大大小小的事情都要我亲自上手才行。"

她突然想起大学的军训，军训增强了学生的纪律性。于是，她和村里的其他干部商量，准备在村里实施军事化管理。全村按地域分片，分成3个营，9个连，每个连再分几个班。这样，层层负责。她指挥营长，营长指挥连长，这样有什么事情很快就吩咐下去了。

可"村长变军长"的管理模式很快遭到网上的炮轰。事后，她解释：有些人的想象力太丰富了，这不是要求全村村民军训，这只是一种"上传下达"的捷径。

走在村里，没人叫她"主任"，因为辈分低，连村里的小孩都叫她"乐乐"（白一彤小名）。她也常常忘了自己大小也是个"官儿"，看到窑洞门口晒太阳打盹的老头，她会悄悄走近，捏捏老人的"山羊胡"，再跑开。

一个月下来，没人搞得清这个19岁村官的管理模式：做计生工作时，她装大人样；化解邻里矛盾时，她又耍"小女生样"，一口一个"老爷爷"喊得甜，还非赖着要两家人当众"手拉手"。

她成了方圆几十里的小名人，甚至外村的3个老书记不远数十里地来向她请教致富经，还聘她为"名誉村主任"。

如今，这个19岁的女村官引起了媒体的广泛关注。甚至有几天，早上她一睁眼，窑洞前已经停了好几台架着摄像机的车。

媒体记者们带来了尖锐的问题：竞选时给每户发1000斤煤是不是贿选？她解释：这些煤是她爸到榆林18家煤矿争取来的捐助。而且送煤是在她高票当选候选人之后，当时抢时间把煤送进山是担心下雪封山，煤运不进来，村民正急等着用煤。

媒体还追问她：何时能实现"黄河第一村"？建综合服务大楼、办农民培训学校是不是大忽悠？当村长是不是你父亲给你规划人生的第一步？村民投你的票，是不是因为你家族的关系？靠家族"化缘式"输血发展模式能走多远？她解释，有的计划已经开始实施了，比如修路。建综合服务楼，是3年以后的事，还有的是二三十年内的规划。"请给我时间和理解。"白一彤淡淡地说。

每天睡觉前，她都把手机挂在窑洞唯一有信号的大窗子上，电话一响，她就像壁虎一样贴上去，可她没等到一个朋友的祝福。即便情人节这天，晚上梦里也全是村里乱成麻的事儿。

2月14日，正当她以前的同学们成双成对地享受着都市中的爱情生活时，这个女娃却坐在一个离原本的生活无比遥远的山村窑洞里。"爱情离我很远，我没有男朋友，我的'梦中情人'，是德国足球明星克洛泽。"她颇有些羞涩地说。

走在寂静的村里，她会把手机音乐打开，激扬的歌声在空中飘开，她觉得浑身又来了劲。她身上米奇包包的企鹅挂饰随着她，一颠一颠的。

（摘自《读者》2009年第11期）

甘巴拉的十二个拥抱

胡晓宇

　　这是我第一次在极度缺氧的隆冬，登上海拔 5374 米的甘巴拉——这个世界最高的人控雷达站。

　　"这个季节拉萨缺氧 40%，而甘巴拉在夏季就比平原缺氧 50%，现在可想而知……"刚到拉萨那天，驻藏空军指挥所侯文超政委便"警告"我。等到真的登上海拔 5374 米的山巅，天空青得如因缺氧憋青的脸般骇人，环顾四周，除了天上偶然掠过的鹰，再也没有生命的迹象。下车还没几分钟，我的头便痛得像被念了"紧箍咒"，胸口像压了一块石头，怎么也喘不过气来……

　　所以，当山上带班的雷达站技保主任汪春奇告诉我，这次上山值班的官兵都是写申请书争着上来的时候，我不禁一阵揪心的感动。可他却操着一口云南普通话不紧不慢地说："尽管现在是一年中最恶劣的季节，但总得有人在山上啊！这是一种体验，更是一种责任。"说话时，我看见他那因缺氧呈黑紫色的嘴唇干裂得渗出血珠。

汪春奇告诉我，这种对责任的体验缘自 2001 年他当排长时第一次在甘巴拉过年。那天是大年初一，雷达突然出现故障，因第二天有重要战备任务，他和雷达技师立即登上天线紧急抢修。刺骨的寒风"飕飕"尖叫着穿透身体，逼压着缺氧的心脏。他们爬上旋转的天线，从早上 9 点一直检修到下午 3 点。当故障终于被排除时，因严重缺氧和高度紧张，他和技师都"哇哇"呕吐，冻僵的脚就像石头般不听使唤。那一刻，想到那些没有当兵的同龄人，正在节日的喜庆气氛中聚会、旅游、狂欢时，他在躺着不动心跳速度也会超过在内地跑马拉松时的"生命禁区"，轻轻哼唱起那首扣人心弦的《雪域光芒》："是雄鹰你就该展翅高原，让歌声穿过云层之间。是雪山你就该挺立山巅，让太阳吸吮你的甘甜……"

顺着这个话题说起在云南嵩明中医院工作的妻子，汪春奇的脸上露出愧疚而自豪的微笑："她是家里娇生惯养的小女儿，可自从嫁给我，她就逼着自己慢慢变得坚强了……"哦，在这由黑、白、棕大色块勾勒出的磅礴厚重的高原，在甘巴拉这个粗犷豪放的雄性世界，不知有多少柔美而坚强的女性与戍边军人甘苦与共，给他们带来心灵的亮光，使"生命禁区"荡漾着缠绵甜蜜的温柔。

随官兵爬向云雾缭绕的雷达阵地，大家健步如飞，表情自然，我却如醉酒般头重脚轻，不足 200 米的路足足歇了 4 次。觅着"隆隆"的油机轰鸣声走进油机班，目光与一名脸膛上印着两朵"高原红"的三级士官相遇，一问才知他是油机班班长张会桥，山东枣庄人。

"对责任的体验，不仅我有，我媳妇刚嫁给我 20 天时也体会到了！我儿子刚出生 20 多天时就体会到了！"这位朴实的老兵说话就像高原阳光般直率坦荡。2005 年初夏，他回山东老家结婚，蜜月还没过完，就接到了回部队执行重要任务的电报。第二年 7 月，妻子生孩子，孩子还没满月他又接到了任务。

说起家，这位在甘巴拉坚守了 10 年的老兵眼睛湿润了："想家的时候，真恨不得能一步跨回去，看一眼就回来也满足。可谁让咱是军人呢？我给儿子取名叫张圣通，是纪念圣洁的西藏通了火车，也是希望他从小就和西藏军人心灵相通。""高山缺氧英雄气短伟力全在忍耐中；祖国牵挂儿女情长欢笑岂止凯旋时。"听着他的话，一位高原老兵写的对联在我的脑海中闪现。

随教导员杨沛走进雷达车，吴占胜——一个多月前母亲刚做了心脏搭桥换瓣手术的河北唐山籍雷达技师正在检修设备。对这位年轻军官来说，家不仅是对60岁母亲的惦念，更是一个让他怦然心动的期盼："我媳妇快生孩子了，平时，她都是自己照顾自己。如果到时候能回家，我一定好好侍候她……"

站在白雪覆盖、云朵弥散的雷达阵地上，远眺北面从容奔腾的雅鲁藏布江，我深深地被这些高原雷达兵们雪域天空般宽阔圣洁的胸怀所折服。那耸立山巅的雷达天线，分明旋转着一代代甘巴拉人的理想信念和青春年华，旋转着无数执著女性无私无畏的爱情……

5个小时转瞬即逝，官兵们军容严整地站成一排，为我们送行。汪春奇、张会桥、吴占胜、何元……我顺着队列一个个默念他们的名字，回味他们的故事。望着他们年轻的脸上被高原烈日烙下的印痕，想着我和家人团聚时，这些可爱的弟兄们却要在氧气稀薄的山头坚守寂寥。我按捺着心痛，与列队的12名甘巴拉官兵一个个紧紧拥抱。

带着他们的体温一步一回头地跨上越野车，泪水早已疯狂地顺着脸颊滑落。车转过盘山公路渐行渐远，回望浓雾包裹的山巅，官兵们仍伫立在原地依依不舍地向我们招手。倏地，我觉得心抽搐得剧痛难忍，一直拼命压抑的哽咽再也无法控制……但在寒风凄厉的下山路上，我感觉在空气稀薄的山顶几乎冻僵的身体是那样温暖，就像怀抱着高原金光四射的太阳。我知道，这太阳就是朴实执著的甘巴拉官兵。那光和热，由他们的青春生命点燃、赤胆忠诚发散、理想信念折射，因而率真而高贵、执著而热烈。

我深深知道，在5374米海拔高度的这12个拥抱，让我的精神已经与这些并没有天生吃苦的义务、却义无反顾地面对困苦和分离的雷达兵们相依相随、无法分离……

(摘自《读者》2009年第12期)

"闪婚""闪离"的婚姻困局

张立洁 戴长澜

"闪婚"又"闪离",幸福在哪里

又到了桃花盛开的季节,人人都春心萌动,忙着结婚、分手、复合,爱了、恨了、痛了、分了……

"80后""闪婚"的热乎气刚过,又开始忙着"闪离"。

先来看看"80后"的离婚潮。以北京为例:2006年,北京共有24952对夫妻办理离婚登记,其中有1/5婚姻关系维持不到3年;有1/3在5年内离婚;结婚不到1年就离婚的有970对,有52对离婚的夫妻结婚还不到1个月。在这些离婚夫妻中,"80后"占了相当大的比例。

当一个天天玩网络游戏的丈夫,遇到一个不会烧菜、不会打扫的妻子,再加上双方父母的过度干预,"80后"离婚率飙升,谁之过却难分得清。

一位民政部门的工作人员这样分析，在父母家蹭饭的独生子女都是离婚的高危人群。他们的弱点是"以自我为中心、社会经验不足、生活自理能力差、缺乏忍耐和包容"。同时，随着时代的发展，这一代人对婚姻感情质量的要求更高了。对平淡生活的不满，使得他们不愿意"凑合"，一些由生活琐事引发的"婚姻死亡"现象越来越多。

他们是第一代独生子女，恰恰就是这个"独"字成了他们婚姻的最大障碍。

"生理成熟了，心理却没有断奶。"中国国际注册婚姻家庭高级指导师赵双海表示，"'80后'的想法很前卫也很放得开，但是他们的承受力却往往很差。处于一种'大人身、儿童心'的状态。"

"我们的爱能走多久我就有多忠诚，我能爱你直到我们分手，我愿意直到我不愿意为止"——现在美国最流行的结婚誓词，人们认为传统的誓词"直到死亡将我们分离"过于老套，而热衷于更实惠的宣言。

中国人不兴宣誓，但是结婚意味着天长地久的承诺却是普遍认同的观念。心理学家说，一夫一妻制其实并不符合人性。面对人性的悖论，一边是道德上的自律，一边是左手摸右手的无奈。"80后"选择速战速决，"70后"犹犹豫豫，"60后"则注定内心分裂：他们成长在红旗下，童年基本在整齐划一的清苦中度过，拼杀于改革开放的花花世界；传统道德的围栏日益土崩瓦解，却又无法真正放荡不羁；人到中年，终于跨入了中产阶级的行列，爱情却在原始积累中身心俱疲；肉体上奉行"从一而终"，但很少有人记得爱情的滋味。无怪乎有人感叹"爱情已死"。

如此看来，在爱情马拉松的跑道上，健全人不见得就比残疾人更矫健、更成功。

2007年12月1日，在首届中国残疾人事业发展论坛上，有这样一组数据发人深省：非残疾人的离婚和丧偶比例是6.17%，而残疾人的离婚和丧偶比例是26.76%。数据表明，残疾人的在婚有配偶比例远低于非残疾人，且离婚及丧偶比例大大高于非残疾人。残疾人的离婚率近年来逐年上升，尤其是残疾人与健全人的婚姻，显得更为脆弱。

残疾人婚恋难早已是不争的事实。"城乡结合"的模式在残疾人婚姻中较为普遍，对来自农村的健全人来说，找残疾人有不少好处：低保优先、分廉租房有加分、结婚几年后可转户口……而这样的婚姻带有明显的功利色彩，"过河拆桥"的案例并不鲜见。"而双方都是残疾人的，由于能惺惺相惜，婚姻反而牢固些。"对此，专为残疾人免费征婚的虹桥热线创办人庄美凤说。

一边是选择多了，反而不会爱了；一边是没得选择，凑合来凑合去，最终还是离幸福越来越远。中国社会正经历着西方走过的"性启蒙""性解放"，几年前就有人喊出了"保卫爱情"的宣言，其实保卫的不是一句承诺，而应该是一种信仰。

"80后"：闪婚、闪离、闪着玩？

在一项调查涉及的"80后"离婚案件中，90%的夫妻双方都是独生子女。除北京之外，来自哈尔滨市民政部门的数据显示，2006年，哈尔滨市离婚的有16995对，比2005年增长了5%，而且离婚者中年轻人激增。广州一家律师事务所的数据也显示，"80后"委托离婚或咨询离婚的案例明显增多。

"闪婚80后"难忍一地鸡毛。据了解，有些小两口结婚仅一年左右，就因为锅碗瓢盆、油盐酱醋、家长里短等小事打得不可开交，直至闹离婚。

缺乏忍让和宽容，成为这些人离婚的主要原因。"'80后'独生子女成为离婚高发人群，他们'闪婚'多，离婚也爽快，婚姻破裂与他们缺乏忍让宽容有直接关系。"民政部门一位工作人员说，"目前，因婚姻濒临破裂而走进婚姻咨询室的人群中，有一半是20多岁的年轻人。"由于在"80后"的离婚案件中，当事人大多没有财产分割和子女抚养问题，使得他们离婚时的顾虑少了很多，因此离婚也显得"简单"了许多。有专家分析，"80后"独生子女成为离婚高发人群，跟父母从小过分溺爱，凡事帮孩子拿主意，养成孩子缺少忍让性、宽容度有直接关系。

"啃老族80后"离婚比例大。目前，长幼矛盾已成为"啃老族80后"的离婚导火索。一项调查显示，在离婚的"80后"中，有相当一部分属于"啃老族"：有八成夫妻在双方父母家"蹭饭"，30%的年轻夫妇把自己的脏衣服拿到父母家里洗。更有一些彻底的"啃老族80后"，他们从学校毕业后就没有就业，更没有独立住房，与其中一方的父母共同居住。由于经济不独立，又是"家务低能"，他们的生活来源主要依靠父母。当年轻夫妇中的一方不能与对方长辈和谐相处时，双方便会争吵不休，加之相互间缺乏宽容和理解，矛盾难以调和，当愤怒委屈之情难抑时，双方会轻率地甩出"离婚"底牌。

"闪离"全因头脑发昏？"两个人登记时可能对婚后所要承担的责任和义务都不清楚，甚至根本不愿承担责任，只注重婚姻中个人的感受。"说起"80后"离婚高发现象，一位在民政部门工作的同志向记者表示了担忧。

数据显示，在"80后"离婚案件中，有70%的夫妻是自行相识组成家庭的，其中通过网络相识的占20%。无论是自由恋爱还是通过网络相识而结婚的男女都有着以下共同点：婚前，都对现实生活怀有"乌托邦"式的幻想，婚前浪漫，婚后烦恼，因对美好婚姻的幻想破灭，最终走进婚姻死胡同。

对"80后"的"闪婚""闪离"现象，也有专家表达出了不同的声音："80后"大胆地挑选自己的恋爱对象，他们中的大多数对待婚姻是谨慎的，因为婚姻承诺的违约成本非常高。"80后"身上的许多品质以及他们对待婚姻的态度不是因为他们出生于20世纪80年代，而是因为他们还年轻。

一些婚管部门及社会学家也发出呼吁：婚姻不是儿戏，更不是鸡肋，需要慎重对待。年轻的一代更要珍视婚姻和家庭,给对方以信任和理解,相互包容和忍让,幸福的家庭应来自对质朴生活的深度理解,而不是简单的草率行事。

(摘自《读者》2008年第8期)

25 年等待着一种声音
郑贱德

李自健是 2000 年的风云人物,他带着主题为《人性与爱》的 100 多幅油画环球两周半后回到祖国,在北京、上海、广州、长沙、武汉等地展出,各地媒体报道说"旅美画家掀起了中华旋风"。

我与李自健是同乡,同喝资江水,同在湘中古城邵阳长大,同是高考改革后一道考进广州的高等学府,他进了广州美术学院油画系,我考入华南师范大学中文系。1988 年李自健被美国麻省艺术学院研究生部录取,赴美自费留学深造,成了国际有名的大画家。

2000 年 10 月 18 日,李自健的画展在广东美术馆开幕,我匆匆从深圳赶去。老朋友相见,我递给他一本 1979 年第 7 期的《广东青年》(《黄金时代》前身)翻开第 28 页,上面有醒目的大标题《没有车票的乘客》,李自健眼睛一亮,于是他对着围过来的一群记者说:"这是我的好友,是他第一个报道了我这段不寻常的经历。"记者们一听,立即围着我,要我介绍 20 多年前这篇文章"出笼"的经过。

没有车票的乘客

到广州上大学后，星期天我常跑到广州美院去找这位老乡串门，李自健拉着我走进校园的林荫道，他告诉我："我今天能上大学，始终忘不了一个人，他是一位列车长，你是学中文的，应该写写他。"

古城邵阳的青石板、麻石路，走过了魏源、蔡锷等一代人物，也留下了许多人求学的梦想和辛酸的泪水。李自健1954年生于邵阳，兄妹八人。从小父母不在身边，李自健成了"老大"，一边上学一边照顾弟妹。十三四岁时，李自健就挑起了生活的重担，天没亮就到码头边打零工，挑河沙上岸，一分钱一担；他还当过纤夫，拾过煤渣，打过土方，尝尽了人间艰辛。

一天，李自健在码头卖苦力时，看到邻居比他大两岁的张光明哥哥在河边写生，当时便萌发了学画画的念头。张大哥收下了这个徒弟，于是李自健在卖苦力之余背起画夹学习起画画来。当时邵阳歌舞团有一位美工是中央美术学院的讲师，叫陈西川。一天晚上，李自健背着画夹敲开了陈老师的门，陈老师对这位衣着破烂的孩子没有另眼相看。打开李自健的画夹时，陈西川脸上露出了笑容："画得不错，有潜力。"从此李自健正式师从陈西川学习画画。

半年之后一个晚上，深感李自健是个可造之才的陈西川把李自健叫到跟前，拿出自己珍藏的在中央美院临摹过的人体素描和一座断臂维纳斯的裸体石膏像，语重心长地说："悄悄地照着画吧，这是攀登艺术之巅必须逾越的台阶。"

李自健把老师的话铭记在心，刻苦练习，并与几位志同道合的画友建起了一个艺术沙龙，一道结伴去名山大川写生，找名家拜师。后来，他来到省城长沙，受到湖南名师钟业勤教授的青睐；南下广州，拜访了岭南画派的名家陈衍宁、汤小铭、伍启中、林墉；北上西安请教西安美院院长李刃群……在此期间，他逐渐领略了油画大师伦勃朗、米勒、列宾等人作品的风采。

李自健不知疲倦地画着，一画数千张。夏天，在山顶写生，烈日烤晒得他的皮肤都起泡了；雪天，在江边素描，双脚冻僵，他只好点燃一堆擦过颜料的纸来取暖。功夫不负苦心人，他终于在湖南省美展中初露锋芒。1975年国庆前夕，李自健接到通知：自己的一幅作品入选全国美展。此时此刻，李自健欣喜若狂，热泪盈眶，多年的辛苦耕耘终于迎来了丰硕的成果。

在街道工厂当钳工的他，决定去北京参观中国最高档次的展览，也去看看自己挂在艺术殿堂里的作品。可一摸口袋，一共只有十几块钱了。但他还是邀上了两位同伴，暗暗发誓：就是爬也要爬到北京。一路上他们买几毛钱车票上车，被查出来赶下车，下趟车又爬上去，终于在国庆前夕到了北京。此时正值北京迎接国庆，在清查外地人员，他们三个人一无证明二无住宿费，当即决定先去泰山写生，然后在国庆那天返回北京。

从泰山下来，一位同伴走散，另一位同伴负伤。离国庆只剩下两天了，他们不管是货车还是客车，凡是见到北上的火车就偷偷地爬上去，被查出来赶下车后又偷偷地爬上下一列火车，不知走了多远，两人终于被罚光全身所有的钱补票后被送上了返回的列车。眼看去不成北京了，李自健急得直掉泪，在返程的第一个小站，李自健与同伴不顾一切，车未停稳就跳了下去。这时天下起雨来，两人已两天两夜没吃东西了，又冷又饿，他们在停在小站的大闷罐车上躲了一整天，终于发现一列开往天津的列车，就在火车启动的一刹那，他们不顾危险，从列车尾部爬了上去。

两人刚刚喘了口气，就听到"咔嚓、咔嚓"的皮鞋声，由远而近，终于走到了他们面前，李自健抬头一看，是一位穿铁路制服，满脸络腮胡子，腋下夹着红绿小旗，手提信号灯，臂上挂着"运行车长"字样的彪形大汉。

"原来这里藏着两个小溜子！"

李自健一看情况不妙，连忙说："我们不是坏人，是学画的。"

那人打量着这两个衣着脏脏缩成一团的小青年,露出怀疑的目光:"学画的,瞧瞧你们这样子,像吗?"

"这,这是我的画夹。"李自健突然想到了什么,把藏在身后的画夹递给大汉。大汉打开画夹,第一张就是李自健两天前在泰山顶画的《泰山日出》,大汉嘴角露出一丝微笑:"还挺像的,我也看过泰山日出。"望着列车长流露出赞许的目光,李自健泪珠夺眶而出,在车长的鼓励下讲述了自己学画的艰难经历,当他讲到自己的画国庆时在北京展出的时候,不动声色的列车长吐出了三个字:"好样的!"突然,列车长想起什么,问道:"你们没吃饭吧?"李自健点了点头,他们已经两天没吃过东西了。"我去给你们弄点吃的。"不一会儿,车长端来了两大碗饭,上面盖着萝卜炖牛肉。李自健和同伴狼吞虎咽地把饭一口气吃完了。车长盯着他们说:"你们这样子,就算是进了北京,也会被轰出去的。"列车长思考了一下,把手一挥,说道:"算了,算了,你们也别下车了,我们先到天津,然后我再送你们去北京吧。"李自健高兴得差点儿跳起来,他简直不敢相信自己的耳朵,觉得自己真的遇到"贵人"了!车长接着说:"现在社会上乱成这样,有人打砸抢,学校也停课了,你们能坚持学画画,画出这样的水平,不容易。"一席话,像一股暖流流遍了李自健的全身。

到了天津,车长把他俩带到他的女朋友家里,让他们洗了澡,换了衣服,还腾出热炕,让他们美美地睡了一觉。从交谈中,李自健得知列车长叫常振生,唐山人。第二天一早,车长拿出洗好的衣服,对李自健说:"今天上午,你们可以去人民公园走一走,我已经给你们买了下午2时去北京的车票。"

在车站分别时,列车长语重心长地对李自健说:"现在的社会很乱,学艺术的要有清醒的头脑,首先要学会做人,要热爱人生,要争取入团,争取上大学,争取当个画家。"李自健和常车长在车站挥泪告别,可谁料到这一别就是20多年。

从北京回来，李自健将这段经历告诉年迈的父亲，从不流泪的老父亲流下了热泪，连连说："好人哪，好人哪！"李自健写了感谢信，买了邵阳的特产——一个竹艺盒装进了香茶寄给了常大哥，还互相通过几封信。李自健考上了大学后，第一封信就写给车长，向他报喜，可是不知道为什么信给退了回来。

后来，李自健到了海外，每到思念家乡的时候，闭上眼睛就会想到这段往事，想到常大哥的嘱咐。这些年，无论多么艰难，他都挺过来了，终于，他成功了。但他一直惦记着常车长，一直希望能有机会再见到他。

25年后终于等来了"咔嚓"的皮鞋声

2000年2月，李自健的画展在荷兰展出时，《环球时报》记者丁刚采访了他，问道："你为什么会选择'人性与爱'的主题？"李自健说："我的家庭背景，我所经历过的那些艰难与困苦决定了我不可能成为一个贵族画家，而只能是一个平民画家。除了我父母言行举止教我如何做人外，还有一个人为我上了人生的重要一课，遗憾的是，我们在许多年前就失去了联系，至今不知他在何方。"丁刚在8月18日的《环球时报》上发表了通讯《给我买票的车长，你在哪里》。

也正是8月18日这一天，李自健带着他的画回到了祖国，回到了北京，并拉开了2000年中国巡回展的序幕，国务院副总理钱其琛亲自为他的画展剪彩。李自健站在中国博物馆高高的台阶上，望着天安门广场，仿佛又回到了25年前的国庆，他又一次想到了常大哥。

国庆前，李自健带着巡回展回到家乡长沙，湖南卫视的记者采访了他，李自健又一次讲到了常大哥，并按照当年的记忆，画出了一张常大哥的肖像，记者们根据李自健提供的线索展开了对常大哥的搜寻。

几经周折，在新闻媒体的帮助下，常大哥终于被找到了！他现在是天津铁路分局经济技术开发总公司的经理。

　　湖南卫视的编导们也被这个故事深深地感动了，他们把李自健请进了湖南卫视"真情"摄制组的演播室里，在事先对双方保密的情况下，首先让李自健讲述了当年的感人故事。

　　当主持人告诉李自健：常大哥找到了，但他说自己是平常人，而你是个大画家，不想出来见你。"那我一定到天津去看他，一定请他到北京去看我的画展！"李自健激动地说道。

　　这时，演播室的后幕打开了，传来了"咔嚓、咔嚓"的皮鞋声，这就是李自健惦记了25年，念叨了25年的声音！当常大哥终于出现在眼前的时候，李自健迟疑了一下，但他还是很快认出了常车长，不由得激动极了，他三步并作两步地奔过去，两双手紧紧地握在了一起……两个人眼眶里含满了热泪。李自健将自己的画册送给了常大哥，并感慨地说："这'咔嚓'的皮鞋声让我听起来很亲切，我整整等了它25年！"

　　晚上，节目录制完后，李自健和常大哥一家三口迟迟不愿分手。常车长还让儿子拿出特意准备的茅台酒和天津大麻花，送给李自健。回首往事，他们更觉这份真情弥足珍贵。

　　记者问常车长，他当年为什么会帮助李自健。常车长回答说，本来他是应该对自健和他的朋友来个严肃处理的，可他自己也因为父亲的问题而受到歧视，所以对李自健总有一种同情感。他当时觉得李自健十分可怜，一同扒车的那位同伴头上还带着伤，要是赶他们下去，无非是两个结果：一是他们很可能还会再去扒车，而身为车长的他十分清楚，扒车是十分危险的；二是把他们送到派出所遣送回去，那可能就会要单位或学校来领人，在他们的档案里留下不光彩的一笔。在那个岁月里，假如留下这么个污点，两个孩子可能就会永远也抬不起头来。"做人就要做一个有情义的人，在别人危难时，宁可拉一把，也绝不要去推一把。"常先生用朴素的语言讲述了做人的道理。

　　李自健十分动情地说："前两年我为希望工程的100名孩子捐赠了助学

金，当时我对他们讲述了这段经历。我说，我今天是来还我的车票钱的。"

  李自健告诉记者："这些年来，我之所以一直想着常大哥，不仅仅是为了知恩图报，更重要的是，我特别珍惜常大哥的那份真情。我选择'人性与爱'为主题来创作，就是希望这个世界能有更多的真情。"

（摘自《读者》2001年第7期）

2006年上课记

王小妮

下面的眼睛

2006年9月23号,第一次课。我看着讲台下面这些眼睛。去年我面对的是34人,今年是42人,都是大一新生。他们的眼睛是成年人中间最清澈的。如果让我选择给大学本科生或者研究生上课,我一点不犹豫,当然是大一新生。他们还相对单纯,可教,污染不重。

曾经有个刚上高三的学生告诉我一次班会上的"搞笑"对话:

老师问:在你10岁以前,知道什么?

学生起立答:什么都不知道。

老师又问:现在呢?

学生答:什么都知道了!

教室里忽然一阵敲桌子跺脚跟的声音，学生们哄堂大笑。

现在，这些就要接受所谓高等教育的孩子们，眼睛里重新透出 10 岁孩子似的什么都不知道的光芒。我该给他们什么，才能心安，才对得起这满堂含着水分的注视。

乡村少年们

第一节课，我拿到一份来自 16 个省份的学生名单，依旧按照我的惯例，想了解他们中间有多少人生活在县城以下的乡镇。底下有二十几个人举手，超过一半。我又问，有多少人的读书费用必须依靠父母种田来维持，是通过土地，而不是靠外出打工之类的其他方式，这回有大约 10 个人举手。来自于种玉米种土豆种水稻种麦子的微薄收入，使这 10 个孩子，和那些脚踩滑板、手里玩着 mp3 进教室的学生坐在一起，他们心里的感受是怎么样的？

后来，一个学生干部告诉我，我上课的这个班家庭月收入在 1000 元以上的有 11 人，占 25%，其中家庭月收入在 4000 元以上的 4 人。除此之外的 75%，都是纯粹靠种田或者靠外出打工的收入供这些学生读书。

有个从湖南来的女生，她的父母都在广东打工，工厂生产塑料花。来上大学前，她去看父母，也做了一段短期工。只读过小学的母亲总是说她做的是"美国花"，仔细问过，女生才知道母亲一直都把玫瑰花读成"美国花"，母亲不知道玫瑰花是什么样子，她每天做的就是"美国花"。

真　理

我问，你们相信有真理吗？

下面齐声说，不相信。

居然异口同声的。

我说，那么，我们有对话的可能了。

一支秃笔

那个云南来的学生把他的作业压在别人的作业下面，我找出来他那张纸。字迹太难辨认了，每个字不是写上去的，而是用了最大的力气刻上去的。几乎没有墨水的刻痕，想看清挺不容易。

我有意选了他作业中比较生动的一段读给同学们，读得一点不流利，总停下来辨认字迹。我说，有点可惜，这篇作业写得太不清楚了。我给他递过去一支笔。下课铃一响，他来还笔。我说，是送你的。他说谢谢。

其他同学说，开学以来，他用的都是几乎写不出字来的廉价圆珠笔。

课上，我讲到一个老农民独自离开老家进城打工，从没带他的老婆进城看看，他说老婆要留在四川老家给他种烟叶，每年春节后他都要扛着20斤自家产的烟叶从农村回到城里。听我说到老汉卷烟叶的满意自得，从云南来的男生在下面笑得前仰后合，笑到最后，用额头去捣课桌。是什么这么可笑？我一直忘了抽空去问他。

我有点高兴，因为他是个开朗愉快的人。后来他和几个男生在学校附近找到一份给宾馆做夜间保安的工作。晚间没有课的学生轮流去值班。宾馆方面提出一个要求：值班人员不能带书本到场。按双方签订的合同，每个学生每月能分到150块钱。

朝鲜是韩国吗

讲到影像的力量，视觉的力量，我对学生们提到几年前的春天在朝鲜的见闻。

有个学生在下面说，哈哈，世上还有这样的事！

另一个学生说，朝鲜不是韩国吗？

我知道2006级学生大多数是1989年出生。回头想想1989年，似乎就在眼前，虽然走掉了，还没走远，而那一年出生的孩子已经满满当当地坐在眼前，都成年了。

我也没想到生于1989年的他们竟然搞不清哪个是朝鲜，哪个是韩国。对于他们，电玩游戏、电视连续剧和众多整过容的影星就是韩国。我说，我讲的是朝鲜。他们摇头。也许不是不相信，而是难以理解。也许学生们已经形成了惯性思维，站在课堂上面不停讲话的那个人无论说什么，都极其可疑。

关于影像的力量，我要换一个例子，讲朝鲜显然不灵。

教室后排，始终有个女生压低了棒球帽，看不见她的脸。我翻看新生名册，她来自延边，看姓氏是朝鲜族。提到朝鲜，以后也要小心，有人无知觉，有人可能很有知觉。

要去看看雷成虎的家

下课的路上，学生雷成虎赶过来，他是个小矮个，瘦弱。雷成虎说，老师，我们家乡实在太苦了，要不，我真想请你去我们家乡玩。

为什么他这么说，他以为我会怕苦？我问，你家在哪个省？他说，陕西。陕西什么地方？他说，汉中。我问，为什么我去不了你家乡？他说，没通客车，要走几小时山路。

雷成虎并没有报考我们这个戏剧影视专业，他想学经济，但是，他被调剂到了这个专业。第一次上课，作为学习委员，他竟缺课了，听说去跑"转专业"的事。第二次上课，我问他跑的结果怎么样。他说，没转成。我问为什么，他脸色特灰暗，嘟嘟囔囔说又没权又没钱，现在的社会就是这样！口气像个小老头,感觉这个18岁的孩子涉世很深。我心里想,陕西汉中农民的生活总能比贵州、宁夏一些偏远地区好些吧。但是,我没到过他的家乡,没有任何根据去凭空想象。

说过请我去他家乡以后,我和雷成虎两个人都不说话,只是在下了课的密集人群中间快步走,不断躲过女生们的遮阳伞。很快,他拿着计算机的课本去另一座教学楼,我直接回家。

当时,我想过找个时候去雷成虎的家。

不久又在学生宿舍区见到他。刚想打招呼,他却急急地贴着墙边走掉了,像一只饱受惊吓的小鼹鼠。

我们的第三次作业是写一个人,他交上来的只有非常潦草的3行字,一共不足100字,写他的母亲,我觉得他在应付了事。上课前,我拿了那张作业去问他,他没说什么,先把纸片接过去,揉在口袋里,然后说他会重新写,后来始终都没再交上来。

后面的一次课,讲一个四川贫困乡村出来的学生几年来使用4个化名,5次复读,6次取得大学录取通知书都没能读成大学的事情。雷成虎在下课以后,独自站在讲桌前,翻看刊登那篇文章的报纸,有人凑过来也想看看,他马上闪身离开,又缩回到教室最后一排的角落里。

10月底,我在晚上有课,刚进教学楼,就看见他在教室门口的暗处靠着墙很孤独地站着,犹犹豫豫的,心神不定,见到我,他用一只手托住腮,说他牙疼,想请假。问他去医院没有,他说没有。我说你可能是感染,应该去医院。他显然是应付我,点过头,颠颠地走了,感觉他一转身就如释重负。我想他不是去医院,甚至也不是牙疼,这只是他不想上课的借口。后来几次没见他来上课。有一次,他默默地出现在教室的最后一排,始终低头忙自己的。下课铃响以后,他一个人挡在教室门口,吭吭哧哧说他要对全班同学说点什么,他声音特小,班长敲着桌子,让大家安静。我离开教室的时候,听见雷成虎说,他不适合做学习委员,开学以来,没为大家做什么,他要辞职，很对不起大家……

后来，又不见他了。我问同学，都说他退学了。又有人说他还在学校，还在宿舍里住。我问，他每天做什么？他同宿舍的人说，他不和任何人说话，不知道他每天做什么。

这样，就没可能去看雷成虎的家了。

温　暖

今天的补课，临时调整到了2号教学楼的一间小教室。

我一进门就高兴，虽然这教室有点陈旧，空间显得局促，但是人和人离得那么近。

亲密无间就是这个意思。我说今天真好，这个教室真好，它让我们在一起像一个大家庭。学生们都笑了。天有点冷，铃响的时候，教室前后分别有人起身去关了前后两扇门，教室显得更封闭紧凑了。

这天的课结束前，我超出了准备好的讲课范围给他们读了一首短诗，是麦豆的《荷》：

远远地看见你落水

没来得及呼喊

留下一件绿色有香气的旗袍

八月中秋，闹市街头

我遇见一位桂花飘香的女子

臂挂菜篮，肌肤雪白

他们听得很安静，然后沉默，我没作多余的讲解就下课了。课后，三个同学发来电子邮件，都是他们自己写的诗。

很好，没有人要求讲解这首麦豆的《荷》，这是我最高兴的。没有正确和错误，没有这样或者那样，就像今天就是调到了一间小教室，没有原因。

我知道，这44个学生中有三分之一的人，他们的求学生涯并不是在父母身边度过的，父母要出外挣钱去。我觉得他们都需要一间小教室的温暖。

古惑仔

对于一个综合性大学戏剧影视专业的新生，我希望每个同学都来谈谈他喜欢什么电影。

小邓站起来说，他最喜欢的电影是香港的片子《古惑仔》。他还没坐下，教室里就有点乱，有些同学在笑，如果有人说喜欢《泰坦尼克号》或《霸王别姬》，教室里一定很安静。学生们好像都没想到，来自于四川乡下的小邓会提到没什么"艺术品格"的《古惑仔》。

他没一点慌乱，也没坐下去，他转过身朝着教室后面（他总是坐在面对讲桌的第一排）说：就是《古惑仔》。那电影影响了我们那儿整整一代年轻人。《古惑仔》告诉我们做人要仗义，要忍辱负重。他讲了一阵道理才坐下，下面还是有笑声。

刚入学的时候，各个学生社团都在"招新"，小邓报了街舞协会，没想到那个协会要收250块钱的会费，他当时交上了这笔钱。只有他自己知道，少了这250块钱，他很快就没有钱吃饭了。街舞，那是家境富裕的学生才有资格玩的，一个刚入校门的新生还没想过那么多，以为是中学生的兴趣班，不收费的。后来，他告诉我，他把钱要回来了，退出了街舞协会，虽然他挺喜欢街舞。

快放假时，我随口问他，春节回家不？他说，大学四年里他都不回家。我很惊奇，问他为什么。他说，来上学之前就和家里说好了，他要在大学毕业后找到一份工作才回家。大学期间家长不用给他学费生活费，一切都由他自己解决，这也是离家前说好了的。

我问他，怎么解决这四年的费用。他说，他有养活自己的办法，他不惜力气，不计较报酬，不放过一切机会。几天前，我看见校内布告栏贴着假期小语种补习授课的海报，联系人就是他的名字。

滚到两米以外的一只鸡蛋

那个早上 7 点 20 分，我去上课，路上全是和我同方向的向着教学楼赶路的学生。经过我旁边的一个穿牛仔裤的女生快步走，提着一只塑料袋，好像是想倒换出手来做什么，也许那袋子太薄了，里面的东西忽然全掉在地上。她停住了，把一盒豆浆捡起来。这时候一只鸡蛋正慢悠悠地滚，最后停在两米以外。她没理那只蛋，像什么也没发生，继续朝前走。虽然那只蛋完全没摔破，她也不准备理它，好像躬下身去捡那只蛋一定很丢人。

一进教室我就对学生说这事，我说，养大一只母鸡容易吗？母鸡下一只蛋容易吗？他们只是笑，不知道他们都在想什么。

余青娥的作业

整整一个学期，我只是在最后一次课结束以后才和这个名叫余青娥的学生说过几句话。开始的一个月，我都不知道谁叫余青娥。在这个班级里，她跟不存在一样，上课总是埋着头的。但是，第二次作业我就发现署名余青娥的文章好，有很多来自生活本身的灵动细节。

最后一节课下课了，我走向她。她一直都坐在最靠窗的一侧，上课的时候如果想关照到她所在的角落，我就要偏转过身，面朝着窗外，好像是溜号想去欣赏外面的树丛。

我说，余青娥，能把你这学期的 6 篇作业打出来，然后发到我的邮箱里吗？是这 6 篇，我都勾出来了。她的脸忽然涨红了，有点紧张，刚抬一下头又马上低下去，她去翻本子，她笔记本的最后一页早就记着我的电话和邮箱。她问,是这个吗?我说是。她点头,再没抬头望我。

就是她最开始抬头的一瞬间,她的眼睛和面孔都满溢着幸福。原来,我也能给别人幸福的感受啊。

余青娥的高兴我看见了,我的高兴她一点都不知道。

(摘自《读者》2007年第23期)

大山深处的爱心接力
郭建光

受社会恩泽而回报社会

高高的个头，方脸庞，戴着近视眼镜的徐本禹来自山东聊城一个贫困的农村家庭。按徐本禹的自述，他的父亲是一名小学教师，母亲在家务农，是家里主要的劳动力。

"尽管家里穷，母亲还是经常拿出家里的东西帮助那些更贫困的家庭。"徐本禹说，"从小我就受母亲的影响，帮助需要帮助的人。"1999年9月，徐本禹考入华中农业大学经贸学院经济学专业。

"我考上大学后不久，第一次接受了别人的帮助。"徐本禹说。那时刚刚军训完，天气已经比较冷了，但他只穿着一件薄薄的军训服。"我的同窗室友胡源的父母来看望儿子时，我正好在宿舍。阿姨看到我穿得少，就把胡源的两件衣服送给了我,并对我说:'天气冷了,别冻着。在生活方面有什么困难和叔叔阿姨讲。'我听了非常感动。就是这件事情改变了我一生的看法。"徐本禹说。当时他只有一个念头:接受了别人的帮助,就要把爱心传递下去,用自己的行动来帮助那些生活上需要帮助的人。

大学开学不久,徐本禹勤工俭学赚到了第一笔收入50元钱,除7元自用外,其余全部捐给了山东费县一个叫孙姗姗的贫困女童。

徐本禹还因向绿色希望工程捐款而成为湖北电视台《幸运地球村》节目的嘉宾。"节目录制完后,主持人送给我500元钱。回到学校,我把其中的200元捐给了班上一名家庭条件很差的同学,100元捐给了在聊城师范学院读书的同学,100元捐给了湖北沙市的孤儿许星星。"

许星星曾获得过全国十佳春蕾女童的称号。徐本禹一直没有间断过对许星星的资助。"来贵州之前,我因考研成绩优秀获得了6000元国家奖学金,我从这6000元中取出2400元留给了我们系党支部的老师,作为许星星两年的生活费,每月100元。"

狗吊岩的新变化

不能不说,贵州省大方县猫场镇狗吊岩为民小学因为徐本禹的支教行为,已发生了明显的变化。

现今的为民小学是一座二层砖混结构的建筑。在2003年9月前,为民小学的校舍是半山腰的一个山洞,当地人称其为"岩洞小学"。

徐本禹说他第一次知道"岩洞小学"还是在2001年12月,他在《中国少年报》上看到了一篇介绍"岩洞小学"的文章。"我被孩子们的精神感动了,心里总想着为他们做点事情。后来我就和同学们决定暑假时到'岩洞小学'帮帮孩子们。"

2002年暑假,徐本禹和另外4位华中农大的同学一起来到"岩洞小学"。

"没来过这里的人根本想象不到这里的条件有多差。山洞里黑漆漆的，光线很暗。孩子们都听不懂普通话。村民家里都很穷，孩子们每天都要背着背篓上山打猪草，非常辛苦。"在狗吊岩，徐本禹教的是5年级。

他承诺要带这个年级的学生升入初中。2002年8月8日，徐本禹暂时离开了狗吊岩返回学校。"有一个孩子问我：'大哥哥，你还回来吗？'我当时正在报考研究生，很难下决心。但看到孩子期盼的眼神，只能点点头。"

"我向孩子们承诺，毕业后，我来这里支教两年。孩子们对知识的渴望鼓舞了我。"徐本禹说。毕业时他已经考取了学校的公费研究生。"我支教的愿望非常强烈，最后学校同意给我保留两年的学籍，并给我很多支持和鼓励。这是华中农大建校以来首次破例。"徐本禹笑着说。

为民小学的创办者吴道江表示，徐本禹的到来，为狗吊岩带来了前所未有的活力。

"孩子们可以听懂普通话了，与人交流也不害羞了。"吴道江说，"因为徐本禹，学校的学生增多了。在他来之前，学生大约是140人；他来后，学生的人数上升到了250人。"

"最重要的变化是唤起了村民对知识的重视。"吴道江说。为民小学的老师们也都认为徐本禹的到来为狗吊岩带来了新的观念。

没有电和信的日子，我是非常孤独的

狗吊岩距猫场镇18公里，两地之间有一条简易路相通。这条路崎岖不平，很少有车辆往来。记者进村时，租了一辆三轮车，走了将近一个半小时。司机说，如果下雨，这条路根本无法通车，唯一的办法就是走路。志愿者邓长亮曾在雨后走过一次，他在日记中记载，走这段路花了将近四个小时。

"我每天都很孤独，从城市生活到农村生活的落差是一方面，另一方面是语言上的障碍。"徐本禹回忆那段支教生活时说，"开始的一段时间我特别不适应，非常想家，感觉时间过得很慢。"

2004年4月，徐本禹回到母校华中农大作了一场报告。他说的第一句话是："我很孤独，很寂寞，内心十分痛苦，有几次在深夜醒来，泪水打湿了枕头，我快坚持不住了……"本来以为会听到豪言壮语的学生们惊呆了，沉默了，许多人的眼泪夺眶而出。

徐本禹到贵州支教后，媒体曾对他的事迹作过一系列报道。他因此有了全国各地的支持者。去年下半年，他总共收到了一百多封信，每封信他都要回复。

"我感觉最快乐的时候就是每5天收一次信。"他笑着说，"尽管有时候会落空，但我有期待，感觉会好一些。""去年中秋节，我只剩下50元钱。我狠下心到猫场镇买了5斤月饼，自己吃了3斤，其余的分给了学生。"徐本禹回忆说。但是此后他就经常为钱而发愁。后来，他给一家报社投稿，赚了120元稿费，日子才好过一点。但缺钱一直是困扰他的大事。

狗吊岩直到2004年3月才通了电。"在没有电和信的日子里，我是非常孤独的，只能靠收音机获取外界信息。我一遍一遍翻看以前的照片和信件，与照片上的家人、同学和朋友说几句话，只有这时我的心里才会舒坦些。"

2004年3月，徐本禹被列入"贵州省扶贫接力计划"，成为"体制内"的志愿者，每月可领取500元生活补助。2004年寒假期间，徐本禹回到武汉向社会募捐。

"我总共募捐到了3000册图书，4集装箱衣服。"徐本禹说募捐的事情对他触动很大，"整理募捐的东西是非常费劲的。我需要别人帮助，但很难找到真正帮助我的人，我感到孤独无助。后来我的想法就发生了转变，想通过做一些事情唤起全社会对西部地区贫困儿童的关注，而不是像现在一样无助。"

志愿者应成为桥梁，而不是单纯支教

实际上，最终促使徐本禹离开狗吊岩到大石村的原因，是他和大水乡党委书记沈义勇的一次谈话。徐本禹承认，那次谈话坚定了他利用自身价值为当地百姓造福的决心。

2004年2月29日，徐本禹从武汉回到贵阳。是日，大方县团委借大水乡党委书记沈义勇的车到贵阳接徐本禹。

"在车上，我和徐本禹聊了很多，主要是希望徐本禹能充分发挥自身优势以及华中农大的优势，为西部经济的发展创造条件，从根本上解决西部的基础教育问题。"沈义勇告诉记者，他在和徐本禹的谈话中，觉得徐的专业和所在学校对西部地区的发展"有招可使"。"我还告诉徐本禹，大水乡政府一定会大力支持和配合他的工作，一定积极为他的活动创造条件，希望他能到大水乡支教。"

"支教只是解决一部分人的问题，不能从根本上解决问题。农村孩子读不起书的原因就是经济不发达。"沈义勇说，"所以，我就请徐本禹到大水乡来，利用他自身的资源为大水乡的发展带来机遇。"

当晚，大方县委组织部张部长与徐本禹也有过一次谈话。"张部长希望我能利用自己的专业优势和学校资源，学有所用，发展地方经济，从根本上改变大方县贫困孩子的受教育状况。"寒假期间，徐本禹就产生了唤起全社会关注西部地区贫困儿童的想法，但一直没有找到好的途径。

"与沈书记和张部长谈话后，我的想法就开始'升华'了，从单纯的支教行为变为带动地方经济发展。"在来狗吊岩之前，徐本禹的目标很单一，就是把孩子们教好，但现在他认为这样的想法有点狭隘，应该由点上升到面，上升到带动一个地区的经济发展上。"我一直在考虑如何才能在支教的同时，利用自己所学的知识为当地经济的发展做一点事情，最大限度地发挥志愿者的作用和价值。大水乡大石小学的办学条件更差，学生更需要帮助，而且当地政府很重视教育和经济的发展，因此我决定忍痛割爱，离开狗吊岩，到更需要帮助的地方去！"

"我认为志愿者应该成为一座桥梁，而不是单纯支教。"徐本禹说。2004年7月，徐本禹正式离开狗吊岩。

与狗吊岩相比，大石村同样贫穷。

按照大石村村委会副主任王成良的介绍，大石村是大水乡最偏僻落后的村庄，全村187户，783口人，人均年收入约200元，村里的机动车是外出打工者购买的两辆摩托车。

大石小学始建于1944年，没有在教育局备案，没有公办老师，现在所有的老师都是自愿的，老师们的月工资在110~150元之间。

大石村小学的教室是一座两层木质结构的楼房。踩上去，感觉整个建筑都在摇晃。木质楼房的每层楼有3个房间，分别安置1~6年级6个班的学生。教室的墙壁用竹子编成，四处透风。

"冬天孩子们勉强挨得过。"学校老师高松说。没有取暖设施，孩子们都硬挺着，这让他很心疼。

"徐老师说要给大石村换一个新的面貌。"35岁的校长王成范谈起徐本禹时，脸上就挂满了笑容。

王成范说："知道徐本禹要到大石村的消息后，村里人就一直盼着他的到来。"

2004年8月27日，大石村小学的报名工作已经开展了几天。

"村民们知道徐老师要来，都来给孩子报名了。很多辍学的孩子都回到了学校，这学期学生由128名增加到近两百名。"王成范说，"本来学校每学期收70元书杂费，但徐本禹说了，只收40元书费，杂费他去争取。"

8月30日，徐本禹告诉记者，大石村小学学生的杂费已经落实。

徐本禹的"品牌效应"

看得出,能把徐本禹"挖"到大水乡支教,沈义勇非常满意。

沈义勇说他看重的是徐本禹的品牌效应。为此,他做了一系列工作,包括借用网络和媒体。

2004年6月26日至7月3日,华中农业大学党委宣传部部长到贵州看望徐本禹,并拍了一组他支教的照片,发在天涯社区网站,很快就引起了强烈反响。

借此机会,沈义勇在天涯社区公布了徐本禹和他自己的电话号码。

"我很多时间都在回复短信。"徐本禹的手指一直停留在手机键盘上,不停地收发着短信,"现在有很多人都在和我联系,表示要用各种方式支持贫困儿童上学。"沈义勇也认为宣传达到了效果。

"帖子在天涯的点击率非常高,现在超过了100万次,并引起了国外媒体和各界人士的关注。现在已有13个国家的热心人士通过网络了解到徐本禹的支教事迹,并要求资助大石小学的贫困学生,美籍华人陈旭昭女士还在美国进行募捐,为大石小学的学生资助了2000美元。我就是要借助徐本禹的'品牌效应',吸引外界资源走进大水乡。徐本禹的资源优势应该得到充分发挥,不能浪费。"

54岁的王昌茹就一直在关注徐本禹的事迹,2004年7月初她从武汉赶到了大方县。"我是冲着徐本禹来的,徐本禹走到哪儿,我就跟到哪儿。"王昌茹说。她决定与徐本禹一起支教。

目前,华中农业大学、武汉大学、中央民族大学、中国传媒大学、贵州大学等高校的志愿者先后赶到大水乡,与徐本禹一起进行支教和社会调查。

据大水乡政府统计,截至2004年8月29日,共有36名志愿者在大水乡支教或考察。受捐赠的小学生达188人,捐助资金13760元。最让沈义勇感到自豪的是大石村小学的修建工作马上就要开始。

"华中农大捐赠了8万元,省教育厅拨款20万元,毕节地区教育局5万元,大方县教育局3万元,总计36万元。"沈义勇高兴地说,"志愿者的行动得到了贵州省委书记的重视。"沈义勇和徐本禹的下一步棋就是要整合外界资源,帮助大水乡脱贫致富。"目前我们和华中农大已经达成协议,他们要在大水乡投资项目。"沈义勇说。

(摘自《读者》2005年第6期)

给父母洗脚

南香红 董静

4月的华中科技大学进入了真正的春天。在这个春天里,该校能源与动力工程学院2003级的学生夏琰感到了发生在自己身上的某种微妙的变化——自信和快乐。

夏琰觉得这种变化和寒假里的一项作业有关。在这个寒假里,能源与动力工程学院2003级的四百多名新生被要求完成一份家庭作业:回家给父母洗一次脚。

夏琰完成了她的作业。"太别扭了",为母亲洗了脚的夏琰这样描述她开始时的感受。

不只夏琰有这样的感觉,反应最强烈的是那些男生们。"大男人干这事总是不好意思的",说话的男生低头垂目的样子,充分注释了他的"羞涩"感受。

"当我在班上传达顾老师布置的作业时,班里突然静了几十秒,接着大家就窃笑起来。"曾任一班之长、现任年级团干部的徐亚威回忆,当时大家的感觉一是出乎意料,二是难以接受,觉得这个作业太形式化,太不符合中国人的感情表达方式了。

"回家给父母洗一次脚"的要求,随着顾馨江老师发给每位学生父母的一封信和四百多名回家过年的学生,进入了城市、农村的家庭。年级辅导老师、作业的布置者顾馨江老师告诉记者:有一半的同学完成了作业。

"寒假作业做了吗?"返校的学生之间有这样的一句问话,但回答一般只有"做了"或者"没有"。"没什么可交流的。不管是洗了的还是没洗的,大部分人觉得那种感觉不太正常,蛮别扭的。"夏琰说。

尽管大家都在沉默,但"洗脚作业"还是触动了内心一些微妙的东西。在一次主题团会上,诉说的闸门因为某种气氛而打开。"很多同学说到自己的家庭和父母的时候都哭了。"团干部徐亚威说。

洗和不洗就是不一样

"他们真的是很害羞的那种。"黑龙江女孩孙微这样形容她的父母。

同样,孙微和父母表达感情的方式也是很"害羞"的。"我一直想给他们洗一次脚,从放假回家的第一天起我就惦记着这件事,但就是开不了口。"

直到那封信的到达。信到家时已经是大年初二。看到信,父母的第一反应是推辞。

"晚上9点的时候我又提出来了,我说'妈妈,你看这是学校留的作业,我必须完成,我得给你洗一次',她就同意了。"

孙微打来水,母女之间突然什么话也没有了,电视独自响着。妈妈的脚放入水中,孙微的一双手碰到妈妈的皮肤。那一瞬间,孙微触到了妈妈脚上粗糙的老皮,"我妈妈年轻的时候很漂亮,现在的妈妈真的老了很多"。

孙微说她很久没有和妈妈这么近地接触过了。她从高中开始就住校,学校离家远,一个月难得回家一次,高三时回去的就更少,回家也只是问父母要钱或拿点日用品。

脚洗了大约10分钟,母女俩没有说一句话。"我当时使劲低着头,没敢看我妈,我怕我会哭。我当时想了很多以前的事,母子连心,我想我妈妈肯定也想了很多。"

"我觉得父母为我们付出的真的很多。我爸爸特别喜欢吃臭豆腐,但我就是闻不了那个味道,所以我在家时,他再想吃也没吃过一口。洗脚那天,我爸不在家,后来我就走了。我当时就想,以后一定要给他补洗一次。"

这个当年高考时发誓东北三省所有大学都不上、一定要离家远点的女孩,忽然觉得有一种和父母亲近的需要:"我返校的时候,他们来送我,我看着他们,眼泪不由自主地流下来了。"

夏琰说,洗过一次觉得好多了,下一次回家再洗的时候,就会觉得舒服很多。她认为,对父母表达爱的方式很多,这只是其中一种,而且是需要特意去做的那种,和父母多交流也是一件挺不错的事。

尽管如此,夏琰在给妈妈洗脚的时候也没敢抬头,她怕自己感情失控。上初中时,老师布置过一个作业:回家对父母说"我爱你","当时我觉得怪怪的,我们平时从不这样表达感情。"憋了很久,夏琰终于在一天晚上突然对正看电视的妈妈说:"妈妈,我爱你。"爸爸、妈妈吓了一跳,马上说:"我们也爱你。"

"我突然大哭起来,有一种火山爆发的感觉。他们也觉得很突然,很感动。"

可能是不习惯这样的感情表达,或者害怕突如其来的感情冲击,夏琰的爸爸在夏琰给她妈妈洗脚的时候,飞也似的"逃"到床上。夏琰没能给爸爸洗成。

"洗了以后你会发现它不是一个作业那么简单,洗和没洗绝对是不一样的。也许有人会说这是一种形式,但如果他们真正为父母洗一次,他们就不会这样说了。"完成作业的同学如是说。

洗脚太做作了

另外一些洗了脚的同学并没把这事看得那么重。尹俊俊说，回到家的第一天就和妈妈说了，第二天父亲先让他洗了，洗了之后发现很舒服，就每天都让他洗。父亲是个体户，看到儿子懂得孝敬父母很高兴。尹俊俊的妈妈平时和儿子无话不谈，觉得洗个脚也没什么。

而没有完成洗脚作业的同学有的说是忘记了；有的说是父母认为没有必要，自己也就没有坚持；有的是自己和父母都觉得不好意思。来自湖南岳阳的傅维炎说，没给父母洗脚，是觉得洗脚太做作，太形式化了。自己粗枝大叶的，不会因为洗次脚就和父母的感情增进多少。

有的同学说，自己无论如何也过不了这个坎儿，将来挣钱了，可以给父母买很多好吃的，可以照顾他们，但洗脚这种事他们做不出来。

江苏连云港的张家灿反对用这种方式和父母沟通。他说，这个作业他是故意不做的，而且下次还不会做。因为它太刻意了，对父母的爱不该通过这种强制的方式来表达。

和张家灿同宿舍的两个男生都赞同他的观点。

"如果到了给父母洗脚时才发现对父母的爱，那这个人就白活了。"张家灿告诉记者，他小学一年级的时候就懂得父母的不容易。父母是做水产生意的，每天披星戴月，特别辛苦，寒假张家灿每天都去摊位上给父母帮忙。

"对父母的爱应该在平常的小事中体现。"这位个头有 1.90 米的小伙子说。

张家灿说，他和父母应该能够体会对方的情感。他每个周六都给家里打电话，电话总是响了一两声就通了，他明白那是妈妈守在电话旁等他。

农村的和城里的

和同学的访谈进行到十多位时，一条规律似乎就显现出来：来自农村的学生比城里的学生更难完成作业。让农村的孩子与父母表达或交流情感似乎有点奢侈，或者说，上了大学会使孩子和父母产生更多隔阂。

来自安徽太和农村的刘栋材没完成作业，因为他一直想找个只有他和父亲在家的时间，觉得只有这样他才能说出口，但家里兄弟姐妹太多，一直找不到这样的机会。

父亲在他的印象里是威严的："小时候没少挨打，所以我从来就不敢和他沟通。"

"对我爸来说，最好的孝顺就是学习好，将来能有出息。我爸希望我们走出农村，所以拼命地让我们上学。"

刘栋材家里还有三个兄妹在读高中，两个在读初中，大哥去年考得不好，今年仍在复读。刘栋材家是临近几个村唯一一个所有孩子都在上学的家庭，而且所有的孩子都在远离父母的异地读书。家里十多亩地，劳力只有父母两个，"他们一年到头都很忙"。

刘栋材有点后悔没有给父亲洗脚。

他高中的时候就开始借钱读书。他现在读大学完全靠贷款支撑，第一学期贷了五千多元。平时父亲不让他往家里打电话，怕花钱，但父亲上学期突然来了一趟学校，走时留下一句话："你的成绩单是对我最好的孝敬。"

来自湖北房县的席炎炎给当农民的父亲洗了脚。三五分钟草草洗完之后，父亲说"谢谢"。"谢谢"，是这对父子间绝少使用的词。

"当时我流泪了，觉得很久没有和他那么亲近了。"席炎炎说，"我爸学历低，人也比较严肃，我和他说不到一块儿。我尽量避免回家，放假我总是最晚离开学校，又最早回来。今年我年初五就回校了。"

席炎炎十多岁丧母,从初中开始就一直住校,"觉得家里容不下我",无论什么事,高兴的还是烦恼的,第一个想告诉的决不会是父亲,"我和我爸没有共同语言"。

尽管席炎炎说今年"五一"和暑假都不打算回家,但他其实还是很想爸爸的,也知道爸爸很想他。"上中学回家时,我爸总会给我做很多好吃的,但两个人总也热闹不起来,实在不行我就用当时的国内外大事来打破僵局,但他对这个也不太感兴趣,他和我说农村的事,我也没兴趣。"教育似乎彻底改变了这对父子的关系。

席炎炎说家里常年只有父亲一个人,很孤单,但他还是不想改变和父亲的关系,因为两人都习惯了。

"如果顾老师让我们再给父母洗一次脚,我还会给他洗;但要是不布置,我不会主动去洗。"席炎炎说。

来自城市的学生就和父母亲近很多。不少学生告诉记者,他们和父母无话不谈。如果觉得有些事父母会不同意,他们一般采取的策略是软磨硬泡、慢慢同化或者干脆不说。

城里的孩子和父母关系的亲密程度,似乎更多地取决于家庭成员的性格、文化背景。已快20岁的这些大学生们,不少人在家里还和父母撒娇。一位同学说他不好好吃饭,都上高一了,妈妈还常常把饭端到他跟前,"就差亲自喂了"。一位家住武汉的男生,到现在还让妈妈钻进被窝帮他挠痒痒。一位来自贵州的女同学说她出门上学父母像丢了魂似的,每天不知道做什么好。

而农村家庭的学生更多地承受着生活的重压,显得懂事成熟。他们大多数从初中开始就在县中学寄宿,很多人七八年没怎么和父母接触,对父母"敬"更多于"亲"。

"洗脚"与人格教育空档

辅导员顾馨江洗脚的想法来自一则广告：一位母亲每晚给老人洗脚，感染了自己的孩子。当然，受感染的还有顾馨江。2001年的一个晚上，他坚持给父母洗了脚，那时候他刚刚大学毕业。

上大学的时候，有一次他突然回家，发现父母的餐桌上只有一碟小萝卜、一碟小白菜。他突然体会到父母供他上大学的不易，心中有一种愧疚，也有一种责任感。那次洗脚是一次报答，但他也从中找到了一种"成人"的感觉。

"人老脚先老，我给父母洗脚才发现他们确实老了，自己应该挑起家里的重担了。我想让学生们也能感受到父母双脚的粗糙，从而有所触动。"

顾老师认为，目前的应试教育有一个很大的空档，缺乏对学生品格、成人意识、责任感、自我设计意识的培养与塑造。

夏琰的母亲任淑玲说，孩子上高中的时候，基本上是饭来张口衣来伸手，父母对她的要求就是学习。"这也不能怪孩子，是学习压力的问题。"这位母亲说。

任女士承认，夏琰上高中的时候，自己把她管得特别严，好让她一条道奔高考。母女关系一度非常紧张，曾经"冷战"达一个星期之久，每天做好饭摆上桌，夏琰就出来吃，吃完了一推碗就走，谁也不理谁。

但高考成绩优秀的夏琰却在大学第一学期出了问题：学习跟不上，同学关系紧张，情绪焦虑，心理极不稳定。任女士认为，这是因为以前忙于高考，孩子根本无暇学习与人交往和应付社会的技巧。

刘栋材的父亲刘炯对孩子的逼迫更近于"残酷"，要求6个孩子都必须考前三名。孩子不听话，他就用家里包着铁皮的棍子打。

刘炯说孩子们都挺懂事，上高中时人家的孩子一学期花三四千元，自己的四个孩子还花不到一千。四个人在县城租了个十几平方米的房子，平时吃的粮食、青菜都从家里带，红薯叶子炒炒就是一个菜。刘炯认为，农村孩子的路只有高考，除了成绩之外，其他的都顾不上了。

新生在入校时都被要求做了心理调查，调查反映大学生的心理问题比较严重。学生普遍觉得活得比较累，不适应大学教学方式，与同学、老师沟通上存在障碍，有严重的失落感。

顾老师说，对有问题的学生，学校的心理咨询机构能起的作用很有限，只能指出某某学生有心理问题，但不提供具体的解决方法。

他认为，学生父母在中国的大学教育中是不应该缺席的。他举国外学校在学生毕业典礼时邀请父母参加的做法为例，强调父母在孩子教育中的终身性。他希望更多地和家长们联系，让孩子和父母情感互动，参与到大学教育中来。在学院四百多名学生中，有60%的家庭供养大学生极为艰难，在这种状况下，让孩子体察父母的艰辛，能够促使其树立成人意识和责任感，而成人意识和责任感正是学习的动力。

学院负责学生工作的副书记陈仁明在接受记者采访时，多次提到"马加爵"这个名字。他说让他感到惊讶的是现在大学生的封闭和冷漠，认为这种冷漠情绪对培养高素质人才是很不利的。他觉得，洗脚本是一份很正常的作业，在学生当中引起这么大反响并在社会上引起不小的关注，本身就说明了某种不正常。

（摘自《读者》2004年第12期）

吞世代来了

博 芳

有一个新的世代正来势汹汹,他们的代号是"吞世代"(Tweens)。较之以前任何一代,吞世代有着绝对鲜明的性格,独特的言行,还有超强的消费力……下面就让我们将吞世代的种种特性一一打开。

数字的一代

这一代生来手握鼠标,享受数字生活。他们其至还不懂阅读,就已经认识了计算机图标。数字生活已成为他们整体生活的一部分。过去的人会问:"遥控器为什么坏了?"吞世代会说:"我找不到光标!"他们更关心如何挑战游戏的难度等级、新增功能以及新版本的问世时间。吞世代以互动的方式思考:他们可能不会写信,但一定会发电子邮件。

对于数字化时代的产物——手机,他们能及时知道最新款式、功能,利用手机不停地发短信、打游戏。对他们而言，上中学了还没有手机，是件很没面子的事。

这些孩子被称作"小大人"，原因是他们在比任何世代都还要小的年纪，就接触了更多的事物。

快餐的一代

是什么让孩子这么快就知晓了外面的世界？除了电视、广播、报刊和网络外，当然是遍及全球的快餐文化。麦当劳叔叔的和蔼笑容，是中国孩子见的最早的洋快餐笑脸，时至今日，必胜客、肯德基等品牌早已渗入中国孩子的心。还有什么比这些更深得童心呢！

遍及全球的吞世代，都喜欢吃汉堡。食物已成为吞世代了解并学习其他文化的方法。10年前，带孩子去吃洋快餐还是一件稀罕事，而如今，孩子们会在麦当劳里开生日派对，甚至每天放学后都到麦当劳里边吃冰淇淋边写作业。

品牌的一代

吞世代从无限联通的互联网获取更多知识。这是一个有趣的"鱼群现象"：一个少年就像一条鱼，可以影响数十个同伴，眨眼间，数以百万计的少年都会齐心追随。

从泛滥的广告中筛选信息。不管是网络广告、电台广告或是电视广告，这一代都能处之泰然。品牌是他们现今生活的一部分，他们每天要接触千余种品牌的信息。环境使然，他们完全可以通过过滤、协助吸收、筛选并采纳信息。这个世代其实非常具有怀疑精神，一旦感觉不对，他们会立刻质疑，并敢于表达不同意见，怀疑眼中的一切。

在所有消费产品的品牌中，孩子影响父母最大的地方，就是冲动类产品。孩子与父母一起购物，喜欢自己选择品牌，并推翻父母的选择。他们也有自己的策略，把产品或偷偷放在购物篮内，或对于家人主观购买的产品采取拒绝态度。

有统计表明，儿童对于成人在3项物品选购的影响力最大，分别是汽车、时尚服饰和手机。超过半数儿童宣称，若父母要买这些东西，他们会发表意见。另一项有趣的发现是，现在许多父母其实会主动询问他们的意见。这种现象在我国这样发展中的市场表现更为强烈，特别是科技产品如手机、家用电器等。原因是大人对科技产品较不熟悉。相反，8~16岁的孩子，不论教育程度和社会经济地位的差距多大，都不影响他们对这类产品的了解认知度。

如现在的北京家庭，在购车时，大多会询问孩子的意见。有位同事本想购买一款经济型小轿车POLO，但孩子认为应该买辆马自达更好，最终还是按照孩子的需求购买了车，多花了七八万元。

刷新的一代

要求更好更快的吞世代已掌控了这个世界，拿索尼的Play Station来说，吞世代中，喜爱游戏的小孩子一定会以拥有最新PS版本为荣，他们害怕被认作是过时守旧的一群。

大人对软件进行升级是基于功能性原因，但这可不是吞世代要考虑的事。像《最终幻想》这款游戏就已经出到第十个版本，虽然名字相同，但故事内容、人物角色、打斗场面都不断推陈出新。在这方面，父母大多不能提出可行性意见或建议。因此，孩子从一开始就可以自主选择喜爱的游戏方式和游戏盘，并不断提出更新的要求。对于网络中的百战天虫、美丽世界（N-AGE），PS中的反恐精英（CS）、机器人大战等，父母可能一无所知，孩子们却能如数家珍，把玩自如。他们了解每种新游戏中每个机器人的特征，知道每一种武器的射程、火力。

在未来，商品版本化的趋势将不仅限于软件领域，每一项知名的产品都会受到吞世代的影响：如计算机、电影、书籍，甚至汽车模型、食物、玩具、硬件、家用电器等等。你曾经注意吞世代用手机发短信吗？他们的手指灵活地滑过数字键盘，几乎不用看自己到底输入了什么，他们只需按几个键就可打出整个句子。作为成人的我们也许根本看不懂那是什么意思。这是他们的时代，他们根本不想花时间去撰写一个语法正确的句子。"错字连篇、充斥缩写"是吞世代的专利，且具有明显的全球化特色。

全球的吞世代中，只有30％使用标准语言聊天，19％使用的是全新词汇，至今仍无法在世界大辞典里找到。他们认为这种缩写式的语法是顶酷的沟通方式。这种他们中没有任何人在学校学过的语法却成为他们常用的快捷而独特的沟通方式。

研究显示：64％的都市吞世代都在传讯息时采用新的全球化语言。每个吞世代都"说"这种语言。如果他们不会，又想加入讨论，就得赶快去学。简写变成真正词汇的情况越来越多：886表示再见，XDJM你知道是什么？竟然是兄弟姐妹！新语言不止出现在聊天室或手机屏幕上，它还在到处渗透，无论是电视，还是平媒，都可以看到它的踪迹，甚至电视广告和歌曲里也少不了它。

做主的一代

对于吞世代而言，小小年纪就要当家做主，掌控一切，他们需要知道谁是老板。如每年的生日，是他们完全行使控制权的一次实地演练。他们可以依据家中每个人不同年龄、不同收入等特征，摊派他们力所能及的礼物：爷爷、奶奶等隔辈人，一般要求他们以喜爱的零食或干脆是金钱为生日礼物；

对父母他们一般要求一些自己喜爱、断定父母在这种时候可以购买的物品，如新版游戏软件，甚至新款游戏机、耐克运动鞋、新型文具、动画书等；而对于姨、舅舅、叔叔这样的人，如果他们收入良好，孩子会索要一些父母根本不会为其购买的相对昂贵的物品作为礼物，甚至自主安排生日派对，决定需要邀请的人。此外，吞世代们有直接购买如薯片、糖果和衣服等产品的权利。这其中也有父母的原因，因为工作忙，没有什么时间陪他们，因此每周去购买一些吃的东西，就变成了孩子的任务之一。事实上，许多孩子目前必须负责把家里食物柜塞满。父母可能会要孩子自己在超市中选购，究竟要什么品牌，就是他们施展自己能力的时候了。

此外，吞世代的父母大多从孩子一出生，就为其设立银行账户，待他们进入吞世代年龄，父母会主动给他们一些零用钱，甚至直接给他们一张活期存折，让他们较为自由地支配自己的消费需求，目的也是想从小培养孩子的理财能力，能早日"当家做主"。

超消费的一代

吞世代要求一切都在此时此刻就发生：要现在就把问题解决；他们现在就要买；现在就要打赢这场比赛；现在就要学到想要的东西……

这一代没什么耐心，因为他们学不到的事情实在太少。透过小小的显示屏，创造"百万富翁"只要半小时；在游戏里，超级巨星也许4个星期就能产生。他们的世界就像天空一样没有边界，只要你能，现在马上就去实现。

从某种意义上讲，吞世代们对钱的认识已经完全改变。对他们而言，只要自己认为该花钱，就自然花了，在购物时，他们似乎很少考虑商品的价格。

吞世代直接或间接的消费都很大。一个朋友告诉记者，他孩子一人的消费占家庭所有支出的50%；一个上私立中学的孩子，每年的开销在10万元以上；一个上较好学校的初中生，平均每年的开销也要在三五万元。

而这样的数字，仍然低估了吞世代的广度。因为孩子不只是直接消费，还深深影响与他们本身无关的家庭消费，这类间接消费远远大于其直接消费的金额。有个朋友家中的沙发就是由女儿做主购买的，而这套名牌沙发的价格竟达3万元。

在北京，不少孩子像生活在纽约、东京的孩子一样，穿着米老鼠、史奴比品牌的衣服，看迪士尼出品的卡通片，去书店购买全球发行的《哈利·波特》。如果不是因为地理位置、风土人情乃至语言的差别，我们几乎看不出作为吞世代的他们，还有什么不同。

这样的一群未来的主人翁正客观存在于这个星球上，他们一天天成长，也在一天天直接或间接地影响着全球生活的各个方面。这是不容忽视的一群，从今天起，未来已逐渐把握在他们的手上。让我们走近他们，探寻他们的轨迹，破解他们即将掌控世界的谜题。

(摘自《读者》2004年第3期)

致　谢

　　早春三月，北国大地上虽然还没有呈现出"春暖花开，柳絮飘飞"的景象，但晨曦中南来北往的沸腾人流却能让人感觉到春潮的阵阵涌动。新的生活就在此间迸发，返校、返城、返队、返程的人们怀揣着新的梦想，迈开新的步伐，向着明媚的春天出发。而此刻的我们也正是这沸腾人流中的一员，开启了我们新的征程。

　　今年我们将喜迎共和国的70华诞。这是一个让人感受温暖与幸福的时刻，作为一名出版人，从去年开始我们就想以出版人的独特方式来表达对伟大祖国的真诚赞美和衷心祝福，为此特意策划了《读者丛书·国家记忆读本》。这是继《社会主义核心价值观读本》《中国梦读本》成功出版发行之后，甘肃人民出版社策划的第三辑"读者丛书"。丛书以时代为主线，以与人民最密切相关的衣食住行等生活变迁为切入点，以朴素而温情的独特记忆去回望和见证共和国 70 年的历史风云、发展变迁,让读者既能重温共和国成立初期虽然物质匮乏但理想崇高的激情岁月,又能感受到改革开放的春天到来以后,祖国大地生机盎然、蓬勃向上的巨大变化,更能体会到新时代以来追梦路上人民的新气象和新面貌。

和以往出版的两辑读者丛书一样,《国家记忆读本》在策划、编辑出版过程中,得到了中共甘肃省委宣传部、甘肃省新闻出版局以及读者出版集团、读者杂志社等多方的指导和帮助,在此深表谢意! 与此同时,丛书的编选也得到了绝大多数作者的理解和支持,他们对作品的授权选编和对丛书的一致认可使我们消除了后顾之忧,对此我们表示诚挚的谢意! 虽然我们尽力想把工作做得更细致更扎实些,但因为种种原因依然未能联系到部分作者,对此我们深表歉意,也请这些作者见到图书后与我们联系。我们的联系方式是:甘肃人民出版社(甘肃省兰州市读者大道 568 号,730030,联系人:王建华,13099199400)。

在这春潮涌动、春天的脚步越来越近的时刻,《读者丛书·国家记忆读本》的出版发行,既是我们送给祖国母亲 70 华诞的一份献礼,也是我们出版人和读者人的一份责任与担当。我们带着对祖国母亲的祝福在新的一年里出发,追寻更加精彩纷呈的人生,迎接春的到来!

读者丛书编辑组
2019 年 3 月